PONTOS DE FADAS

OLIVIA
ATWATER

PONTOS DE FADAS

Tradução
Mel Lopes

1ª edição

— Galera —
RIO DE JANEIRO
2025

PREPARAÇÃO
Marina Castro

REVISÃO
Bia Seilhe
Rachel Agavino

DIAGRAMAÇÃO
Abreu's System

ILUSTRAÇÃO DE CAPA
Isadora Zeferino

TÍTULO ORIGINAL
Ten Thousand Stitches

CIP-BRASIL. CATALOGAÇÃO NA PUBLICAÇÃO
SINDICATO NACIONAL DOS EDITORES DE LIVROS, RJ

A899p
Atwater, Olivia
Pontos de fadas / Olivia Atwater ; tradução Mel Lopes. – 1. ed. – Rio de Janeiro : Galera Record, 2025.

Tradução de: Ten thousand stitches
ISBN 978-65-5981-561-6

1. Ficção canadense. I. Lopes, Mel. II. Título.

CDD: 819.13
CDU: 82-3(71)

24-93259

Meri Gleice Rodrigues de Souza – Bibliotecária – CRB-7/6439

Texto revisado segundo o Acordo Ortográfico da Língua Portuguesa de 1990.

Direitos exclusivos de publicação em língua portuguesa somente para o Brasil
adquiridos pela
EDITORA GALERA RECORD LTDA.
Rua Argentina, 120 – Rio de Janeiro, RJ – 20921-380 – Tel.: (21) 2585-2000,
que se reserva a propriedade literária desta tradução.

Impresso no Brasil

ISBN 978-65-5981-561-6

Personagens

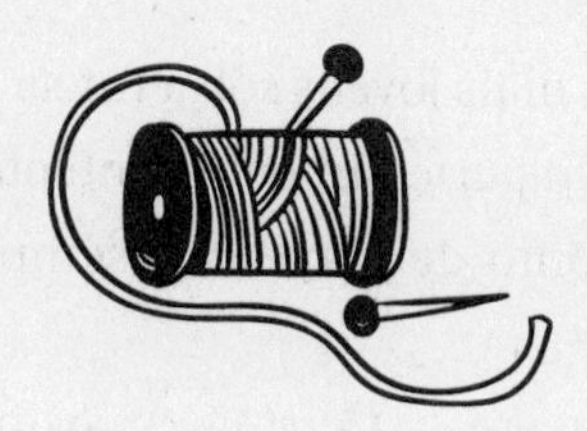

Abigail — É a adolescente que está sob a tutela de lady Hollowvale.

Caesar — O cachorro de lorde Wilford e um grande amigo.

Cookie — Cozinheira de Hartfield; conhecida por seus remédios naturais desagradáveis.

Euphemia Reeves — Criada irritadiça da Mansão Hartfield; excelente costureira e bordadeira.

George Reeves — Irmão de Euphemia e lacaio de Hartfield.

Lady Eleanor Ashbrooke — Esposa de lorde Thomas Ashbrooke, mas também conhecida como lady Culver. É patroa de Euphemia e dona de muitos vestidos.

Lady Hollowvale — Marquesa feérica de Hollowvale. Possui metade de uma alma inglesa.

Lady Panovar — Esposa de lorde Panovar e rival social de lady Eleanor Ashbrooke. Ela emprega várias criadas francesas.

Lorde Blackthorn — Visconde feérico de Blackthorn determinado a ser útil.

Lorde Panovar — Barão de Panovar e chefe da família do Palácio Finchwood. Conhecido pelas queixas constantes aos seus cozinheiros.

Lorde Thomas Ashbrooke — Barão de Culver e chefe da família de Hartfield.

Lorde Wilford — Barão de Wilford e chefe da família da Mansão Holly.

Lydia — Outra criada de Hartfield e melhor amiga de Euphemia.

Prudence — Camareira de lady Eleanor Ashbrooke.

Quietude e Melancolia — São duendes e considerados os melhores alfaiates do mundo das fadas. Atualmente, fingem ser empregados de lady Hollowvale.

Robert e Hugh — São os mais jovens sob a tutela de lady Hollowvale. Já faleceram, porém estão perfeitamente contentes.

Senhor Allen — Mordomo de Hartfield; sempre em conflito com a senhora Sedgewick.

Senhor Benedict Ashbrooke — O irmão mais novo de lorde Culver e recém-chegado do continente.

Senhor Edmund Ashbrooke — Um dos irmãos mais novos de lorde Culver.

Senhor Fudge — Mordomo de lorde Wilford.

Senhor Herbert Jesson — Bem-sucedido comerciante de tulipas e amigo de escola do senhor Benedict Ashbrooke. Também é conhecido como senhor Tulipa.

Senhora Sedgewick — Governanta de Hartfield; sempre em conflito com o senhor Allen.

Senhorita Mary Buckley — Irmã de lorde Wilford e melhor amiga de lady Eleanor Ashbrooke.

Prólogo

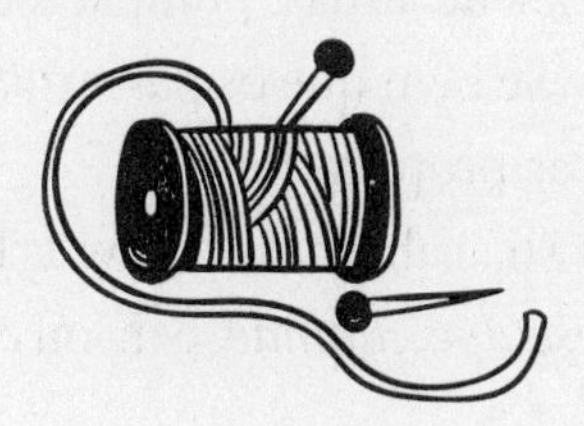

Euphemia Reeves era uma jovem muito irritadiça.

Esse fato teria surpreendido a maioria dos outros empregados de Hartfield. Na verdade, se alguém perguntasse à estimada governanta, a senhora Sedgewick, a mulher diria que Effie era quase o tipo *ideal* de criada. Até onde a senhora Sedgewick sabia, Effie nunca fugia de suas obrigações e sempre se portava com perfeita compostura.

A governanta teria ficado chocada ao ouvir as palavras que saíam dos lábios de Effie naquele momento.

— ... nenhuma consideração, *nenhuma*! — sibilou Effie para si mesma, enquanto esfregava o piso de madeira da entrada pela terceira vez naquele dia. A lama grudara novamente nas tábuas do piso depois que os homens da família tinham marchado, um por um, vindos do desagradável clima invernal lá fora. — Devia ser contra a lei sair para cavalgar quando tem lama e neve!

Lorde Culver e um de seus irmãos mais novos, o senhor Edmund Ashbrooke, não tinham a menor noção da sujeirada espetacular que deixavam para trás. Effie teria recebido uma bronca daquelas se entrasse em casa calçando as botas, mas lorde Culver, que era mais de quinze anos mais velho que ela, estava tão acostumado com a bagunça desaparecendo magicamente atrás de si que não via necessidade de tirar as botas até já ter subido para o próprio quarto. Alguma pobre lavadeira em breve teria que esfregar toda a roupa dele depois que o homem se trocasse.

"Não adianta ficar zangada", a mãe de Effie costumava repreendê-la. "Isso só vai lhe causar problemas. Você pode ter todos os pensamentos raivosos que quiser, mas eles precisam ficar dentro da sua cabeça!"

— Uns periquitos cheios de lama e pompa, todos eles! — murmurou Effie para seu escovão. — Se bem que os pássaros são mais espertos, né? Pelo menos eles limpam as próprias penas!

Em vez de ficarem em sua cabeça, as palavras lhe estavam escapando baixinho naquele dia. *Desculpe, mamãe*, pensou ela, arrependida. *Fiquei sem paciência de novo.*

Em geral, quando Effie se via irritada dessa maneira, ela procurava algum jeito conveniente de se recompor — o bordado, por exemplo, sempre fora extremamente reconfortante para ela. Mas os Ashbrooke ofereceriam *outro* baile na noite do dia seguinte, e os empregados estavam correndo de um lado para o outro tentando dar conta dos preparativos mais uma vez. Lady Culver tinha se casado com lorde Culver no ano passado, em Londres, e, desde que o casal retornara, a mulher tinha se mostrado determinada a assumir o comando da criadagem para administrar as coisas do jeito *dela*.

Infelizmente, o estilo de lady Culver parecia se resumir a demitir qualquer empregado que por acaso a desagradasse e não fazer a menor questão de substituí-lo.

Do jeito que lady Culver conduz as coisas, ela deve achar que contratou um bando de mágicos em vez de empregados, pensou Effie, cansada. *Ela deveria colocar isso em seu próximo anúncio... Quem sabe o mago da corte da Inglaterra aparece e lava a roupa dela!*

Esse pensamento, é lógico, só deixou Effie ainda mais mal-humorada. Ela suspirou e vasculhou suas lembranças, procurando por uma cantiga de roda. A cozinheira usava cantigas para cronometrar o preparo da comida, e Effie passara a recorrer a elas como último recurso para acalmar os nervos. Ela estreitou os olhos e recitou cuidadosamente olhando para o chão:

"Ciranda, cirandinha,
Vamos todos cirandar,
Vamos dar a meia-volta
Volta e meia vamos dar..."

A prolongada frustração do dia diminuiu um pouco com a rima monótona, e Effie relaxou um pouco os ombros. Ela tinha acabado de recomeçar o verso, concentrando-se na limpeza, quando foi interrompida.

— Lydia! Está por perto, Lydia? — A voz fina e esganiçada da senhora Sedgewick ressoou no corredor atrás de Effie. — Pelo amor de Deus... alguém viu Lydia? Não tenho tempo para ficar procurando cada criada desta casa!

Effie respirou fundo para se acalmar e tentou desfazer a cara de mau humor quando a senhora Sedgewick apareceu dobrando o corredor. A velha e severa governanta caminhou na sua direção; as solas de madeira das botas de cano baixo da mulher produziam um ruído cortante enquanto ela avançava. Estava com uma aparência particularmente imaculada hoje, com o cabelo escuro preso em um coque apertado no topo da cabeça. Usava seu vestido de governanta feito de seda preta, como sempre, pois tinha um orgulho desmedido da peça e fazia questão de jamais ser vista com qualquer outra roupa.

— Effie! — chamou ela. — Viu Lydia por aí? Sua Senhoria gostaria que o piano do salão de baile fosse espanado novamente. Ela afirma que ainda consegue ouvir a poeira nele.

Effie estremeceu com a ideia. *Já espanamos aquele maldito piano duas vezes!*, pensou, furiosa. *Talvez alguém devesse testar a audição de Sua Senhoria, para ver se ela não está ouvindo demais.* Mas o que ela respondeu em voz alta foi:

— O senhor Allen mandou Lydia arejar um dos quartos de hóspedes, senhora Sedgewick.

Os olhos da governanta faiscaram de irritação.

— Ele mandou? — observou ela, gélida. — Ora, ora. E desde quando as criadas da casa começaram a receber ordens do *mordomo*?

Effie reprimiu um suspiro de frustração. A governanta vinha se desentendendo com o novo mordomo, o senhor Allen, desde que ele fora contratado para Hartfield. Lady Culver havia demitido o antigo mordomo, o senhor Simmons, mas, já que não tinha como Hartfield sobreviver sem um mordomo, a família de lady Culver insistira em enviar o senhor Allen para ocupar o cargo. Ele tinha sido um mordomo muito conceituado em Londres, antes de se dignar a assumir Hartfield. Todo mundo sabia que ele só estava ali por conta de um pedido fervoroso de algum parente nobre. Infelizmente, a reorganização repentina da criadagem por parte do senhor Allen tinha enfurecido a governanta, que estava bastante acostumada a trabalhar com o senhor Simmons e não gostava nem um pouco desse novo e mais refinado intruso.

Só Deus sabia quem era o real culpado da primeira briga entre o mordomo e a governanta, mas a rivalidade foi piorando cada vez mais com o passar das semanas, a ponto de até mesmo os cavalariços se verem forçados a escolher um dos lados.

— Não sei muito mais que isso — disse Effie. — Mas Lydia deve estar lá em cima, se quiser encontrá-la.

Effie esfregou a madeira para tirar a lama, mantendo os olhos cuidadosamente no chão.

— Ele está mandando nas criadas! — repetiu a governanta, bufando. — Ah, aquele homem desagradável, se achando superior! Lady Culver vai ficar sabendo disso... ah, se vai!

Effie não respondeu desta vez, embora tivesse certeza de que a senhora Sedgewick *queria* que ela o fizesse. Havia aprendido que, se não reagisse às declarações dramáticas da governanta, a mulher acabaria desistindo e indo atrás de uma das criadas mais chegadas em fofoca.

— Se continuar desse jeito, o senhor Allen pode muito bem estragar o baile — insistiu ela. — Juro que não hesitarei em colocar a culpa nele se isso acontecer.

— Sim, senhora Sedgewick — murmurou Effie, obediente.

A governanta comprimiu os lábios, formando uma linha rígida.

— Bem — continuou ela. — Estou *atolada* de trabalho. Não posso simplesmente ficar o dia todo aqui de conversa fiada com as criadas.

Ela disse isso como se *Effie* tivesse iniciado a conversa, e não ela.

— Sim, senhora Sedgewick — repetiu Effie, com cautela.

Mas ela tinha começado a contorcer a boca de aborrecimento e sabia que não podia ousar erguer os olhos, com medo de revelar a irritação no rosto.

A mulher se virou e se dirigiu outra vez para o corredor, com o *clique--claque* das solas de madeira desaparecendo devagar atrás dela. Assim que ela saiu, Effie soltou um suspiro longo e cansado.

— Nenhum de nós tem tempo pra conversa fiada, é claro — murmurou Effie para seu escovão. — Imagine só! *Tempo!*

Ela deu uma olhada no balde de água ao seu lado e bufou, ficando de pé. Teria que espalhar areia que usava para limpeza na entrada novamente...

A porta da frente se abriu de maneira abrupta.

Effie cambaleou para trás com um grito agudo de surpresa. Seu pé ficou preso no balde de água, e ela se viu tombando de costas.

— Meu Deus! — exclamou um homem.

Um braço forte e firme envolveu a cintura de Effie bem a tempo de impedi-la de cair.

Dois calorosos olhos castanhos piscaram diante dela. Um aroma agradável e intenso a envolveu. *É sândalo*, pensou Effie, e apenas um toque de ar fresco. Ela corou ao reconhecer as feições fortes e belas do senhor Benedict Ashbrooke.

— Ai! — guinchou Effie. — Eu... sinto muito!

Benedict apenas encarou. Seu cabelo escuro estava agradavelmente despenteado e coberto de neve derretida. Ele era o irmão mais novo da família Ashbrooke. Effie sempre dissera que também era o irmão mais *bonito*... ou pelo menos *pensara* isso em silêncio, antes de ele partir, alguns anos antes, para viajar pelo continente. Enquanto ele a fitava com aquele sorriso acanhado, segurando-a em seus braços fortes e quentes, Effie se viu completamente sem palavras.

— Não tem com o que se preocupar — assegurou-lhe Benedict. — Sou eu quem deve pedir desculpas, tenho certeza.

Então colocou Effie de pé com cuidado, embora suas mãos permanecessem nos ombros dela com um resquício de preocupação. Ele franziu a testa para ela.

— Posso jurar que conheço seu rosto, senhorita. Já nos vimos antes? Está hospedada aqui para um dos bailes de lady Culver, por acaso?

Effie ficou sem reação, atordoada. *Para o baile?*, pensou ela. *O que diabos ele quer dizer com isso?*

— Acho que me conhece, *sim*! — disse Effie.

Ela não deveria ousar ser tão atrevida, mas seu coração ainda estava acelerado dentro do peito, e a cabeça, quente e confusa com a proximidade dele.

— Eu sabia — lamentou Benedict. — É que sou péssimo com nomes... mas normalmente me lembro muito melhor quando vem acompanhado de um rosto tão bonito.

Effie arregalou os olhos. *Não sei mais o que está acontecendo*, pensou.

— Meu Deus do céu, Benedict! — chamou a voz de lady Culver, vinda da escada, e Effie ergueu o olhar para ela. A dona da casa era pouco mais velha que a própria Effie, mas a careta horrenda que no momento dominava suas feições delicadas e aristocráticas fazia com que ela se parecesse mais com a velha senhora Sedgewick. — Voltou de viagem, então? — perguntou lady Culver, impaciente. — Por que ninguém me avisou que era para esperá-lo? E, aliás... por que está trocando gentilezas com a criadagem?

Benedict franziu a testa de novo. Ele deu uma olhada em Effie, que se encolheu de vergonha sob o olhar dele. Ao fazer isso, ela avistou a renda velha e desgastada costurada no decote do próprio vestido.

Estou usando um dos vestidos velhos de lady Culver, Effie percebeu, então. *Mas, sem dúvida, ninguém com meio cérebro me confundiria com uma dama.*

— Ah — disse Benedict. — Entendo. — Ele dirigiu outro sorriso inofensivo para ela. — Bem — prosseguiu, se dirigindo a Effie —, parece que constrangi a nós dois. Queira me perdoar, senhorita.

— Claro que está perdoado — murmurou Effie.

Foi a única coisa que ela conseguiu pensar em dizer naquele momento.

Benedict pigarreou e ergueu o olhar para lady Culver, no alto da escada.

— Mandei uma carta para Thomas — informou a ela. — Mas suponho que ele tenha se esquecido de repassar a informação, não é?

Lady Culver estreitou os olhos.

— Pelo jeito, sim — respondeu ela. — Bem, Benedict, sorte a sua termos arejado os quartos. O chalé está inabitável no momento, mas ainda deve haver um quarto extra para você em Hartfield, apesar do lapso do meu marido. — Ela fez uma pausa. — Amanhã à noite, porém, haverá um baile. Você terá que se colocar à disposição das jovens para dançar, caso contrário, ouviremos falar disso para sempre.

Benedict riu da observação. Sua risada emitia um som caloroso e autêntico que Effie de repente achou muito difícil de ignorar.

— Eu gosto de dançar — disse ele a lady Culver. — Portanto, não será nenhum sacrifício.

Benedict fez menção de subir a escada, mas se deteve, pensativo, e baixou o olhar para os pés. Deu um passo cuidadoso para trás e descalçou as botas enlameadas, uma após a outra.

— Realmente não há necessidade de lhe dar *mais* trabalho, não é? — comentou ele para Effie, como quem se desculpa.

Então subiu a escada antes que ela pudesse encontrar palavras para responder.

Quando sua silhueta desapareceu, Effie se deu conta de uma constatação e ficou horrorizada.

— Ah, puxa vida. Acho que acabei de me apaixonar.

Um

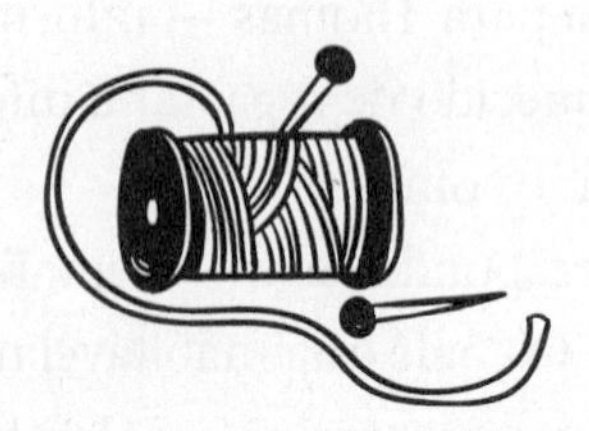

— Até o senhor Allen acha que lady Culver devia contratar mais empregados para o trabalho que ela manda a gente fazer — comentou Lydia, bufando, enquanto espetava a meia em seu colo com uma agulha. Ela e Effie estavam acomodadas nas camas estreitas do quarto que compartilhavam no subsolo, calmamente remendando algumas peças antes de dormir. — Eu o ouvi falar isso para o George quando não me viu do outro lado do corredor. Ele disse também que é um crime o pouco que ela paga ao restante de nós!

Effie balançou a cabeça, preocupada. Seu irmão George trabalhava como lacaio da casa e muitas vezes era linguarudo até demais.

— George e o senhor Allen deviam falar mais baixo — disse Effie, enquanto costurava um rasgo na bainha de seda. — Nem mesmo o senhor Allen vir com boas recomendações de pessoas chiques vai salvar a pele dele se lady Culver souber que ele comentou qualquer coisinha ruim sobre ela.

— Bem, ele tá certo, não é? — disse Lydia, impaciente. — Olhe pra gente, Effie! Já passa da meia-noite, e só agora estamos remendando nossas próprias coisas! — Ela franziu a testa enquanto fitava Effie. — Mas…

Ah, não... O que é *isto*, Effie? Esse não pode ser o vestido da senhora Sedgewick! Achei que você já tivesse remendado isso semanas atrás!

Effie soltou um suspiro pesado.

— *É* o vestido dela — respondeu. — Ela quer que ele esteja remendado para o baile, caso algum convidado a veja. Disse que não confia em mais ninguém pra costurar isso para ela.

— E você se ofereceu pra fazer, não foi? — questionou Lydia, em tom acusatório. Ela torceu o nariz em desgosto. — Sabe o que você é, Effie? *Cronicamente prestativa*. É uma doença. A gente devia chamar um médico pra você.

Effie não sabia o significado da palavra *cronicamente*, mas tinha certeza de que Lydia devia ter ouvido isso de alguém havia pouco tempo; a outra criada adorava um vocabulário rebuscado e muitas vezes pescava palavras novas das conversas que costumava entreouvir durante o trabalho.

— É ruim ser cronicamente prestativa? — murmurou Effie. — Isso faz mal a alguém?

— É terrível! — exclamou Lydia, sem rodeios. — Você nunca diz não pra ninguém, nunquinha. Basta uma pessoa anunciar em voz alta o problema que tem pra você tentar resolver por ela. E é por isso que sempre acaba consertando tudo pra todo mundo, Effie, mesmo quando eles são perfeitamente capazes de fazer isso por conta própria.

Effie comprimiu os lábios. Mais cedo naquele dia, logo após o estranho incidente com Benedict, ela havia passado alguns minutos maravilhosos sentindo que flutuava pela mansão. Mas um dia inteiro correndo ofegante de um lado para o outro tinha esmagado aquela pequena sensação de euforia e a transformado na infeliz frustração de sempre.

— Não posso simplesmente dizer não para a senhora Sedgewick — retrucou Effie, suspirando. Ela se esforçou para reprimir sua insatisfação. Mais alguns pontos no tecido acalmaram um tantinho seu humor, embora não tenham conseguido aliviar a crescente dor de cabeça atrás de seus olhos. — Se a senhora Sedgewick *ou* Sua Senhoria decidirem se livrar de mim, voltarei pra casa e tirarei comida da mesa da minha mãe. Ela não tem dinheiro pra isso.

Lydia fez um ruído de desgosto.

— Ah, e eles demitiriam *mesmo* você por isso, não é? — resmungou ela. — Lembra quando a coitada da Lucy engravidou e botaram a menina no olho da rua? Ouvi dizer que lady Culver não deu um centavo sequer a Lucy... nem deixou que a levassem de carruagem pra casa! — Lydia balançou a cabeça, como se quisesse se livrar da lembrança desagradável. — Enfim... imagine ser uma governanta! A gente teria outros empregados pra fazer todas as nossas tarefas, né? Aposto que a senhora Sedgewick já está dormindo na cama dela, enquanto *você* conserta a saia do vestido dela!

Uma onda de raiva percorreu Effie com o comentário. Ela se curvou sobre o vestido, cerrando os dentes. *Não adianta ficar irritada*, Effie lembrou a si mesma. *Não posso mudar as coisas, então ficar irritada só vai me trazer problemas.*

— Não vale a pena reclamar — murmurou Effie. — Ei, vamos falar de algo mais interessante... Viu que o senhor Benedict voltou pra casa hoje?

Lydia franziu a testa.

— E isso é mais interessante? — perguntou ela. — Será mais um membro da família no meio do caminho em *mais um* baile horrível.

Effie ficou corada.

— Ele não é tão ruim assim — objetou ela. — E pelo menos é um colírio para os olhos, né?

Lydia sorriu.

— Aaah — disse ela. — Você tem uma *tendre* por ele, Effie?

Effie nunca escutara a palavra "*tendre*" antes, mas conseguiu deduzir o seu significado com base na maneira como Lydia a pronunciou.

— Eu, não — mentiu Effie, tensa. — Seria idiotice da minha parte, né?

Lydia deu de ombros e pôs a meia de lado.

— Não sei — retrucou ela. — Às vezes é bom sonhar. E, se às vezes não temos tempo pra dormir, pelo menos ainda podemos *fantasiar*.

Effie olhou para o vestido em seu colo.

— Sim — disse ela, suavemente. — É o que nos resta.

A única vela sobre a mesa logo se apagou, e Effie foi forçada a parar de trabalhar no vestido. Ao fechar os olhos e tentar dormir, ela se viu sonhando com calorosos olhos castanhos e um sorriso agradável e apaixonante.

Effie não teve muito tempo para sonhar.

As seis da manhã chegaram em um piscar de olhos, e Lydia logo começou a sacudir Effie pelos ombros, murmurando algo sobre as lareiras. As duas correram para executar suas tarefas cotidianas habituais, cientes de que os preparativos de última hora para o baile interromperiam sua programação o dia todo. De fato, lady Culver logo começou a chamar criadas para ajudar com seu cabelo, e a governanta despachou Effie para polir todos os espelhos do salão de baile uma última vez.

Quando Lydia se juntou a Effie para distribuir as últimas flores pelo salão, nenhuma delas havia tomado o café da manhã, nem mesmo feito um lanche rápido ao meio-dia. Mas logo os convidados começaram a chegar, e não haveria tempo para descanso tão cedo.

A senhora Sedgewick entrou apressada no salão de baile por uma porta lateral, agarrando os ombros de Lydia e Effie.

— Alguém poderia ir ver como está a Cookie? — exigiu a governanta, sem fôlego. — E onde *estão* as bandejas do ponche?

Lydia fechou os olhos com um leve resmungo. Effie reprimiu sua resposta instintiva, que seria "Talvez tenham sido esquecidas junto com nosso café da manhã!", e estampou um sorriso educado no rosto.

— Vou dar uma olhada, senhora Sedgewick — disse ela, com uma paciência infinita que não sentia.

Pelo menos vou poder pegar alguma coisa pra comer enquanto estiver na cozinha, pensou ela.

Effie escapou pela porta lateral e desceu pelas passagens que levavam ao subsolo. Risadas animadas vinham da entrada da mansão, onde os convidados ainda confraternizavam. Ela sentiu uma estranha pontada de anseio no peito quando se imaginou de pé naquela entrada principal, em vez de embaixo dela.

Talvez Benedict estivesse lá, socializando com os convidados. Se Effie fosse realmente a nobre dama com quem ele a confundira, estaria lá com ele, vestida com sua melhor roupa de gala. Ou melhor, vestida com algo parecido com a melhor roupa de gala de lady Culver. Effie se imaginou em um lindo vestido cor de creme, cheio de rendas e ornamentos bordados. Benedict sorriria ao vê-la e perguntaria se ela poderia reservar-lhe uma dança…

— Saia do caminho, Effie! — sibilou uma voz atrás dela.

O irmão dela, George, cutucou suas costas, e Effie se deu conta de que havia parado no meio dos estreitos corredores da criadagem, ouvindo a festa.

Effie disparou para a frente, corada de vergonha.

— Me desculpe! — murmurou ela. — Estou tão cansada, George, que perdi um pouco a cabeça.

— Não perdemos todos? — resmungou George atrás dela.

Effie abriu a porta da cozinha e entrou, saindo do caminho dele. George tossiu forte e ergueu a mão para cobrir a boca, e Effie franziu a testa para o irmão.

— Que tosse feia — disse ela. — Você está bem?

— Ótimo — assegurou-lhe George. — Só cansado.

Effie procurou seu lenço e o ofereceu a ele, mas George balançou a cabeça e apanhou o próprio lenço.

— Eu tenho um — informou ele. — O seu tem um bordado tão lindo… Eu não gostaria de estragar.

Effie soltou um suspiro.

— Você devia descansar um pouco — sugeriu ela.

— Talvez sim — retrucou George, com ironia. — E talvez eu devesse ganhar mais. E talvez, considerando que estamos nisso, devesse haver menos bailes. Acha que Sua Senhoria faria uma reunião comigo para debater isso durante o chá?

— Você precisa *mesmo* ter cuidado com o que fala, George — repreendeu Effie, sem energia. — Sabe o que mamãe diria.

— Mamãe não está aqui agora — respondeu George, secamente. — Acordei ao amanhecer e fui dormir à meia-noite todo dia durante a última semana, Effie. Não seria normal se eu *não* reclamasse pelo menos um pouquinho. — Ele a cutucou de novo, mais insistente desta vez. — Agora, pare de me atrasar. Eu só quero sobreviver a esta noite horrível.

Effie recuou para a cozinha, e George passou por ela em direção à saída antes que a irmã pudesse incomodá-lo mais.

A cozinheira-chefe da casa, mais carinhosamente conhecida como Cookie, estava empratando alguns frios e pãezinhos. Effie viu as bandejas de ponche ao lado da mulher e agarrou uma delas, apressada.

— Vou levar isto aqui! — gritou para a atarefada cozinheira.

Cookie mal assentiu para ela, mas foi o suficiente para sinalizar sua concordância. Effie saiu correndo da cozinha e subiu para o salão de baile.

Os convidados tinham começado a entrar; uma das damas se sentara ao piano de cauda, tocando uma melodia animada. Effie andou por entre os convidados com a bandeja de ponche, mantendo os olhos cuidadosamente fixos nos pés. A última coisa de que ela precisava era tropeçar de cansaço e derramar o ponche em alguma dama importante.

— Ah, vou querer um, por favor.

Uma mulher loira de vestido azul estendeu a mão para pegar um copo da bandeja. Seu cabelo estava preso com uma corrente dourada e suas bochechas estavam levemente rosadas com ruge.

— Acho que vou querer também — falou Benedict do outro lado de Effie, e o som da voz dele a paralisou.

Benedict pegou um copo da bandeja, e Effie o fitou. Ele estava tão elegante quanto os outros convidados, com um belo colete dourado e uma casaca preta. Em seu belo rosto havia um sorriso tão caloroso que Effie ficou encarando-o.

O coração dela disparou. Por apenas um instante, enquanto os olhos dele a encaravam, Effie se viu presa entre a fantasia e a realidade. Uma convicção irracional a dominou: Benedict a havia reconhecido! Será que ele a convidaria para dançar, ali e naquele momento?

— Duntham! — gritou Benedict, então, com voz alegre. Seus olhos tinham se fixado em alguém logo atrás de Effie. — Já faz quantos anos?

Ele passou por ela com um sorriso... e era como se o coração de Effie despencasse até os pés.

E o que eu estava esperando?, pensou ela, desanimada. *Desta vez estou carregando uma bandeja. Isso me torna praticamente invisível, né?*

Como criada, Effie estava acostumada a ser ignorada. Na verdade, ser ignorada era uma habilidade crucial para alguém de sua posição — os nobres em geral preferiam que seus empregados parecessem inexistentes, na medida do possível. Mas, de alguma forma, a experiência de ser ignorada por *aquele* cavalheiro em particular a magoou de um jeito que ela não esperava. Se Benedict nunca tivesse falado com ela antes de maneira tão encantadora, pensou, ela não teria sido tola de se achar mais importante do que era.

Uma decepção terrível e aborrecida se misturou ao cansaço; a sensação subiu de seu estômago até a garganta, formando ali um nó duro feito pedra. Lágrimas quentes arderam no canto dos olhos de Effie, e ela recuou em direção à parede, horrorizada.

— Ah, Lydia! — exclamou ela, sem fôlego. — Pode pegar a bandeja, por favor?

A amiga deixou os ombros caírem.

— Você acabou de chegar com ela, Effie! — sussurrou ela em tom de queixa. — Não pode distribuir as bebidas só mais um *pouquinho*?

— Estou quase chorando — contou Effie a Lydia, no tom mais calmo que conseguiu. — Preciso de um pouco de ar, ou não vou conseguir me segurar.

Lydia pegou a bandeja dela com um suspiro cúmplice.

— Minha nossa — lamentou ela. — Bom, então vá e acabe logo com isso. Pode ser que eu também precise dar uma chorada quando esta noite terminar.

Effie passou por Lydia em direção à porta lateral, descendo pela passagem dos criados. Ao fazer isso, suas lágrimas transbordaram, e ela se viu chorando de raiva e vergonha.

As crises de choro tinham se tornado um pouco mais comuns entre os empregados nos últimos dias, mas mesmo assim Effie não queria ser flagrada aos prantos em um dos corredores apertados do subsolo. Portanto, ela se dirigiu para o lado de fora, bem nas imediações do grande labirinto de sebes que se estendia por trás da mansão.

Normalmente, o labirinto seria um lugar divertido para pelo menos alguns dos convidados, mas a lama e a neve o haviam tornado bem menos agradável naquela noite. Como resultado, Effie tinha o banco em frente à sebe só para ela. Ela se acomodou, enxugando o rosto e esfregando os braços. O ar fresco e frio amenizou seu sofrimento, e ela respirou fundo algumas vezes para se acalmar.

Os acordes fracos do piano de cauda vinham em sua direção saindo das janelas. A dança começara, pensou. Todos aqueles belos cavalheiros logo convidariam todas aquelas lindas damas em seus elegantes vestidos para a pista de dança. Benedict provavelmente estava convidando uma mulher para dançar naquele exato momento.

— Isso pouco importa, né? — resmungou Effie consigo mesma. — Por que deveria importar o que ele está fazendo? Com certeza, ninguém jamais *me* convidaria pra dançar. — Ela piscou algumas vezes e forçou uma risada. — Rá! Que ideia!

— Nossa. — Uma voz suave em um tom curioso surgiu do lado direito de Effie, e ela ficou paralisada. — É uma ideia tão estranha assim? Mas, ainda mais do que antes, agora me sinto compelido a perguntar: *gostaria* de dançar, senhorita?

Effie ficou de pé sem muita firmeza. Ela se virou para encarar o homem que havia falado... e se viu ainda mais confusa.

Ele era um homem alto e esbelto, usando uma bela casaca de veludo preta. Seu cabelo era tão preto quanto a peça e levemente desgrenhado nas pontas. Seus olhos eram de um verde-esmeralda impressionante, como folhas brotando na primavera. Eles irradiavam um brilho suave de um jeito que o fazia se destacar ao luar. Ele não usava gravata, Effie notou, mas havia um ramo de roseira em flor enroscado em seu pescoço que servia ao mesmo propósito.

— Eu... sinto muito, senhor — conseguiu dizer Effie. — Eu nunca teria vindo aqui se achasse que ia incomodar alguém...

— Ah, mas eu não estou nem um pouco incomodado! — afirmou o homem, com sinceridade. Ele sorriu para Effie, e ela sentiu uma pontada no coração dolorido quando pensou em como isso o fazia parecer bonito, mesmo na penumbra. Suas feições eram muito elegantes; as maçãs do rosto eram tão angulosas que ela poderia ter cortado o dedo nelas. — Estou muito feliz em conhecê-la, para falar a verdade — acrescentou. — Isso tudo é empolgante!

Effie engoliu em seco, cruzando as mãos à sua frente. Havia algo muito estranho na maneira como o homem falava com ela, mas ela ainda não sabia exatamente o que era.

— Senhor... — disse ela devagar — ... sabe que sou uma criada daqui, certo?

Ela não desejava repetir a decepcionante interação do dia anterior com Benedict.

— É mesmo? — perguntou o homem. Ele a examinou, e seus olhos faiscaram. — Meu Deus, a senhorita *é*! — O sujeito parecia de alguma forma ainda mais entusiasmado com esta revelação. — Ainda mais perfeito! Por favor, poderia me dizer o seu nome?

Effie ficou sem reação. Não conseguia se lembrar da última vez que um nobre tinha perguntado o seu nome.

— Hã... Meu nome é Euphemia Reeves, milorde — respondeu ela. — Mas a maioria das pessoas me chama de Effie.

— Que nome lindo! — O nobre sorriu para ela com tanta animação que Effie se perguntou se ele já havia ficado descontente com alguma coisa na vida. — Bem — continuou ele —, sou o lorde Blackthorn. E tenho que perguntar mais uma vez: *gostaria* de dançar, senhorita Euphemia?

Ele estendeu a mão, e Effie percebeu que o homem queria mesmo que ela a aceitasse.

Isso não é uma boa ideia, pensou Effie. Tirando o fato de que não deveria dançar com convidados, uma parte dela havia notado que lorde Blackthorn era um homem desconfortavelmente estranho. Além disso, Effie nunca tinha ouvido falar de nenhuma terra chamada "Blackthorn".

No entanto, o corpo de Effie reagiu mais rápido que seus pensamentos, e quando ela viu já estava segurando a mão dele. Os dedos de lorde Blackthorn eram muito longos e finos, e de alguma forma ele carregava consigo o aroma de rosas frescas, mesmo em pleno fevereiro.

— Acho que conheço esta dança! — disse lorde Blackthorn com prazer. — Ora, acho que lady Hollowvale me ensinou semana passada! — Ele pegou Effie pela cintura, enquanto ela se esforçava para lembrar se já tinha ouvido falar de algum lugar chamado "Hollowvale". Lorde Blackthorn a girou, e ela tropeçou sem jeito nos próprios sapatos soltando um arquejo suave. — Agora, senhorita Euphemia — prosseguiu ele com delicadeza, como se ela não tivesse acabado de se atrapalhar nos primeiros passos. — Devo lhe fazer uma pergunta muito importante: a senhorita diria que não tem poder algum?

— Eu... O quê? — indagou Effie, aturdida. Ela tropeçou de novo, já desesperada para acompanhá-lo, mas lorde Blackthorn mal parecia notar sua dificuldade. *Algo nessa pergunta parece ser inapropriado*, refletiu. Mas ela não conseguia identificar exatamente *o quê*, então acrescentou: — Não sei o que quer dizer, milorde.

— Bem — disse lorde Blackthorn, pensativo —, se tivesse que escolher, a senhorita diria que é *poderosa* ou diria que *não* tem poder algum?

Ele a girou de novo, e Effie começou a se sentir tonta. *Não acho que a dança seja assim*, pensou ela. A mente de Effie processou as palavras dele, e seu pavio curto se manifestou.

— Com todo o respeito — disse ela, irritada —, sou poderosa o suficiente pra pisar nos seus dedos caso decida tomar liberdades, senhor!

Lorde Blackthorn inclinou a cabeça para Effie, parecendo confuso. Naquele instante, ela viu que as orelhas dele eram levemente pontudas.

O coração de Effie foi parar na boca com um pavor repentino.

Um feérico!, ela pensou, em desespero. *Que Deus me proteja, estou dançando com um feérico!*

— Eu a insultei? — perguntou lorde Blackthorn. — Ah, não foi essa a minha intenção, de jeito nenhum! Veja, nos últimos tempos ando investigando a virtude inglesa. Eu achava que estivesse relacionada com botas elegantes e casacas caras... É bastante entediante, não concorda? Mas lady Hollowvale me informou que na verdade tem a ver com ser gentil com aqueles que não detém poder e cruel com os poderosos. E por isso tenho procurado um ou outro por toda parte, para testar o conceito!

Effie arregalou os olhos.

— Não tenho nada de poder, senhor! — afirmou ela, apressando-se em garantir isso a ele. — Pense em uma pessoa sem poder!

Lorde Blackthorn riu com prazer.

— Mas que sorte! — exclamou ele. — Fiquei me perguntando por quanto tempo precisaria procurar, mas aqui está a senhorita! E no meu quintal, por assim dizer.

Ele a girou mais uma vez, mas Effie não teve coragem de pegar na mão do feérico novamente. Em vez disso, caiu bem no lamaçal, choramingando de medo.

A lama fria e úmida cobriu as mãos de Effie e encharcou os joelhos da saia de seu vestido. Sob outras circunstâncias, ela teria ficado horrorizada, sabendo que isso significava mais roupa para lavar. Mas o terror de sua situação atual superava em muito o de um pavoroso dia a mais lavando roupas. A mãe de Effie havia lhe narrado muitos contos e advertido sobre os seres feéricos; quase todas aquelas histórias acabavam muito mal para o desventurado padeiro, sapateiro ou leiteiro que por acaso se deparasse com um ser do mundo das fadas. Na verdade, muitas delas terminavam com o pobre protagonista entregando sem querer a própria alma.

Lorde Blackthorn riu como se Effie tivesse se jogado de propósito na lama, em alguma brincadeira. Ele estendeu a mão, mas ela apenas o encarou do chão lamacento. Diante do silêncio prolongado da moça, ele se abaixou para puxá-la pelos braços com uma força desconcertante, colocando-a de pé e usando a mão para varrer delicadamente a lama de seu vestido. Isso, é lógico, pouco adiantou para limpar o tecido.

— Ah, excelente! — observou lorde Blackthorn. — A senhorita manchou seu vestido! Com certeza isso é um inconveniente terrível. Gostaria da minha ajuda para limpá-lo?

Effie comprimiu os lábios, sem saber o que dizer. *As pessoas nos contos de fadas costumam se meter em apuros quando dizem a coisa errada*, pensou. *Talvez, se eu só não falar nada, ele vá embora.*

Lorde Blackthorn piscou os olhos extremamente verdes.

— Ainda por cima se machucou? — indagou ele. — Infelizmente acho que não posso curá-la. Esse poder está acima da minha alçada. Mas... — Ele bateu com o punho enluvado na outra mão, como se tivesse tido uma inspiração repentina. — ... eu poderia remover qualquer membro que a preocupasse e substituí-lo por um novo!

Effie arregalou os olhos, aterrorizada.

— Não! — gritou, antes que pudesse se conter. — Não, não, não, isso é... generoso demais! Por favor, nem pense nisso!

Lorde Blackthorn pestanejou, confuso.

— Mas não é nem um pouco generoso — objetou ele. — Eu teria que pedir algum tipo de pagamento em troca, por mais que não desejasse. Infelizmente é assim que os feéricos devem fazer as coisas.

Effie forçou um sorriso trêmulo ao ouvir isso, pressionando os dedos na palma das mãos.

— Sou muito pobre — afirmou ela. — Não poderia pagar nem que quisesse, Vossa Senhoria. Receio que terá que encontrar outra pessoa pra ajudar.

Lorde Blackthorn franziu a testa, pensativo.

— Não preciso de dinheiro — disse ele. — Eu poderia levar a sua lembrança mais feliz, talvez... ou então uma pequena parte do seu nome. Juro que a senhorita nem sentiria falta de uma sílaba ou duas.

Meu Deus, orou Effie silenciosamente. *Permita que eu me livre deste feérico com segurança e darei o dízimo em dobro neste domingo.*

— É muita gentileza sua — replicou ela, bem devagar. — Mas prefiro resolver meus problemas por conta própria. Minha mãe sempre me disse que isso fortalece o caráter.

Lorde Blackthorn pareceu tão profundamente desapontado com isso que Effie quase sentiu pena dele.

— Eu tinha tanta certeza de que isso funcionaria perfeitamente... — confessou ele, com um suspiro. — Estava convencido de que a senhorita tinha algum problema terrível que eu poderia resolver. Mas... — Seus olhos brilharam de curiosidade. — Se me permite perguntar... por que estava *chorando*, senhorita Euphemia?

Effie engoliu em seco. Ela tinha certeza de que contar seus problemas a um feérico não poderia resultar em coisa boa. Mas aqueles estranhos olhos verdes se fixaram nela, e as palavras subiram até a garganta, jorrando livremente sem a sua permissão.

— Eu me apaixonei por alguém — respondeu Effie, com voz rouca. — Foi muita estupidez da minha parte. E esta noite fui lembrada que ele jamais poderá retribuir o meu amor.

Effie amaldiçoou a própria boca por agir sem controle. *Eu não quis dizer nada disso!*, pensou. *Será que ele já fez alguma magia comigo?*

— Que catástrofe — comentou lorde Blackthorn, suspirando, mas de um jeito que Effie não conseguiu saber se ele estava contente ou sendo solidário. — Mas por que ele não pode retribuir o seu amor? A senhorita parece um ser humano perfeitamente adorável. Tem uma alma própria e todos os dedos com que nasceu!

Mais uma vez, Effie tentou ficar calada, mas lorde Blackthorn havia se demorado de maneira estranha nas sílabas de seu nome, e o som tocou a alma dela, impelindo uma nova resposta a sair de seus lábios.

— Ele é filho de um barão, Vossa Senhoria — deixou escapar Effie. — E eu sou só uma criada. Um filho de barão nunca se casará com uma empregada. Isso não acontece.

Lorde Blackthorn pareceu bastante perplexo com a informação, então Effie acrescentou:

— Seria como... como se o senhor me fizesse um favor sem que eu lhe pagasse.

Este complemento trouxe a luz da compreensão aos olhos do feérico, e ele assentiu como se tivesse compreendido tudo.

— Entendo — disse lorde Blackthorn. — Ah, que problema. Que problema *extraordinário*! — Ele exibiu um sorriso luminoso. — Exatamente o tipo de problema que requer a ajuda mais extraordinária!

— Acho que não existe ajuda possível nesse caso — afirmou Effie, com cautela. — Mas está tudo bem. Já estou me sentindo melhor a respeito disso, Vossa Senhoria.

Lorde Blackthorn balançou a cabeça.

— Mas a questão é simples! — afirmou ele. — Diga-me, com quem o filho de um barão normalmente se casaria?

Mais uma vez, Effie sentiu uma enorme necessidade de responder. Ela comprimiu os lábios, concentrando-se com vontade para conter uma resposta... mas as palavras irromperam dela mesmo assim.

— Se casaria com alguém como ele, Vossa Senhoria — disse ela em um ímpeto. — Talvez com uma filha de barão, ou... Ah, *puxa vida*!

Era o nome dela, Effie percebeu com desgosto. Ela tinha dado seu nome ao maldito feérico, antes de reconhecer o que ele era. Effie pareceu se lembrar vagamente de que as criaturas feéricas podiam fazer coisas terríveis com o nome de alguém. *Eu já falei a coisa errada*, pensou Effie com um pavor crescente. *Mas como isso é injusto! Eu não tinha como saber o que ele era de cara!*

Lorde Blackthorn sorriu com a resposta dela.

— Que alívio! — comentou ele. — Bem, isso não é nenhum problema. Posso simplesmente transformá-la na filha de um barão e a senhorita se casará com o homem que ama!

Effie fechou a boca de repente, os dentes se chocando com um estalido. Por um momento, todo o seu medo — toda a sua angústia chafurdando na lama úmida — evaporou com aquela sugestão inesperada.

— O senhor... O senhor poderia fazer isso? — sussurrou Effie.

Daquela vez, ela sabia que não fora a menção do seu nome que a tinha feito falar.

— Eu com certeza poderia — respondeu lorde Blackthorn. Sua avidez era dolorosamente evidente, já que ele havia encontrado algo que parecia despertar de verdade o interesse dela. Ele estendeu a mão para pegar a dela, dando-lhe tapinhas carinhosos. — Eu poderia transformá-la em qualquer tipo de nobre inglesa que a senhorita quisesse... para todos os propósitos que são importantes para a sua situação, quero dizer. Ora, eu poderia fazer isso agora mesmo! Gostaria de participar desse baile ali e dançar?

A boca de Effie ficou seca. Sua garganta quase se fechou de novo com a vontade de chorar. Ela puxou a própria mão de volta, apertando-a desesperadamente contra o peito.

Poucos minutos antes, Effie estivera nos corredores do subsolo daquele salão de baile, sonhando exatamente aquele sonho impossível. Todas aquelas visões retornaram para ela em um instante — mais nítidas e mais atraentes do que nunca. Mas, desta vez, o sonho estava próximo demais. Bastaria dizer *sim*, e ela poderia entrar em Hartfield como uma igual, e não como uma empregada.

Sim. Sim, por favor. As palavras estavam na ponta de sua língua. Mas Effie percebeu a onda de emoções instáveis que veio com elas bem a tempo e fechou os olhos com força.

— *Se querer fosse poder...* — recitou ela em voz baixa.

Effie abriu os olhos e encontrou lorde Blackthorn observando-a com uma expressão confusa. Ele ainda estava perto o suficiente para que o aroma de rosas frescas chegasse até ela a cada respiração.

— Não entendo — disse ele. — Está fazendo um pedido?

— Não — replicou Effie, com delicadeza. — Estou lembrando a mim mesma que desejar é inútil. — Ela passou os braços em volta do próprio corpo. — Acho que preciso voltar lá pra dentro, Vossa Senhoria. Eu devia estar trabalhando nesse baile. Se eu ficar aqui por muito tempo, outras pessoas terão que fazer o meu trabalho, e isso não é justo.

Lorde Blackthorn franziu a testa em evidente consternação.

— Entendo. — Ele suspirou. — Ajudar aqueles sem poder é muito mais difícil do que eu imaginava. Não deveria me espantar que a virtude inglesa seja tão rara! — Ele sorriu gentilmente para Effie, como se tivesse entendido algo muito diferente do que ela pretendera dizer. — Não importa! Não desistirei logo de cara. Uma vez que teve a bondade de me dar seu nome, eu lhe darei o meu em troca. Meu nome verdadeiro é Juniper Jubilee. Se um dia precisar de alguma coisa, qualquer coisa, tudo o que precisa fazer é dizer esse nome três vezes, e voltarei para ajudá-la na mesma hora.

Effie o encarou.

— Juniper Jubilee? — repetiu ela, antes que pudesse se segurar. — Que nome estranho!

Lorde Blackthorn — ou melhor, Effie pensou, o *senhor Jubilee* — apenas sorriu, como se ela tivesse lhe feito um elogio.

— Ora, obrigado, senhorita Euphemia — disse ele. — Eu mesmo escolhi o nome. Ainda tenho bastante apreço por ele.

Effie balançou a cabeça devagar.

— É... bem... — ela conseguiu dizer. — O senhor não se importa mesmo que eu tenha que voltar e trabalhar? Digo, não ficará ofendido?

Lorde Blackthorn sorriu novamente.

— Por que eu ficaria ofendido? — perguntou ele. — A senhorita me concedeu seu valioso tempo e sua atenção. E foi gentil o suficiente para dançar comigo.

Effie se retraiu sob o olhar verde sobrenatural. Se algum ser humano tivesse se dirigido a ela dessa forma, ela teria ficado lisonjeada. Mas havia algo naqueles olhos que a relembrava do perigo que cada palavra daquela conversa podia representar. Pouco à vontade, ela desviou o olhar para o chão.

— Eu... Eu vou embora então, Vossa Senhoria — disse Effie.

Mas, quando voltou a erguer os olhos, o feérico já havia desaparecido.

Dois

Se não fosse pela lama que continuava em sua saia, Effie poderia ter se convencido de que todo o seu encontro com lorde Blackthorn tinha sido fruto da sua imaginação. Na verdade, ela ainda se perguntava se teria batido a cabeça ou começado a ter alucinações por causa do cansaço; mas, de qualquer maneira, não teve oportunidade de comentar o episódio com Lydia. No momento em que Effie retornou para dentro, foi obrigada a pegar um vestido emprestado de uma das outras criadas para poder voltar correndo ao baile e servir os convidados. O restante da noite foi tão absurdamente longo e cansativo que nenhuma delas teve tempo para falar muita coisa, a não ser de copos de ponche e de pratos para o jantar e da necessidade de encontrar espaço à mesa para o inconveniente primo penetra de alguém.

Quando Effie finalmente desabou na cama, todos os pensamentos sobre feéricos esquisitos haviam desaparecido completamente de sua mente. Ela acordou poucas horas depois, com Lydia resmungando sobre as lareiras. Mesmo na manhã seguinte a um baile, *sempre* havia as lareiras.

— Ela vai matar a gente — murmurou Lydia, enquanto as duas cambaleavam escada acima para acender o fogo. — Estou falando de lady Culver. Isso não pode durar pra sempre, Effie.

— Não vamos perder tempo reclamando — implorou Effie. — Estou tão cansada hoje que acho que não tenho energia pra isso.

Nesse dia, pelo menos, os criados do subsolo tiveram a oportunidade de tomar café da manhã, pois a família estava toda na cama, dormindo até tarde. Mas até o café da manhã podia render uma surpresa infeliz a mais.

— Lady Panovar mencionou sua criada francesa umas dez vezes ontem à noite — dizia a governanta aos empregados, cansada. — Lady Culver terminou a noite furiosa. Ela insistiu que eu encontrasse algumas criadas francesas para ela imediatamente.

Lydia ficou boquiaberta.

— O quê? — Ela riu. — Assim do nada? E com o salário que *ela* paga? Criadas francesas não costumam ser caras?

O fato de ela não ter repreendido Lydia por sua impertinência era um sinal de quão exaustos todos estavam. A governanta em geral exigia que os empregados demonstrassem respeito absoluto pela família, mesmo quando ninguém mais os pudesse escutar.

— Obviamente, não há criadas francesas na região, e Sua Senhoria não tem verba para importar uma como lady Panovar fez — informou a mulher com um suspiro. — Então, para resumir, todas vocês precisarão *se tornar* criadas francesas.

Effie pestanejou devagar.

— Senhora Sedgewick — disse ela, com cuidado —, não quero ser atrevida, mas… o que isso significa exatamente?

Ela dirigiu a Effie um sorriso tenso.

— Significa que vocês vão precisar de nomes franceses — respondeu ela. — Pelo menos quando estiverem nos andares de cima. E vão ter que falar com sotaque francês.

— Hã… — Hesitou George e deu uma tosse leve. — Os lacaios também?

— Não — disse a senhora Sedgewick, resignada. — Até onde sei, lady Panovar não tem lacaios franceses, e, portanto, lady Culver também não precisa. Você pode permanecer inglês por enquanto, George.

— Não que lady Culver *ou* a senhora Sedgewick tenham algum poder de decisão quanto aos lacaios, George — acrescentou rispidamente o mordomo.

O respeitável mordomo estava parado em um canto, esperando pacientemente que a governanta terminasse seu anúncio para que os empregados de nível mais alto pudessem se retirar para um cômodo diferente para o café da manhã *deles*. Sua casaca estava, sabe-se lá como, imaculada, apesar da longa noite que todos haviam tido, e seu bigode grisalho estava muito bem aparado. Na verdade, Effie pensou, o senhor Allen era exatamente o profissional esplêndido que haviam imaginado que fosse quando chegou a Hartfield.

A senhora Sedgewick não disfarçou o olhar fulminante que lançou para o mordomo, mas não o contradisse naquele momento.

— Lydia... acho que você pode ser "Marie". E Effie... hã... vamos dizer que agora seja "Giselle".

Effie ficou em choque. De alguma forma, a mudança casual de nome pareceu ainda mais ofensiva que todo o deplorável baile de ontem. *E, sem mais nem menos*, pensou ela com os olhos cansados, *de repente não tenho permissão nem para ser eu mesma.*

George devia ter percebido a expressão nos olhos de Effie, pois seu rosto mostrava solidariedade.

— A família ainda me chama de James — declarou ele. — Imagino que tenha sido o lacaio anterior.

— Nunca tivemos um James — observou Lydia em tom melancólico. — É só o jeito como os patrões prefere chamar os lacaios. Nenhum deles sabe os nossos nomes, na verdade. Duvido que lady Culver tampouco vá memorizar os nomes franceses.

— *Mesmo assim* — insistiu a senhora Sedgewick bruscamente —, preciso que vocês pratiquem um sotaque francês. Não se esqueçam. Vou pôr todas as criadas à prova no final da semana.

As criadas que estavam à mesa responderam com gemidos, mas a senhora Sedgewick não se preocupou em repreendê-las. Em vez disso, virou-se para o senhor Allen com uma carranca profunda e passou depressa pela porta para tomar seu café da manhã.

— Praticar um sotaque francês... — murmurou Lydia com a cabeça baixa, olhando para o próprio prato, em tom incrédulo. — *Você* sabe como é um sotaque francês, Effie?

— Acho que já ouvi lady Culver dizer algumas palavras em francês uma ou duas vezes — respondeu Effie em voz baixa. — Você aprendeu o "*tendre*" com ela, não foi?

Lydia estreitou os olhos.

— Um dos cavalheiros do baile começou a gritar em francês quando derramou o ponche — comentou ela, com um tom sombrio. — Talvez eu pratique algumas *daquelas* palavras.

Effie não respondeu. Ela sabia que Lydia estava apenas pondo as frustrações para fora — nenhuma delas se atreveria *de verdade* a falar palavrões na frente de lady Culver, por mais aborrecidas que estivessem. No entanto, ao desviar o olhar, desconfortável, seus olhos pousaram em uma figura alta e empertigada, parada perto da porta do salão dos criados.

Effie ficou paralisada de pavor.

Lorde Blackthorn estava ali observando os empregados reunidos com uma expressão maravilhosamente curiosa no rosto. Effie não fazia ideia de quando o feérico aparecera, mas, embora ele se destacasse bastante em meio aos criados, com sua bela casaca de veludo e seus olhos verdes intensos, ninguém mais no salão parecia prestar atenção nele.

— Lydia? — sussurrou Effie, com a voz trêmula. — Está vendo aquele homem perto da porta?

Lydia virou a cabeça e franziu os lábios.

— Ah, sim, ele — disse ela, como se não houvesse nada de incomum na presença do feérico. — O que tem ele?

Effie piscou muito rapidamente, tentando conciliar o ridículo da situação com suas próprias expectativas.

— Bem, ele... não é esquisito? — insistiu ela. — Olhe pra ele de novo, Lydia! Ele tem uma rosa ao redor do pescoço!

Lydia franziu a testa. Por um instante, a preocupação estampou suas feições... mas logo se transformou em uma distração indiferente.

— Tem mesmo — soltou ela. — Não é incrível?

Lydia voltou-se então para a própria comida e pareceu esquecer na hora toda a conversa.

— Senhorita Euphemia! — Lorde Blackthorn tinha flagrado Effie olhando em sua direção e naquele momento se dirigia a ela com seu habitual andar encantado. Os olhos verdes luminosos brilhavam de alegria. — Que linda manhã! Está muito ensolarado lá fora, sabe. — Ele fez uma pausa e depois franziu a testa, pensativo. — Ai, nossa! Sempre esqueço que as conversas dos ingleses nem sempre giram em torno do clima. Será que devemos falar de golfinhos, em vez disso?

Effie olhou ao redor, sem saber o que fazer, procurando por alguém que pudesse vir em seu auxílio. Mas, assim como Lydia, todos os outros empregados tinham perdido completamente o interesse no feérico. Effie tornou a encarar lorde Blackthorn com um embrulho indefeso e aterrorizado no estômago.

— Pensei que tivesse ido embora, Vossa Senhoria — comentou Effie, com a voz trêmula.

Ela não tinha ideia de como responder à pergunta dele sobre golfinhos, então ignorou o assunto.

— Mas por que eu iria embora, senhorita Euphemia? — indagou lorde Blackthorn. Ele parecia perplexo. — Com certeza a senhorita não pode achar que eu a abandonaria enquanto está com problemas! Isso não seria nada digno de minha parte!

O estômago de Effie parecia que tinha dado um nó. Por mais exausta que estivesse naquela manhã, ela conseguira esquecer por completo seu encontro com o feérico. Mas que arrogância! Effie de alguma forma se convencera de que havia se esquivado astutamente da atenção dele para sempre, ao contrário daquelas *outras* mulheres tolas dos contos de fadas de sua mãe.

— Isso é… muito atencioso de sua parte, milorde — declarou Effie, desesperada. — Mas, de verdade, eu insisto. O senhor é um… hã… feérico importante, obviamente. Não posso ocupar seu tempo desse jeito.

Lorde Blackthorn pousou a mão enluvada sobre o peito.

— Como a senhorita é nobre! — exclamou ele. — E humilde! Ora, só me deixa mais certo da minha escolha a cada segundo, senhorita Euphemia. Sinceramente, merece muito mais que suas atuais circunstâncias!

Effie afundou na cadeira, pressionando o rosto nas mãos.

— Mas qual é o problema? — indagou lorde Blackthorn. — Agora está chateada de novo! É sobre o francês, senhorita Euphemia? Eu poderia lhe ensinar francês em um minuto, sabe? Ficaria muito feliz em fazer isso.

— N-não. — Effie choramingou. — Está tudo bem, Vossa Senhoria. Devo aprender francês por conta própria.

— Você parece muito cansada — observou lorde Blackthorn. — Está dormindo bem? Eu poderia ajudá-la a adormecer, sem dúvida. Quanto tempo acha que seria necessário? Acredito que o habitual seja pelo menos um ano…

Effie pulou da cadeira.

— Tenho muitas tarefas pra fazer! — disse ela de supetão. — Muito chão pra varrer, depois daquele grande baile!

Lorde Blackthorn a encarou, confuso.

— Mas ainda não terminou seu café da manhã, senhorita Euphemia — ressaltou ele.

Effie empalideceu.

— Estou… estou sem fome — mentiu ela. Effie olhou de soslaio para seu café da manhã. Era apenas pão e mingau, misturados com um pouco do presunto que havia sobrado do baile, mas seu pobre estômago ainda soltou um ronco triste com a perspectiva de deixar a comida para trás. Effie prometeu para si mesma que mais tarde desceria até a cozinha para fazer um lanche, assim que tivesse se livrado do feérico. — Hã… Por que o *senhor* não fica com ele? — acrescentou, inspirada.

Com certeza os seres feéricos também comiam comida. Não comiam? De repente, se lorde Blackthorn se sentasse para comer, ficaria fora do caminho de Effie por pelo menos alguns minutos.

O feérico esfregou o queixo, pensativo.

— Tem certeza? — indagou ele. — Deseja mesmo me dar o seu café da manhã, senhorita Euphemia?

Havia uma insinuação estranha naquela pergunta, mas Effie simplesmente não tinha energia para tentar entendê-la.

— Sim — respondeu ela com um suspiro. — Sim, tenho certeza. Por favor, sente-se, Vossa Senhoria.

Ela gesticulou educadamente em direção à cadeira vazia.

Para grande alívio de Effie, lorde Blackthorn sentou-se em seu lugar, ainda meditativo.

— Que generosa! — murmurou ele. — Todas as criadas inglesas são assim?

Lydia se virou para olhar para ele.

— Olá! — cumprimentou ela. — De onde veio, *monsieur*?

Effie estremeceu com a tentativa tímida de Lydia de imitar a pronúncia francesa. *Ah, nunca seremos convincentes*, ela pensou.

— Venho de Blackthorn, é claro! — respondeu o feérico alegremente. — E qual é o *seu* nome, mocinha?

Effie arregalou os olhos ao ouvir a pergunta. Então agarrou o braço de Lydia, puxando-a da cadeira antes que ela pudesse responder.

— Vou precisar da sua ajuda, Lydia! — disse ela, arfando. — Com tudo... que tem pra varrer!

Lydia ficou de queixo caído.

— O quê? — perguntou ela, incrédula. — Mas... o meu café da manhã...

— Já comemos o suficiente — sibilou Effie para ela. — Você também deveria dar o seu café da manhã pra Sua Senhoria, Lydia. Afinal, ele é uma companhia muito distinta.

Lydia estreitou os olhos, mas Effie deu-lhe um beliscão na lateral do corpo e ela soltou um gritinho.

— Ah, tudo bem! — Lydia bufou. — Fique com o meu café da manhã também, sim?

Lorde Blackthorn encarou as duas, parecendo subitamente desorientado.

— Será que devo? — indagou ele. — Bem... imagino que sim, se as senhoritas insistem.

Effie forçou um sorriso para ele, mesmo quando começou a arrastar Lydia em direção à porta.

— Leve o tempo que precisar! — disse ela.

Assim que passaram pela porta e saíram correndo para o corredor, Lydia desvencilhou o braço do aperto de Effie.

— Qual *é* o seu problema, Effie? Comi só umas colheradas, e sei que você também!

— Você não viu *nada* de estranho naquele homem com quem estava conversando agorinha? — perguntou Effie, desesperada. — As orelhas dele são pontudas, Lydia! Os olhos são estranhos! Eu te disse que ele tava usando uma rosa no pescoço, e isso nem pareceu perturbar você!

Lydia franziu a testa. Dessa vez, porém, as palavras de Effie pareceram causar algum efeito.

— Sinto que... que eu teria notado algo assim — explicou Lydia, em dúvida. Mas de repente ela parecia menos segura de si que antes. — Ele apareceu do nada, não foi? E agora percebo que nem sei o nome dele.

— Ele é um feérico! — exclamou Effie com um gemido. — Conversei com ele ontem à noite, Lydia. Eu sou uma idiota... pensei que ele tivesse ido embora pra sempre, mas obviamente ainda tá aqui! Não importa o que aconteça, você não deve dizer seu nome a ele nem fazer qualquer acordo com o sujeito!

Lydia pressionou os dedos na testa.

— Mas você tem certeza? — murmurou ela. — Será mesmo que os feéricos perambulam pelo salão dos empregados e comem o café da manhã das pessoas? Parece uma coisa tão estranha...

— Bem, espero que ele demore pelo menos um *pouquinho* pra comer o nosso café da manhã — comentou Effie, soltando o ar. — Eu nem sei o que fazer, Lydia. Será que... devemos contar pra senhora Sedgewick? Ou talvez pro senhor Allen... Ele é da cidade, né? Com certeza deve saber alguma coisa sobre como lidar com seres feéricos!

Lydia lançou a Effie um olhar cético.

— Acho que nem o senhor Allen deve ter lidado com seres feéricos antes — comentou ela. — Mas você tá certa... devíamos mesmo dizer *alguma coisa.*

Effie começou a seguir pelo corredor na direção dos aposentos da senhora Sedgewick, onde ela sabia que os empregados de nível mais alto estariam tomando o café da manhã. Lydia foi atrás, embora arrastasse os pés com relutância enquanto avançavam.

Nenhuma delas estava com muita vontade de bater à porta da senhora Sedgewick. Mas Effie sabia que o problema era *dela*, por isso forçou-se a bater bem alto com os nós dos dedos.

As solas de madeira da senhora Sedgewick fizeram *plec-plec* em direção à porta. Então a governanta abriu a porta, parecendo cansada e irritada.

— É melhor que seja uma emergência, senão eu... Ah! Effie! — O tom agressivo da senhora Sedgewick se suavizou um pouco. — Aconteceu alguma coisa?

Effie encarou a governanta por um instante, calada. Parecera natural contar a ela sobre o feérico vagando pela casa, mas, ali, diante da mulher, Effie não tinha certeza de *como* formular o problema. *Não posso simplesmente dizer: "Tem um feérico no salão dos empregados comendo o meu café da manhã"*, ela pensou, em pânico.

Infelizmente, o cansaço mental de Effie a deixou na mão, e então ela de fato disse:

— Tem um feérico no salão dos empregados comendo o meu café da manhã, senhora Sedgewick.

A senhora Sedgewick não reagiu. Em algum lugar atrás dela, Effie ouviu o barulho de pratos enquanto os outros empregados de nível mais alto faziam sua refeição.

— Effie — disse a senhora Sedgewick devagar. — Não sei o que está acontecendo com você. Costuma ter bastante juízo. Não me diga que deixou uma das outras criadas lhe pregar uma peça.

A senhora Sedgewick olhou desconfiada para Lydia, que normalmente *seria* a pessoa a fazer algo do tipo.

— N-não, senhora Sedgewick! — retrucou Effie, desesperada. — Ah, eu disse tudo errado. Mas estou falando sério, senhora: *tem* um feérico lá, e ele vai causar todo tipo de problema...

— Estamos todas muito *cansadas*, Effie! — declarou a governanta. Desta vez, havia uma frieza em sua voz. — Não tenho tempo nem energia para lidar com essa bobagem. Olhe, não quero ouvir nem mais uma palavra sobre o assunto, está me entendendo?

Effie apenas encarou a governanta, sem saber o que fazer. Ela se virou para dirigir a Lydia um olhar suplicante.

— Tem... *tem* um feérico, senhora Sedgewick — insistiu Lydia, embora Effie soubesse que ela ainda não acreditava totalmente nas palavras. — Ele me perguntou meu nome e tudo o mais.

— Eu *disse* nem mais uma palavra! — vociferou a senhora Sedgewick. — De nenhuma das duas! E, se persistirem nessa brincadeira tola, garotas, ficarão na área de serviço todos os dias durante a próxima semana, eu prometo!

A senhora Sedgewick não lhes deu oportunidade de responder novamente. Em vez disso, bateu a porta de um jeito tão terrivelmente definitivo que deixou Effie com os joelhos bambos.

— Acho que devíamos ter esperado por isso — refletiu Lydia, com um suspiro. Ela se virou para Effie. — Você acha que, se ignorarmos o feérico, ele simplesmente... vai embora?

Effie balançou a cabeça com tristeza.

— Achei que ele tivesse partido ontem à noite — contou ela. — Mas aí ele reapareceu hoje de manhã, e agora nada do que eu digo convence o sujeito a ir embora!

— Bem... — Lydia torceu o nariz. — Talvez ele seja um feérico prestativo, né? Poderia ser um daqueles que conserta sapatos ou tece fios.

Effie balançou a cabeça mais uma vez, desalentada.

— Não, longe disso — objetou ela. — Ele é um *lorde*, Lydia. Eles são sempre os piores, lançando maldições sobre as pessoas e as enganando pra roubar suas almas!

Lydia fez uma careta.

— Os lordes normais já são ruins — murmurou. — Os lordes *feéricos* devem ser piores ainda. — Ela franziu os lábios. — Mas pra quem mais devemos contar? Tenho quase certeza de que a senhora Sedgewick nos açoitaria se tentássemos falar com lady Culver.

Effie esfregou o rosto. A senhora Sedgewick estava certa sobre uma coisa: todas estavam cansadas *demais* para lidar com feéricos naquele momento.

— Não sei — admitiu ela. — George apenas riria da minha cara, tenho certeza. Ah, isso é terrível. Eu... acho que posso escrever pra minha mãe. Ela conhece todos esses contos de fadas, então talvez saiba como afugentá-lo.

Lydia assentiu.

— Sim, pergunte pra sua mãe — concordou ela. — Vou falar com Cookie também. Uma vez ela me contou quais ervas usar em um feitiço de amor, então pode ter uma planta pra dar um jeito em um feérico. — Lydia franziu a testa, preocupada. — Nós realmente temos que fazer nossas tarefas, Effie, ou não trabalharemos aqui por muito mais tempo de um jeito ou de outro.

Effie murchou só de pensar.

— Por que todas essas coisas têm que estar acontecendo ao mesmo tempo? — resmungou para si mesma. — Será que fiz algo tão ruim assim pra merecer tudo isso?

— Como assim? — perguntou Lydia, no meio de um bocejo.

Effie estremeceu.

— Eu... Nada. — Ela suspirou. — Eu tava murmurando cantigas infantis de novo.

— Você faz isso nas horas mais estranhas — comentou Lydia.

Elas subiram quase sem forças a escada em direção à porta forrada com baeta verde, procurando as vassouras pelo caminho.

No entanto, quando chegaram à entrada principal da casa, não encontraram uma única partícula de poeira. Na verdade... já estava tudo perfeitamente limpo.

— Ah, não — lamentou Effie.

— Graças a Deus! — exclamou Lydia.

A entrada deveria estar cheia de lama e poeira das botas de todos aqueles convidados entrando e saindo. Effie havia reparado na bagunça horrorosa quando passara por lá naquela manhã para cuidar das lareiras.

Entretanto, a entrada parecia tão limpa quanto no dia em que fora construída. Todas as tábuas do piso tinham sido escovadas com perfeição. Alguém havia até jogado uma nova camada de areia de limpeza sobre o chão todo para finalizar! Todas as outras superfícies da entrada foram cuidadosamente espanadas; os pavios das lamparinas estavam bem aparados; as cortinas tinham sido batidas!

— Isso é um desastre — resmungou Effie. — Mas como ele fez isso, Lydia? Não fechamos nenhum acordo com ele! Eu nunca prometi nada a ele!

Um sorriso gigantesco surgiu no rosto de Lydia.

— Ah, que importância tem isso, Effie? — perguntou. — Tá feito! Toda aquela bagunça pavorosa do baile desapareceu com um passe de mágica! — Os olhos de Lydia se arregalaram e ela correu em direção ao salão de baile. Lá, ela abriu as portas e riu de contentamento. — Veja, Effie! O salão de baile também tá limpo! Talvez a gente tenha até tempo pra tirar uma soneca, se tudo estiver desse jeito!

— Você não tá me ouvindo! — reclamou Effie para Lydia. Ela olhou para além da outra criada, para ver o salão de baile, e sentiu um aperto no coração. Os espelhos foram limpos e guardados em outro lugar. Tudo parecia exatamente como antes dos preparativos para o evento. — Vai ter um *preço*, Lydia — afirmou. — E o que um feérico cobrará da gente por tudo isso?

— Eu não me importo, nem um pouco! — declarou Lydia. — Vou voltar pra cama, Effie. Sinto que poderia dormir em pé.

Effie sabia que deveria ir atrás da amiga enquanto a outra criada saía dançando com a vassoura nos braços. Mas ela se viu parada encarando o salão de baile vazio, imobilizada por um pavor indescritível.

Três

Não havia muitas alternativas: Effie não poderia desfazer a limpeza, assim como não poderia voltar no tempo e fugir de seu encontro com o feérico. Em vez de ficar remoendo o assunto, ela desceu até a cozinha para pedir um pouco de comida; e, depois, com absoluta resignação, levou seu traje enlameado até a área de serviço para lavá-lo.

Por sorte, como era apenas um vestido e uma camisola, Effie só precisou buscar e ferver água suficiente para um balde. Mas, como o vestido era herdado de uma das peças antigas de lady Culver, tinha um pouco de renda no decote. Ou seja, Effie precisava desmanchar a costura e remover a renda da gola antes de ousar esfregar o restante com sabão de soda cáustica. A empregada da área de serviço, Alice, reclamava sem parar do cheiro, mas Effie sabia que, secretamente, a mulher estava feliz por ter companhia.

Assim que Effie terminou de torcer o máximo de água que pôde do vestido úmido, a senhora Sedgewick desceu a escada curta da área fazendo *plec-plec*.

— Effie! — chamou a governanta rispidamente. — Temos visita. Lady Culver precisa que você sirva o chá para ela e alguns convidados.

Effie ficou sem reação.

— Hã... — começou a dizer. Quase reclamou que seu melhor traje ainda estava descosturado... mas, depois do severo sermão da senhora Sedgewick naquela manhã, Effie suspeitava que isso só lhe renderia outra reprimenda. — Posso levar isto comigo pra costurar de novo? — perguntou ela com muita cautela.

A senhora Sedgewick já tinha dado as costas para a área de serviço. Estava evidente que sua manhã havia se tornado muito mais ocupada.

— Sim, tudo bem! — autorizou a mulher. — Contanto que fique de olho no chá. E lembre-se: você se chama Giselle de agora em diante. Contei a lady Culver, e ela aprovou o nome, portanto, você não deve esquecer.

Effie se encolheu discretamente.

— Sim, senhora Sedgewick — disse ela, enquanto recolhia o vestido úmido.

— É "*Oui*, senhora Sedgewick" — corrigiu a governanta, com um jeito de falar afetado que não soava nem um pouco francês.

Effie não respondeu, pois achava que também não conseguiria pronunciar corretamente.

Lady Culver decidira tomar chá no Salão Azul naquela manhã. Ela tinha três salões matinais diferentes em Hartfield, e por isso era sempre necessário especificar qual deles iria usar. Effie parou na cozinha para preparar um bule de chá, apoiando-o em uma bandeja junto da prataria boa, que o senhor Allen já havia tido a gentileza de trazer.

— Lady Culver está recebendo a amiga senhorita Buckley — informou o senhor Allen a Effie de repente, enquanto os dois saíam da cozinha. — Elas se dão muito bem, por isso lady Culver deverá servir tudo do bom e do melhor.

— Não sei como consegue se manter a par de tudo isso, senhor Allen! — comentou Effie, maravilhada. — Eu achava que estaria mais interessado nos assuntos de lorde Culver.

— Todo o bem-estar da família é do meu interesse, Euphemia — retrucou o senhor Allen, em tom sério e profissional. — Apenas homens muito tolos na minha posição presumem o contrário.

Mas a senhora Sedgewick acha que o senhor está se intrometendo na posição dela, pensou Effie. Por sorte, o senhor Allen já estava indo na direção oposta antes que as palavras escapassem dos lábios cansados da criada. Effie suspirou e ergueu um pouco mais a bandeja de chá. Atreveu-se a dar uma espiada no salão dos empregados no caminho para as escadas... mas estava todo vazio e especialmente livre de quaisquer seres feéricos.

Por um momento, Effie se perguntou se havia imaginado a manhã inteira. Mas não havia tempo para pensar nisso.

Lady Culver se acomodava no Salão Azul com sua convidada quando Effie chegou com o chá. A jovem loira em questão *de fato* parecia familiar, e Effie tinha certeza de já tê-la visto antes, pelo menos de passagem. Seria ela no baile da noite anterior, usando um vestido azul? Quando Effie passou pelo batente da porta, no entanto, precisou interromper sua observação furtiva do salão ao perceber que o Ashbrooke mais novo havia aparecido para se juntar à reunião.

Era óbvio que Benedict estava vestido para sair ao ar livre, com uma casaca de lã verde e calça de camurça. Havia nele um ar impetuoso e esbaforido; de alguma forma, seu cabelo castanho já parecia despenteado pelo vento, embora Effie tivesse certeza de que ele ainda não havia posto os pés na rua.

— Vamos só dar uma volta — avisava Benedict a lady Culver. — Não acho que devam mudar seus planos por *nós*. Além disso, sabem o jeito brusco como Thomas gosta de cavalgar. Eu me preocupo que uma de vocês, senhoras, possa levar um tombo.

— Você é tão atencioso, Benedict — declarou lady Culver. Uma doçura tingia seu tom de um jeito que não existira no dia anterior. — Vamos poupá-los de preocupações, então... mas *precisa* prometer que se juntará a nós para o chá quando voltar. Você dançou só uma vez com a senhorita Buckley ontem à noite, e eu estava na esperança de apresentá-los melhor.

Se Benedict ficou pelo menos um pouco perturbado com a súbita amabilidade de lady Culver, a emoção não transpareceu em seu sorriso.

— Se ainda estiverem aqui quando voltarmos, então certamente o farei — prometeu ele. — Mas, por favor, não esperem muito por minha causa. — Benedict acenou com a cabeça em direção à outra mulher. — Senhorita Buckley — disse ele, em uma despedida educada.

E, então, Benedict virou-se para Effie.

Seus calorosos olhos castanhos encontraram os dela. Ele deu um sorriso tão largo e amigável que Effie quase se virou para ver se um dos irmãos dele havia aparecido na escada atrás dela, mas ela teria ouvido seus passos pesados se fosse o caso.

— E adeus para a senhorita também — acrescentou Benedict, com um toque de humor. — Senhorita... Eu preciso mesmo saber o seu nome, não é?

O coração de Effie palpitou e seu rosto ficou de um vermelho intenso.

— Hã... — disse ela, muito eloquentemente.

— O nome dela é Francesca! — informou lady Culver a Benedict, antes que Effie pudesse responder por si mesma. Havia naquele momento uma irritação inconfundível no tom da dama. — Ela é francesa, Benedict. Provavelmente não faz ideia do que você está dizendo. Agora, tenha dó e a deixe em paz.

O queixo de Effie despencou antes que ela pudesse se conter. Era sobretudo, ela percebeu, a pura indignidade de tudo aquilo. Lady Culver lembrava muito bem que Benedict havia cumprimentado Effie ao entrar na casa; portanto, todos os três sabiam que ela *não* era uma criada francesa. Mas lady Culver era a matrona da casa, e não seria bom para Benedict chamá-la de mentirosa, ainda que a situação passasse do ridículo.

O sorriso de Benedict tornou-se triste, e Effie teve certeza de que ele havia se posicionado de modo que lady Culver não pudesse ver a expressão chocada no rosto da criada.

— É lógico — respondeu ele. — Ela de fato tem um ar francês refinado, não é mesmo? — Benedict inclinou a cabeça em direção a Effie. — *Pardonnez-moi, mademoiselle.*

O francês dele era muito melhor que o de lady Culver.

Effie não confiava em si mesma para tentar uma resposta em francês, então assentiu em silêncio, desviando do caminho dele enquanto o rapaz se dirigia para o corredor.

— Poderia trazer logo o chá, Francesca? — perguntou lady Culver com rispidez.

Effie acelerou o passo, pousando a bandeja e arrumando a mesa para elas.

Tenho certeza de que eu deveria ser Giselle, pensou Effie. Era óbvio que lady Culver tinha esquecido qual nome francês idiota havia sido atribuído a Effie e simplesmente inventara um novo na hora. *Francesca deve ser o nome francês menos criativo que já ouvi.* Effie engoliu as palavras, bem como a fúria e a tristeza crescentes. Não adiantaria ficar com raiva.

Ainda bem que lady Culver estava muito mais preocupada com sua convidada do que com a criada. A dama logo se esqueceu por completo da presença de Effie, virando-se para a senhorita Buckley como se a garota fosse invisível.

— Sei que prometi juntar você e Benedict — disse lady Culver, com um suspiro —, mas entende o que quis dizer sobre ele? É simplesmente ridículo, mesmo nos melhores momentos. Se eu não estivesse aqui para mantê-lo na linha, juro que ele daria trela para todas as criadas da casa!

Effie se esgueirou até uma cadeira perto da parede, tirando as duas partes do vestido da bolsa lateral e procurando agulha e linha. Costurar a renda no tecido molhado não era o ideal, mas Effie havia encerado a linha, pelo menos, e com isso esperava poder deixar o vestido em condições de uso até o final do chá, se fosse bem cuidadosa com a costura.

— Ah, com certeza o senhor Benedict não é tão ruim assim — comentou a senhorita Buckley, em um tom alegre, enquanto pegava sua xícara de chá. — Ele tem senso de humor, só isso.

— Não estou exagerando, Mary! — exclamou lady Culver, bufando. — Não deu um segundo depois de Benedict ter entrado nesta casa pela primeira vez, ele já estava conversando com *outra* criada! Antes mesmo de cumprimentar o próprio irmão!

Effie espetou a agulha no polegar sem querer e abafou o lamento de dor, sentindo um misto de dor e fúria. *Ela realmente não lembra quem eu sou!*, pensou. Lady Culver não tinha sequer reconhecido Effie como a criada que estava esfregando a entrada enlameada apenas dois dias antes. E, ali — com toda aquela audácia! —, continuaria falando de Effie como se ela não estivesse sentada ali no canto, obrigada a ouvir cada palavra.

Não fique com raiva, Effie lembrou a si mesma. Mas teve que cerrar os dentes para conter a emoção que parecia um nó em sua garganta. Effie não podia recitar cantigas inglesas na frente da convidada de lady Culver, considerando que devia ser uma criada francesa, mas pelo menos havia uma costura em seu colo, de modo que ela se concentrou na tarefa com uma vontade renovada.

— Acredito em você — disse a senhorita Buckley, rindo. — Mas e daí? Não está exagerando, Eleanor? Sei que sempre levou a etiqueta muito a sério, mas os homens devem ter *algumas* liberdades. São todos vulgares, alguns mais, outros menos.

O tom de lady Culver ficou mais sombrio.

— Bem, isso *é* muito sério, Mary — replicou ela. — Benedict passou algum tempo vadiando em Veneza enquanto viajava pela região... e presumo que ambas saibamos o que *isso* significa. — Ela fez uma pausa. — Tem certeza de que ainda deseja que eu arranje as coisas entre vocês? Eu o faria, é claro. Sem dúvida, prefiro ter você como irmã a qualquer outra. Mas não consigo deixar de me perguntar se você não será infeliz com esse homem.

Effie cerrou os dentes, concentrando-se com uma intensidade cada vez maior no vestido que tinha no colo. Ela colocou a raiva na linha enfiada na agulha: a cada movimento cuidadoso, imaginava a raiva deixando seu corpo, escondendo-se dentro dos pontos do vestido, onde não poderia mais incomodá-la.

— Ah, por que eu me preocuparia, de qualquer maneira? — indagou a senhorita Buckley. — O senhor Benedict tem um dote considerável. Ele é jovem e charmoso, e, se eu me casar com ele, poderei ver você com mais frequência. Não acredito que possa surgir um pretendente melhor. Estou bastante satisfeita com o arranjo, mesmo que ele seja o maior canalha do mundo. Não é como se eu fosse obrigada a amá-lo, certo?

Effie ouvia tudo isso com uma sensação de esgotamento e tristeza. Sua raiva *havia* se dissipado, naquele momento que ela se acalmara com um pouco de costura. Contudo, sem a atividade, ela estava apenas cansada de novo.

Que terrível sina a levara a este ponto: estar sentada no canto da sala de estar de outra mulher, costurando o vestido úmido e usado de outra mulher, enquanto pessoas mais afortunadas discutiam sobre o homem que ela amava de maneira tão horrível e mercenária.

E o que farei quanto a isso?, perguntou-se Effie, sem energia. *Não há nada que eu* possa *fazer. Sou uma criada. O melhor que conseguirei será um cargo como governanta, talvez. Pelo menos poderei manter meu próprio vestido de seda em boas condições.*

Lady Culver e a senhorita Buckley conversaram durante tanto tempo que Effie teve que encher o bule mais duas vezes. A conversa cobriu uma infinidade de assuntos lamentáveis, desde o tédio da vida no campo até a dificuldade de encontrar bons empregados. Effie se entorpeceu com a costura; e, ao final da visita, pelo menos tinha um vestido inteiro outra vez.

Benedict não voltou a tempo de se despedir da senhorita Buckley. Effie tinha a vaga esperança de que ele fosse tão inteligente quanto parecia e que tivesse identificado a armadilha.

Depois que a senhorita Buckley partiu, lady Culver retornou ao salão matinal para pegar um livro na mesinha de canto. Seus olhos foram parar na roupa que Effie carregava, e ela franziu a testa.

— Este é o meu antigo vestido? — indagou lady Culver maliciosamente.

Effie respirou fundo.

— Sim, lady Culver — respondeu ela, com cuidado. — A senhora me deu no Natal.

Lady Culver estreitou os olhos.

— Este bordado nele é novo — apontou ela. — As folhas e as flores. Você mesma as acrescentou?

Effie mordeu o lábio.

— Sim, lady Culver. Eu gosto de bordar.

— Bem, isso não é adequado — protestou lady Culver. — Você melhorou demais o vestido. As pessoas vão confundi-la com uma dama. — Ela enfiou o livro debaixo do braço e se virou. — Devolva o vestido à senhora Sedgewick. Ela terá que encontrar algo menos bonito para você vestir.

Antes mesmo que Effie pudesse pensar em uma resposta, a dona da casa desapareceu pela porta.

A criada a seguiu em silêncio com o olhar.

Pela primeira vez, não sentiu raiva. No lugar da emoção havia um ponto frio e vazio em seu peito.

Não há nada que eu possa fazer, pensou Effie novamente.

Mas... não era verdade.

Havia algo que ela poderia fazer, não havia?

Naquela mesma manhã, um nobre feérico tinha lembrado a Effie que estava muito interessado em ajudar aqueles que não tinham poder. E, ora, Effie estava se sentindo *sem* qualquer poder no momento.

— Essa é uma péssima ideia — sussurrou Effie para si mesma. — Mamãe ficaria horrorizada.

No entanto, a mãe de Effie *também* lhe dissera que os seres feéricos sempre traziam problemas perigosos... e, até agora, lorde Blackthorn não tinha causado nenhum problema, não era verdade? A pior coisa que o feérico tinha feito fora limpar alguns cômodos. E ele parecia *mesmo* genuinamente interessado em ajudá-la.

Effie baixou o olhar para o vestido em seus braços. Tinha gastado uma quantia absurda de dinheiro no fio de seda que usara para bordá-lo; as folhas e flores tinham tomado meses de trabalho. Era a única coisa bonita que possuía, ela refletiu. Mas, por causa de quem era — por causa de quão sem poder ela era —, lady Culver decidira lhe tirar isso sem mais nem menos.

Isso não está certo, pensou Effie de repente. *Nada disso está certo. Eu mereço mesmo tudo isso só porque nasci num vilarejo, e não numa mansão?*

— Juniper Jubilee! — O nome saiu dos lábios de Effie num murmúrio baixinho e assustado. — Juniper Jubilee! Juniper Jubilee! Eu... Eu espero que ainda esteja aqui. Gostaria de falar com o senhor, se for possível...

O perfume de rosas dominou o cômodo. Effie sentia algo mais doce e mais selvagem naquele cheiro do que nos buquês que às vezes manuseava no verão. Este, ela pensou, era o cheiro forte de uma roseira curvilínea inteira, com espinhos firmes e tudo. Logo depois, temerosa, ela se deu conta do homem parado atrás dela.

— Senhorita Euphemia! — cumprimentou-a lorde Blackthorn, com aquele deleite sempre presente na voz. — Que prazer! Ah... espero que meu pagamento tenha sido suficiente. Confesso que não sabia como retribuir o valor de dois cafés da manhã. Tenho certeza de que a comida não custou muito *dinheiro*, mas, como as duas estavam com tanta fome, o café da manhã sem dúvida devia ter muito valor para as senhoritas.

Effie franziu a testa, virando-se confusa para o feérico. Ele sorria da maneira habitual, mas havia um toque de constrangimento em sua expressão.

— Não estou entendendo — disse Effie lentamente. — Tá falando da entrada e do salão de baile? Mas nunca pedi que limpasse nada pra mim.

Lorde Blackthorn suspirou.

— Ah, mortais — disse ele, com uma nota de afeto. — Vocês não sabem mesmo como as coisas são feitas, não é? A senhorita me deu um presente, mas não posso só aceitar algo em troca de nada. Sou, portanto, obrigado a corrigir o desequilíbrio. — Ele deu um sorriso aleatório com a declaração. — Um mortal nunca me deu um presente antes. Que ideia esplêndida... dar algo sem esperar nada em troca. Eu adoraria experimentar pessoalmente, mas temo que esteja além de minha capacidade.

O coração de Effie amoleceu um pouco, embora ela soubesse que não devia permitir que isso acontecesse.

— Bem… é… Como disse, Vossa Senhoria… eu não esperava nada em troca. O senhor realmente não deveria ter se dado ao trabalho.

Indo contra o seu bom senso, Effie começou a se perguntar se *todos* os nobres feéricos eram mesmo tão terríveis assim. Com certeza deveria haver pelo menos uma história sobre eles que não terminasse tão mal. E, se não houvesse uma história com final feliz… bem, talvez a dela pudesse ser a primeira. Será?

— Mas eu *preciso* me dar ao trabalho, de verdade — afirmou lorde Blackthorn. — Sei que é apenas sua alma bondosa e altruísta que a leva a negar minha ajuda, senhorita Euphemia, mas cabe a mim retribuir três vezes mais seus presentes. É claro que outros feéricos podem interpretar isso de modo malicioso… mas eu me propus a buscar a virtude inglesa e nunca faria tal coisa!

Effie hesitou ao ouvir isso. Ela se virou para ficar frente a frente com o feérico.

— Tá dizendo que… hã… quer ser mais virtuoso? — perguntou ela, arriscando-se. — O senhor tá tentando ser uma pessoa melhor ajudando os outros?

Lorde Blackthorn lhe dirigiu um sorriso enorme.

— Sim, exatamente! — confirmou ele. — Não parece divertido, tornar-se algo que não era antes? Que desafio! Estou apreciando cada momento desse processo até agora!

Effie lhe lançou um sorriso nervoso. O sentimento exposto em palavras tão estranhas não a encorajou muito. Mas, quando pensou em como seria sua vida caso não aceitasse a proposta — arrastando-se até o subsolo para entregar seu vestido à senhora Sedgewick e praticando um francês abominável nos intervalos entre os bailes intermináveis —, ela soube com uma certeza assustadora que não conseguiria continuar fazendo isso. Qualquer coisa, pensou ela, tinha que ser melhor que essa perspectiva.

— Se eu pedisse sua ajuda — começou Effie cautelosamente —, o que isso implicaria? Digamos... Digamos que eu quisesse *mesmo* me casar com o senhor Benedict. Isso me custaria alguma coisa, né?

A expressão de lorde Blackthorn se iluminou com ainda mais prazer, se é que era possível. Na verdade, pensou Effie, daria para descrevê-lo como cheio de... isso mesmo, *júbilo*.

— Ah, mas que emocionante! — exclamou ele, em voz baixa. — Então a senhorita *está* pedindo minha ajuda? Que maravilha! Não vai se arrepender, senhorita Euphemia, eu garanto!

Já estou meio arrependida, pensou Effie, sem energia. *Mas acho que também não devo dizer isso em voz alta.*

— Mas e o custo disso, Vossa Senhoria? — ela o lembrou, cautelosa.

— Sim, sim — disse lorde Blackthorn, distraído. — Creio que não devemos nos precipitar. Mas estou certo de que podemos chegar a algo razoável. — Ele tinha começado a andar, pensativo, de um lado para outro, esfregando o queixo. — Não posso só estalar os dedos e fazer com que ele se case com a senhorita, é lógico... Ele mesmo deve fazer o pedido. Mas tenho certeza de que está ao meu alcance encorajar um mortal tolo a se apaixonar.

O feérico fez uma pausa e depois assentiu para si mesmo antes de continuar.

— Prestarei toda a ajuda que estiver dentro do meu alcance, senhorita Euphemia. Pode ter certeza de que farei tudo o que puder para que conquiste o que deseja. Mas resta um problema: desconfio de que a senhorita tenha pouco a me oferecer de igual valor... — Ele se empertigou de repente, e seus olhos verdes brilharam como se ele estivesse inspirado. — Arrá! Faremos disso uma aposta. Uma aposta que a senhorita sem dúvida ganhará, é óbvio.

Effie franziu a testa.

— O que devo apostar, exatamente? — perguntou ela, receosa.

— Ah, isso pouco importa — respondeu lorde Blackthorn, com um aceno despreocupado. — Afinal, eu mesmo ajudarei a senhorita a ganhar a aposta! Não é brilhante? Ora, desse jeito fica *quase* como um presente!

Algo na declaração deixou Effie apreensiva… mas ela tinha ido longe demais para simplesmente desistir da ideia naquela altura.

— Mas ainda preciso saber com o que tô concordando — insistiu ela com delicadeza.

Lorde Blackthorn assentiu, distraído.

— Bem… digamos que a senhorita tenha 101 dias para se casar com o homem que ama — sugeriu ele. — Trataremos de realizar esse feito, é claro. Mas, se algo der errado… e eu lhe digo, senhorita Euphemia, que isso é bastante improvável… então acho que a senhorita simplesmente terá que voltar comigo para o mundo das fadas e me servir como criada pelo resto dos seus dias.

Ele riu do que disse como se tivesse acabado de fazer uma piada.

Effie engoliu em seco.

— E essa é uma aposta justa? — questionou ela. — Não parece um pouco… desproporcional?

Lorde Blackthorn franziu a testa.

— Na verdade parece adequada, não? — observou ele. — A senhorita está pedindo para se tornar algo que não é. Se fracassar, devo de algum jeito torná-la mais do que a senhorita já é, não devo?

Effie respirou fundo. Endireitou a postura.

— Prefiro servir a um feérico a servir lady Culver — declarou ela. — Então… é esse o acordo? Vai me ajudar a me casar com o senhor Benedict, ou irei pro mundo das fadas com o senhor?

— Bem… não exatamente — admitiu lorde Blackthorn. Ele parecia envergonhado. — Vou ter que providenciar *muita* coisa. Não se tornará uma dama tão fácil assim, senhorita Euphemia. Vou precisar pegar emprestada a eloquência de outra pessoa, e encontrar vestidos para a senhorita, e… minha nossa, a senhorita precisará aprender a dançar um pouco melhor, afinal não vamos querer que acabe na lama outra vez. — Por algum motivo, seus olhos verdes intensos fitaram o vestido nos braços de Effie, e ele sorriu para si mesmo. — Mas sei o que vou pedir em troca. Para cada minuto que a senhorita for uma dama, acrescentará um ponto de bordado à minha casaca. Tenho certeza de que conseguirá bordar algo deslumbrante, se concentrar seus esforços nisso.

Effie ficou olhando para ele.

— Quer que eu borde sua casaca? — repetiu ela, sem saber se tinha escutado direito.

A ideia parecia inofensiva demais se comparada à ameaça de ser arrastada ao mundo das fadas pelo resto dos seus dias.

— Definitivamente, sim! — assegurou-lhe lorde Blackthorn. — Que belo trabalho fez neste vestido! Nunca vi algo assim antes, senhorita Euphemia. Jamais gostei do excesso de casacas de lorde Hollowvale... mas uma casaca com um bordado como *este* de fato faria todos os feéricos se morderem de inveja. Ora... é possível ser virtuoso *e* elegante, não acha?

Effie sorriu, nervosa. Ela não podia deixar de ficar pelo menos *um pouco* lisonjeada com o elogio.

— Se isso é tudo, então aceito esse acordo, Vossa Senhoria.

Effie certamente não precisaria ser uma dama por mais que algumas horas dia sim, dia não; os bailes não aconteciam o tempo todo, e ela não poderia passar *todos* os dias tentando chamar a atenção de Benedict. Em cento e um dias, talvez a uns cem pontos por noite... isso não passaria muito de dez mil pontos de bordado, no total.

Lorde Blackthorn sorriu para ela.

— Mas me deu seu nome, senhorita Euphemia — afirmou ele. — É justo que use o meu nome também, ainda mais porque fizemos um acordo. Deveria me chamar de Jubilee, pelo menos.

Effie estremeceu com a ideia.

— Talvez pudéssemos chegar a um meio-termo — sugeriu ela —, considerando que um dia posso acabar varrendo o seu chão. Que tal eu chamá-lo de senhor Jubilee?

Lorde Blackthorn riu. Não porque a ideia fosse engraçada, pensou Effie, mas porque estava muito satisfeito por ter fechado o acordo.

— Já que insiste — disse ele.

O feérico estendeu a mão para pegar a de Effie, curvando-se numa reverência exagerada. Ele roçou os lábios nas costas de sua mão, e ela se encolheu involuntariamente, pois, ao sentir o toque do feérico, sentiu uma fisgada estranha e desconfortável nas profundezas de sua alma.

— E, agora, só entre nós — declarou lorde Blackthorn —, com certeza faremos da senhorita a dama mais cobiçada de toda a Inglaterra! — Ele se endireitou com um largo sorriso. — Se me der licença por um tempo, senhorita Euphemia, preciso sair e lhe arranjar algumas coisas emprestadas.

Quatro

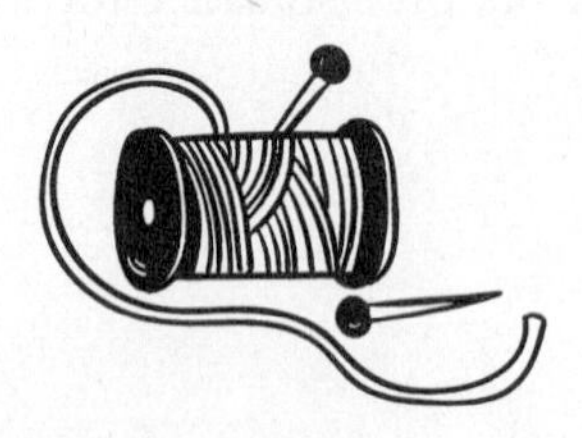

Effie não voltou a ver lorde Blackthorn naquele dia.

Com o passar das horas, ela foi se sentindo cada vez menos segura de ter fechado o acordo. Cento e um dias? Tinha parecido muito mais tempo quando lorde Blackthorn o dissera em voz alta. Porém, a verdade era que Effie tinha pouco mais de três meses para fazer o senhor Benedict Ashbrooke se apaixonar por ela e pedi-la em casamento!

Teria lorde Blackthorn ludibriado Effie para que aceitasse um acordo impossível? Mas ele parecera tão verdadeiro! "Farei tudo o que puder para que conquiste o que deseja", ele tinha dito. E Effie acreditara mesmo em sua sinceridade. E, no entanto, por que ele havia desaparecido por um dia inteiro?

Effie pretendia desabafar com Lydia quando voltou para o quarto naquela noite, mas a amiga já estava dormindo profundamente, e, no momento em que deitou sua cabeça no travesseiro, ela também adormeceu. Quando acordou na manhã seguinte, ouvindo Lydia mais uma vez sibilar "As lareiras!", as duas ficaram imediatamente tão ocupadas que não conseguiram trocar uma palavra.

Naquele dia, pelo menos, Effie fez algumas refeições decentes, embora se pegasse o tempo todo olhando para a porta do salão dos empregados, preocupada com a possibilidade de ver a silhueta alta de lorde Blackthorn perambulando por ali. O fato de o feérico *não* aparecer por um dia inteiro só aumentou seu nervosismo.

Effie ficou ainda mais aturdida quando voltou para seu quarto naquela noite e encontrou Lydia empoleirada de um jeito perigoso em cima de uma mesa lateral, pendurando um visco no batente da porta.

— O que você tá *fazendo*, Lydia? — perguntou Effie, desnorteada.

Lydia arquejou de surpresa e quase caiu da mesa. De alguma maneira, conseguiu descer sem torcer o tornozelo.

— Falei com Cookie hoje — contou ela, sem fôlego. — Ela disse que o visco afasta os seres feéricos, então fui na rua pra achar alguns!

Effie se encolheu ao lembrar de sua situação.

— Ah. — Ela suspirou. — Lydia, eu fiz uma coisa *terrível* e estúpida.

Com isso, Effie não teve escolha a não ser explicar tudo. Para sua surpresa, Lydia ficou mais indignada com a exigência de lady Culver sobre o vestido de Effie do que com o acordo de Effie com lorde Blackthorn.

— Bem, *é claro* que você pediria ajuda pra alguém depois do que aconteceu! — exclamou Lydia com veemência. — Que mulher horrível! Nossa criada da área de serviço tem mais educação do que ela... Só que ninguém percebe porque ela fala as coisas de um jeito mais bonito! Consegue imaginar qualquer um de *nós* dando um presente e depois pegando de volta? Ouviríamos um sermão daqueles sobre valores cristãos, pode ter certeza!

— Estou chateada com a questão do vestido, lógico! — rebateu Effie, desesperada. — Mas, Lydia, fiz um acordo com um *feérico*!

Lydia cruzou os braços, pouco à vontade.

— Bom... O que tá feito tá feito — declarou ela. — Mas podemos colocar mais visco, e, daí, talvez ele não venha atrás de você. Se ele não conseguir cumprir a própria parte, então o acordo cai por terra, né?

Effie estava justamente refletindo sobre essa ideia específica quando ouviu uma batida educada na porta do quarto. Ela abriu uma fresta — e parecia que seu coração tinha ido parar nos pés: Lorde Blackthorn estava parado ali com um embrulho de papel nos braços.

— Estou cheio de ideias! — informou-lhe o feérico alegremente, como se não tivesse havido nenhuma pausa entre a conversa da manhã anterior e a conversa daquele momento. — Espero que não se importe com o atraso... Estive fora esse tempo todo pegando as coisas necessárias e demorei um pouco mais do que o esperado.

Lorde Blackthorn caminhou confiante pela porta, como se o visco pendurado no batente não fosse nenhum impedimento.

Effie levou a mão à boca.

— Hã... — disse ela com cuidado. — Desculpe, senhor Jubilee, mas tem um visco acima da porta. Isso é um problema pro senhor?

Lorde Blackthorn se virou e olhou para cima com uma expressão confusa no rosto.

— Tem mesmo! — concordou o feérico. — Agradeço sua preocupação, senhorita Euphemia, mas não... O visco só oferece superproteção quando se trata de crianças, sabe, e aqui não tem crianças. Se eu estivesse tentando roubar uma criança inglesa, porém, certamente estaria em apuros!

Effie lançou um olhar preocupado para Lydia, mas a expressão da amiga mais uma vez estava distante e desinteressada, e ela já tinha se acomodado na cama como se estivesse pensando em dormir.

— A família irá a um baile esta noite — contou lorde Blackthorn a Effie, como se Lydia nem estivesse presente. — O próprio lorde Culver me contou quando vim procurar pela senhorita. Não é perfeito? Temos que garantir que esteja pronta.

— É claro que a família vai a um baile — respondeu Effie, sem ânimo. — É por isso que não precisamos fazer o jantar... Espere aí, o senhor conversou com lorde Culver? Mas ele não achou suspeito um estranho andando pela casa dele?

Lorde Blackthorn riu.

— Os humanos *de fato* reagem de um jeito muito esquisito quando eu ando por aí — admitiu. — Mas passei a usar um pequeno feitiço para que todos me achem o mais desinteressante possível. Isso torna as coisas muito mais simples, não acha?

Effie olhou para Lydia, que afofava o travesseiro e cantarolava para si mesma.

— Mas parece que não sou afetada por esse feitiço — comentou ela. — Como isso funciona?

— Ah, a senhorita nunca foi afetada — revelou lorde Blackthorn. — Fiquei muito confuso no início, mas acho que deve ter alguma coisa a ver com o seu bordado extraordinário. Isso a incomoda? Devo suspender o feitiço por enquanto? Eu deveria ter perguntado!

Effie queria questionar o que seu bordado tinha a ver com feitiços, mas lançou outro olhar de soslaio para Lydia e decidiu que era muito mais importante responder à pergunta do feérico.

— Eu ficaria agradecida, senhor Jubilee — replicou Effie, com cautela. — É muito estranho ver a coitada da Lydia agir como se o senhor nem estivesse aqui.

— Como quiser, senhorita Euphemia.

Lorde Blackthorn estalou os dedos, e a rosa em seu pescoço se encolheu um pouco.

Por sua vez, Lydia gritou e pulou da cama, olhando para o feérico como se nunca o tivesse visto.

— Calma, Lydia! — orientou Effie depressa. — Fale baixo, senão a senhora Sedgewick vai colocar a gente na área de serviço!

Lydia tapou a boca com a mão, mas manteve os olhos fixos em lorde Blackthorn, com uma expressão apavorada no rosto.

Lorde Blackthorn então ofereceu o embrulho de papel a Effie, e ela o aceitou com uma resignação silenciosa. O pacote era bem mais pesado do que parecia, no entanto, e ela se curvou ao segurá-lo. Effie logo o colocou sobre a cama, encarando-o com espanto.

— Mas que diabos é isto? — indagou ela.

— É o seu vestido! — respondeu lorde Blackthorn. Seu tom era uma mistura de orgulho e insegurança. — Espero que seja suficiente. Sei que a senhorita poderia costurar algo muito mais grandioso, mas não temos muito tempo, no fim das contas.

Effie desfez o nó do embrulho e abriu o papel com curiosidade. A ponta do tecido apareceu, e o queixo dela caiu de espanto: a peça era de uma cor creme, como a de pergaminho, com bordados em fios pretos retintos e dourados brilhantes.

— Tá brincando comigo? — Ela conseguiu dizer. — Eu jamais costuraria algo parecido com isso!

— Eu estava preocupado com essa possibilidade. — Lorde Blackthorn deu um suspiro profundo. — Não tem problema! Vou voltar e pedir aos duendes que o refaçam! Talvez eles sejam mais habilidosos com um material diferente...

— Não, não! — Effie se apressou em corrigi-lo. — É lindo! Eu quis dizer que não conseguiria costurar algo tão belo assim nem se tentasse muito, só isso!

Lorde Blackthorn riu de alívio.

— Ah, é isso? Que tolice! Continuo me confundindo com sua humildade, senhorita Euphemia. Eu já deveria ter aprendido a essa altura. Mas não se preocupe: esse vestido é apenas temporário, até que um melhor possa ser feito.

Lydia avançou lentamente em direção ao embrulho, ainda observando lorde Blackthorn com uma expressão cautelosa. Quando avistou a roupa dentro, no entanto, soltou um som surpreso.

— Ah, que bonito! — comentou ela. — De que material é feito, hein? Nunca vi isso antes!

Lorde Blackthorn acenou com a mão, como se não fosse nada de mais.

— O vestido é feito só de dignidade — explicou ele. — Existem materiais melhores, é claro, mas era o que os duendes tinham à mão. Eles ficaram muito felizes em se livrar dele; consideram-no bastante inútil, por causa de todos os problemas que traz.

Effie pestanejou, incerta.

— Hã... — disse ela. — Mas... *é* muito lindo, né?

Lorde Blackthorn riu.

— Sim, acredito que sim — concordou ele. — O que deve bastar para nossos propósitos, pelo menos por esta noite.

Ele olhou ao redor do aposento com curiosidade, como se procurasse alguma coisa. A princípio, Effie ficou constrangida pelo aspecto austero e desconfortável do quarto que dividia com Lydia, mas a mobília não pareceu importante para lorde Blackthorn, que apenas balançou a cabeça e tirou um pequeno frasco de vidro do bolso da casaca.

— Eu ia sugerir que a senhorita tomasse isto com chá — explicou ele a Effie, enquanto colocava o frasco na mão dela. — Mas não temos tempo. Infelizmente não tenho ideia de qual será o gosto.

Effie olhou para o frasco com receio. Estava cheio de um líquido cintilante que brilhava com uma luz dourada.

— Perdão, senhor Jubilee — disse ela —, mas o que é isto que devo beber?

— Isso equivale a cem dias de eloquência adequada! — retorquiu lorde Blackthorn, triunfante. — Receio que não esteja em um sotaque local, mas acredito que será mais do que suficiente.

Effie hesitou e olhou para Lydia, que balançou a cabeça bem de leve. Mas, de verdade, o que Effie podia fazer além de beber o líquido esquisito? Lorde Blackthorn parecia muito orgulhoso de sua aquisição, e Effie tinha certeza de que não conseguiria ganhar aquela aposta bizarra se não *soasse* como uma nobre.

Agora é tarde demais pra ter escrúpulos, pensou Effie, soltando um suspiro. Ela retirou a rolha do frasco e bebeu de um só gole.

O líquido dourado não era realmente líquido. Na verdade, era um pouco como engolir luz. Effie sentiu cócegas estranhas na garganta e tossiu algumas vezes para limpá-la.

— Que sensação excepcionalmente estranha... ah!

Effie levou a mão à boca em choque. A voz que saía de seus lábios era dela, mas as palavras e o sotaque de repente soaram muito mais próximos de algo que se poderia ouvir de lady Culver.

Lydia arregalou os olhos.

— Você é uma dama, Effie! — surpreendeu-se ela, com um arquejo de alegria. — Fale outra coisa, rápido!

Effie titubeou, estranhamente sem saber o que dizer. Por fim, escolheu uma cantiga infantil:

"Se essa rua
Se essa rua fosse minha
Eu mandava
Eu mandava ladrilhar
Com pedrinhas
Com pedrinhas de brilhantes
Para o meu
Para o meu amor passar…"

Cada frase estava perfeitamente formada, com vogais bem pronunciadas e uma cadência elegante. Effie caiu na gargalhada antes que pudesse continuar. Até mesmo sua *risada* foi agradável, comparada às suas normais, com roncos saindo pelo nariz.

— Eu *sou* uma dama! — Effie riu, com aquela pronúncia perfeitamente adequada. — Por acaso estão ouvindo isso?

— Excelente! — exclamou lorde Blackthorn. — Tudo parece estar funcionando bem. Agora, se puser seu vestido, senhorita Euphemia, poderemos partir antes que cheguemos muito atrasados.

Lorde Blackthorn saiu por um momento enquanto Effie desembrulhava a roupa. O material era tão pesado que ela precisou da ajuda de Lydia até para passá-lo pela cabeça; entretanto, depois que o vestido se acomodou melhor, ficou fácil andar com ele. Sapatilhas compunham o conjunto, mas também eram pesadas, e Effie tinha que caminhar com muito cuidado para manter o equilíbrio.

— Você parece uma verdadeira princesa — elogiou Lydia, suspirando. — Só que… e o seu *cabelo*, Effie? Precisamos dar um jeito nele.

Effie estendeu a mão para tocar o cabelo, constrangida. Ela já o havia escovado, mas ainda estava um pouco emaranhado e torto nas pontas. De jeito nenhum elas conseguiriam deixá-lo decente a tempo para o baile.

— Pode prender com uma fita, Lydia? — perguntou Effie em voz baixa. — Não sei fazer isso eu mesma.

Lydia fez o melhor que pôde, mas, ao sair do quarto, Effie sabia que não seria o suficiente. Suas mãos eram ásperas por causa do trabalho doméstico, e as luvas que usava para cobri-las estavam esfarrapadas nas pontas.

Ainda assim, o rosto de lorde Blackthorn se iluminou ao vê-la, como se tivesse criado uma obra de arte.

— Perfeita! — exclamou ele. — Com certeza encantará o filho do barão, senhorita Euphemia!

Ele estendeu a mão, e Effie a aceitou com bastante desconforto. Achou que o perfume de rosas que ele exalava fosse ser insuportável de perto, mas na verdade era bastante agradável.

— O senhor... vai me acompanhar, senhor Jubilee? — perguntou Effie, preocupada. O som de sua pronúncia perfeita a assustou de novo, mas ela se recuperou depressa. — Isso não é comum, devo dizer. A maioria das damas comparece aos bailes com uma companhia apropriada.

O sorriso de lorde Blackthorn estremeceu um pouco.

— É claro! — Ele suspirou. — Que tolice a minha! É tarde demais para pedir que lady Mourningwood nos acompanhe. Sinto muito, senhorita Euphemia, me atrapalhei nesta primeira tentativa... mas vamos seguir com o que temos, como eu disse, e da próxima vez será muito melhor, eu lhe garanto!

Lorde Blackthorn virou-se para o quarto, onde Lydia ainda estava de pé, observando-os com uma fascinação aterrorizada.

— A senhorita Euphemia precisa de uma acompanhante apropriada — declarou ele em tom solene. — Eu ficaria muito grato se pudesse desempenhar esse papel, senhorita.

Lydia arregalou os olhos.

— Eu? — guinchou ela. — Mas eu... eu não sou... *não posso.*

Lorde Blackthorn balançou a cabeça, pensativo; nem parecia ouvir os protestos de Lydia.

— Não há nada a fazer quanto ao *seu* vestido... Ora, que idiota eu sou! Mas devo conseguir enfeitiçar vocês duas. Isso não resolverá sua eloquência, mas suavizará os extremos. A senhorita simplesmente terá que ser uma acompanhante *silenciosa.*

Lydia foi recuando pela porta aberta, como se quisesse se proteger sob o visco inútil que havia pendurado ali.

— Eu não posso mesmo, senhor — implorou ela. — Sou só uma criada.

— Mas é claro que pode! — exclamou lorde Blackthorn. — Ora, estou pedindo sua ajuda *justamente* por ser uma criada! Todas as criadas que conheci foram até agora os melhores exemplares da virtude inglesa, por isso considero isso uma grande referência! — Ele estendeu a outra mão para Lydia com um sorriso encorajador. — Espero mesmo que me salve do meu erro tolo, senhorita. Estarei lhe devendo um favor pelo incômodo, é óbvio. Ficarei muito feliz em retribuí-lo, em troca de sua gentileza.

Lydia comprimiu os lábios. Seu olhar estava incerto, embora Effie suspeitasse que ela estava mais tentada pela sinceridade na voz de lorde Blackthorn do que por qualquer outra coisa.

Effie balançou a cabeça para Lydia. *Esta insensatez é só minha*, pensou. *Já é ruim o suficiente eu ter feito um acordo com um feérico, não preciso arrastar Lydia pra isso também.*

— Lydia e eu estamos muito cansadas — justificou Effie. — E vamos ter que cuidar das lareiras pela manhã. Agradeço seus esforços, senhor Jubilee, mas talvez eu possa ir a um baile depois...

— Você tem um limite de tempo nessa aposta — interrompeu Lydia. — Não foi isso que disse, Effie? — Sua voz era baixa e preocupada. — Eu acho... que devo ir. Posso ser sua acompanhante se for só por esta noite.

Effie estremeceu.

— Realmente não acho que seja a melhor ideia... — começou ela.

— Que gentileza a sua, de verdade! — interveio lorde Blackthorn. — Estou muito feliz por ter conhecido as duas. Já sei que aprenderei muito sobre a virtude inglesa com vocês!

Effie sentiu algo se enroscando em seu pulso e pulou, arfando. Quando baixou os olhos, viu que havia um ramo de roseira ali, bastante parecido com o que lorde Blackthorn usava. Os espinhos formigavam de um jeito desconfortável na pele de Effie conforme subiam pelo seu braço para se enrolar em seu pescoço, mas a rosa amarela solitária que florescia ali deixava no ar o mesmo aroma selvagem e refrescante que o dele, e ela se viu inspirando seu perfume profundamente.

Lydia guinchou mais uma vez, e Effie soube que a outra criada havia ganhado uma flor semelhante.

— Pronto! — comemorou lorde Blackthorn, com satisfação. — Isso é o melhor que conseguiremos esta noite. Lembre-se de não falar esta noite, senhorita, ou as pessoas perceberão que sua pronúncia é estranha para uma acompanhante.

Lorde Blackthorn as conduziu pela passagem dos empregados, como se não houvesse nada de estranho na partida deles. Encontraram a senhora Sedgewick nos corredores, andando preocupada em seu vestido de seda, e Effie prendeu a respiração, com medo, mas a governanta apenas piscou ao vê-los e assentiu vagamente, e os três passaram por ela sem incidentes.

Lorde Blackthorn podia ter se esquecido de muitas coisas, mas *tinha* se lembrado de lhes providenciar uma carruagem. O veículo que os esperava lá fora era feito de ramos de rosas bem entrelaçados, com flores despontando de todos os ângulos. Na verdade, tinha uma aparência um tanto feroz, com todos aqueles espinhos impressionantes, mas lorde Blackthorn as ajudou a entrar na carruagem de maneira cavalheiresca, e Effie descobriu que era bastante confortável ali dentro. As almofadas eram todas feitas de veludo, como a casaca de lorde Blackthorn, e a viagem foi surpreendentemente suave, embora Effie preferisse não refletir muito a respeito do fato de que a carruagem se movia sem a ajuda de cavalos.

— Agora, quanto à nossa estratégia — começou lorde Blackthorn, assim que as duas se acomodaram no veículo. — Tenho certeza de que chamará a atenção do senhor Benedict por conta própria, senhorita Euphemia, mas é melhor garantir! Posso nos livrar de todas as outras damas no baile para que a senhorita seja a única no salão...

Effie arregalou os olhos.

— Não! — soltou ela. — Não, está... tudo bem! Prefiro que não faça nada às outras damas, senhor Jubilee.

Effie não precisou perguntar ao feérico como exatamente ele pretendia *livrá-los* de um salão cheio de mulheres... Ela já sabia que não ia gostar da resposta.

Lorde Blackthorn franziu a testa.

— Entendo. — Ele suspirou. — A senhorita prefere concorrer em condições de igualdade. Eu gostaria que fosse menos nobre, senhorita Euphemia, mas respeito seus desejos mesmo assim. Avise-me se mudar de ideia. Também devo colocar em prática a crueldade com os poderosos e ainda preciso descobrir como fazer isso.

— Crueldade com os poderosos? — repetiu Lydia. — O que o senhor quer dizer?

A outra criada estava sentada no canto da carruagem com um ar quieto e cauteloso, mas pareceu não ser capaz de conter seu interesse na conversa.

Lorde Blackthorn sorriu para Lydia.

— Estou tentando ser mais virtuoso — respondeu ele. — Disseram-me que isso envolve duas partes. Acredito que fiz um trabalho razoável sendo bondoso com aqueles que detêm pouco poder, mas ainda não pensei em como ser cruel com os poderosos.

Lydia bufou.

— Tenho *muitas* ideias quanto a isso — confessou ela. — Era só perguntar.

Effie balançou a cabeça rapidamente para Lydia, mas lorde Blackthorn havia se empertigado com interesse.

— Bem — disse ele —, vou perguntar, então! O que a *senhorita* faria para ser cruel com os poderosos?

Lydia olhou para além dele, em direção ao rosto aflito de Effie.

— Eu... vou pensar melhor no assunto — retrucou Lydia, voltando atrás, hesitante. — Afinal, devo lhe dar as ideias *certas*. E estamos aqui em prol de Effie agora.

Lorde Blackthorn assentiu com seriedade.

— Sim, correto — concordou ele. — Vamos primeiro garantir que a senhorita Euphemia esteja casada e feliz!

A carruagem parou, então lorde Blackthorn saiu primeiro para oferecer a mão a cada uma delas e ajudá-las a descer.

Tinham parado em um caminho de paralelepípedos, bem em frente a uma mansão ampla com muitas janelas. Um gramado plano e bem cuidado os cercava, interrompido apenas pela ostentação de uma única fonte impressionante. Na escuridão, Effie conseguiu distinguir minimamente três formas robustas e angelicais, cada uma segurando uma bacia de água nos braços. Em ambos os lados da mansão estendiam-se mais paisagens pastorais, arranjadas com cuidado para parecerem elegantemente cobertas de vegetação.

Effie nunca tinha estado na mansão, mas a reconheceu pela descrição.

— Ora, aqui é o Palácio Finchwood! — disse ela. — Ouvi dizer que os anjos da fonte têm que ser polidos todas as manhãs, ou ficam com uma cor verde horrível!

Lydia assentiu, como se já soubesse.

— Nossa Cookie trabalhava aqui — informou ela. — Ela me contou que lorde Panovar manda o jantar de volta todas as noites dizendo que não tá bem temperado. Os cozinheiros *sempre* deixam o emprego depois de alguns meses.

Effie semicerrou os olhos para as portas, que haviam sido deixadas abertas para o ar da noite entrar.

— Foi o filho de lorde Panovar que chutou a governanta para dentro do lago? — perguntou ela em voz alta.

Lydia balançou a cabeça.

— Com certeza não — negou ela. — Foi o filho de lorde Gelborn. Eu lembro porque a senhora Sedgewick ficou resmungando. Ela dizia: "Nunca vá trabalhar numa casa com crianças malcomportadas, Lydia. Eu me arrependi todas as vezes."

Lorde Blackthorn ainda segurava a mão de Effie. Ele estava pensativo, a testa, franzida, enquanto as duas falavam.

— É isso que os ingleses chamam de fofoca? — perguntou. — Achei que fosse considerada falta de educação, mas já me enganei antes.

Effie corou de vergonha.

— Ah. Acho que o senhor está certo. Que feio da minha parte.

Lydia revirou os olhos.

— Se não falássemos sobre os patrões, nunca saberíamos o que nos espera em um trabalho — justificou ela. — Além do mais, os nobres falam de *nós* à vontade. Acho que eles pensam que é diferente, afinal a fofoca deles é sempre acompanhada de chá com biscoitos.

Effie se lembrou da maneira como lady Culver se queixou à senhorita Buckley sobre a dificuldade de encontrar bons empregados. A conversa tinha incluído vários relatos detalhados de lacaios excessivamente vaidosos e criadas com atitudes grosseiras. *Imagino que aquilo também fosse fofoca*, ela pensou.

Lorde Blackthorn assentiu com seriedade, então disse:

— Entendo. Isso parece mesmo prático.

Lydia lançou ao feérico um olhar desconfiado.

— Eu me pergunto o que seus empregados diriam sobre o *senhor* — ponderou ela.

Lorde Blackthorn ficou sem reação.

— Eu também teria curiosidade de saber — admitiu. — Mas nunca tive empregados.

Foi uma declaração tão esdrúxula que Effie e Lydia quase pararam no meio do caminho, mas o lacaio na porta as interrompeu.

— Seu convite, milorde? — perguntou ele a lorde Blackthorn.

Lorde Blackthorn sorriu agradavelmente.

— Não preciso de convite — garantiu o feérico ao lacaio.

O lacaio assentiu com simpatia, como se devesse ser evidente.

— É claro — concordou ele.

Então os conduziu para a entrada e, de repente, Effie se sentiu em um sonho.

A maioria dos convidados já estava no salão de baile havia algum tempo, mas ainda restavam uns poucos perto da porta. Eles trajavam lindos ternos e vestidos, com as roupas recém-passadas e os cabelos bem arrumados. Alguns deles interromperam suas conversas e sorriram para o trio enquanto eles passavam; uma dama olhou bem nos olhos de Effie, que sentiu um estranho arrepio percorrer sua espinha.

Não sou mais invisível, Effie percebeu. *Ninguém está desviando o olhar de mim.*

Foi muito mais chocante do que deveria ter sido, mas a realidade deste fato era quase demais para ela. Nas fantasias de Effie, ela se enturmava sem esforço com a nobreza, dando risada e sorrindo com eles; naquele momento, porém, ela se viu agarrada ao braço de lorde Blackthorn com uma mistura de terror e deleite.

— Alguém vai ter que varrer esta entrada de novo — sussurrou Lydia.

Effie olhou para baixo. Era provável que a entrada tivesse sido varrida e limpa com areia de limpeza há poucas horas, mas já mostrava a sujeira e o desgaste depois de tantos pés passarem por ali.

A constatação só agravou a confusão fantasiosa de Effie.

Lorde Blackthorn estava falando com o lacaio ao lado dela. Ele, por sua vez, apresentou-os a outro homem de aparência séria, com cabelos grisalhos e ralos.

— Boa noite, senhorita Reeves — saudou o homem, e Effie levou um momento para entender que alguém já a havia apresentado. — Aqui está o seu cartão de dança. Divirta-se.

Ele se virou em direção ao salão de baile cheio de velas resplandecentes, música encantadora e pessoas animadas e anunciou o grupo deles com uma voz forte e estrondosa.

— Sua Senhoria, o visconde de Blackthorn, e sua companhia, a senhorita Euphemia Reeves!

Os olhares da sala se voltaram para eles, e Effie sentiu vontade de cavar um buraco no chão e se enfiar nele.

Cinco

Effie nunca se vira sob a atenção de tantos olhares ao mesmo tempo. Murmúrios se misturavam indistintamente na multidão. Todos deveriam estar reparando em suas luvas surradas e seu cabelo mal penteado.

— Vossa Senhoria! — Um homem alto e mais velho, com uma casaca verde desbotada, aproximou-se deles, estranhamente sem fôlego. — Como é bom vê-lo! — O cavalheiro mantinha o olhar fixo em Effie enquanto falava com lorde Blackthorn, uma circunstância que ela achou esquisita e inquietante. — Estou tendo… dificuldade para recordar. O senhor já me apresentou sua companhia antes?

Lorde Blackthorn sorriu.

— Não, eu não a apresentei ainda — disse ele. Isso era verdade, Effie observou, mas ela também começou a suspeitar que o pobre homem diante deles tampouco havia sido apresentado a lorde Blackthorn. O feitiço do feérico devia ser extremamente persuasivo neste sentido. — Esta é a senhorita Euphemia Reeves. Ela é minha pupila, e faço votos de vê-la casada.

Lorde Blackthorn gesticulou na direção do homem mais velho.

— Senhorita Euphemia, este é... — Ele fez uma pausa, envergonhado. — Ora, qual *é* mesmo o seu nome?

Se o senhor mais velho se ofendeu, pelo menos não demonstrou.

— Lorde Panovar, é claro — informou ele, com um tom de voz distante. Então pegou a mão de Effie e beijou o ar logo acima dela. — Mas esta é sua pupila, lorde Blackthorn? E o senhor diz que ela ainda não é casada? Que estranho!

Effie corou de novo, confusa.

— Hã... Por que é estranho, milorde? — indagou ela, hesitante.

Ela baixou os olhos para a mão enluvada que ele ainda segurava, angustiada ao ver um fio solto pendendo no pulso.

— Por favor, não se ofenda — apressou-se a declarar lorde Panovar enquanto soltava a mão de Effie. — Eu pensei apenas que... bem... É uma dama muito digna para ser *solteira*, senhorita Reeves! Sem dúvida, pelo menos deve estar frequentando a sociedade faz algum tempo. Estaria lorde Blackthorn escondendo a senhorita em Londres?

Effie franziu a testa. Por um instante, ela receou que lorde Panovar estivesse de alguma forma se divertindo às custas dela... Certamente, essa era sua maneira de chamar atenção para os acessórios surrados e modos questionáveis da moça. Mas lembrou-se então de que lorde Blackthorn tinha lhe dado um vestido feito de dignidade. *Que inusitado!*, ela pensou. *Não me sinto nem um pouco digna, mas lorde Panovar parece acreditar que sou, mesmo assim.*

Lorde Blackthorn estivera preocupado com o vestido, mas Effie de repente se sentiu grata por ele.

— Não estive em Londres — assegurou Effie ao homem. — Mas é muita gentileza da sua parte dizer tudo isso, lorde Panovar.

— De forma alguma, senhorita Reeves — replicou lorde Panovar. Uma expressão esquisita havia aparecido em seu rosto envelhecido, e Effie começou a perceber que eles tinham formado um grupinho no meio da multidão. — Se perdoar a curiosidade de um velho, tenho refletido sobre uma questão nos últimos tempos e desconfio que a senhorita possa ser a mulher certa para me ajudar. Importa-se?

Effie forçou um sorriso ao ouvir isso, embora já estivesse sentindo que aquela interação era demais para ela.

— Claro, milorde — aceitou ela. — Farei o melhor que puder.

Lorde Panovar sustentou seu olhar com profundo interesse.

— Lady Panovar contratou algumas criadas francesas, sabe — começou ele. As palavras escapavam dele com uma animação exagerada, como se mal pudesse contê-las. — Ela insiste em afirmar que são mais qualificadas que uma criada inglesa normal, mas não vejo muita diferença... e elas são *extremamente* caras. As criadas francesas valem mesmo o custo a mais? Sem dúvida, uma mulher com a sua dignidade tem uma opinião sobre o assunto, não é?

Effie ficou paralisada, com os olhos arregalados. A pergunta em si era terrível. Ela tinha a sensação de que, se desse a resposta errada, poderia estar colocando inocentes criadas francesas na rua... Mas havia algo estranho no modo como lorde Panovar falava com ela, tão urgentemente ansioso por saber sua opinião. Isso a lembrou, ela percebeu, do jeito como ela se sentia obrigada a responder a todas as perguntas de lorde Blackthorn.

No entanto, lorde Panovar ainda olhava para ela com expectativa, e Effie sabia que não podia escapar da conversa sem dar uma resposta.

— Creio que o senhor tenha delegado as questões domésticas a lady Panovar porque confia nela para cuidar disso — respondeu Effie, sem muito ânimo. — Sem dúvida, ela entende bem do assunto.

Em algum lugar atrás dela, Lydia bufou com sarcasmo.

Lorde Panovar assentiu com seriedade ao ouvir suas palavras, como se Effie o tivesse abençoado com alguma extraordinária pérola de sabedoria.

— Ah, sim, bastante — disse ele. — Entendo o que está sugerindo, mocinha. Com certeza, o assunto não vale um conflito conjugal. Um lar tranquilo justifica o dinheiro gasto.

Effie não tivera a menor intenção de insinuar o que ele entendera, mas não pretendia contradizer o anfitrião.

— Parece que devo continuar com as apresentações — interrompeu lorde Blackthorn alegremente. — Tem muita gente esperando para conhecê-la, senhorita Euphemia.

Quando o feérico disse isso, Effie notou que, durante a conversa, eles haviam sido cercados aos poucos por um pequeno exército de convidados bem-vestidos, todos lançando olhares furtivos para recém-chegada enquanto tentavam não parecer interessados demais nela.

Ela logo descobriu que todos eles estavam desesperados por sua opinião.

Uma jovem senhorita Chester desejava saber como lidar de maneira justa com duas irmãs interessadas no mesmo cavalheiro. Effie achou esta pergunta ainda mais inquietante que a primeira, mas conseguiu contorná-la com a observação de que certamente o cavalheiro em questão teria algo a dizer a respeito. Já lady Tilley perguntou com muita seriedade se ainda conseguiria plantar rosas no final da primavera, ou se isso seria desastroso. A essa questão, Effie respondeu com cuidado e entusiasmo que as rosas eram apropriadas em todos os momentos, uma vez que lorde Blackthorn estava parado logo atrás dela, e ela suspeitava que este fosse um tópico importante para ele.

— Senhorita Reeves — disse um certo senhor Herbert Jesson —, posso me atrever a pedir uma dança? Se o seu cartão não estiver completamente preenchido, é lógico.

Effie aproveitou agradecida a oportunidade, aceitando sua mão enluvada.

— Sim — respondeu ela, sobressaltada. — Eu adoraria uma dança. Se... se minha acompanhante aprovar, é claro.

Ela olhou para Lydia, parada logo atrás, que cruzou os braços e assentiu com severidade, no que Effie suspeitou ser uma imitação do comportamento habitual da senhora Sedgewick.

O senhor Jesson não era um homem atraente. Seu rosto era um pouco redondo demais, o cabelo cortado de uma forma nada lisonjeira, e os olhos eram de um azul muito claro. Entretanto ele era tão absurdamente inofensivo que chegava a ser quase encantador, sobretudo quando comparado à massa de pessoas mais carismáticas ao seu redor. Enquanto ele guiava Effie para a pista de dança, ela soltou um leve suspiro de alívio. Ainda havia uma multidão sufocante ali ao redor, mas pelo menos, ela pensou, não estavam todos parando para lhe fazer *perguntas*.

Enquanto caminhavam, Effie aproveitou para olhar ao redor do salão, procurando por Benedict. Por um instante, pensou tê-lo visto do outro lado da pista de dança com outra jovem no braço, mas então a música começou, e Effie foi forçada a voltar sua atenção para o atual parceiro.

Infelizmente, ela logo se deu conta de que seu vestido e suas sapatilhas eram tão pesados que dançar era quase impraticável. Ela tropeçava, desajeitada, em meio aos passos, encolhendo-se toda vez que pisava nos pés do coitado do senhor Jesson. Em defesa dele, Jesson não aparentou estar nem um pouco chateado com a falta de jeito dela; na verdade, mais de uma vez, ele *elogiou* a dança de Effie, o que ela achou sem dúvida estranho. O próprio senhor Jesson não era um dançarino muito talentoso, mas era tão raro Effie ter a chance de dançar que descobriu que esse defeito não a incomodava.

Ele sorriu de leve para ela.

— Estou muito contente que tenha se disposto a vir comigo para a pista de dança, senhorita Reeves. Agora que estamos aqui, preciso admitir uma esperança um tanto constrangedora. Estou com um problema de longa data, sabe, e, por alguma razão, estou certo de que poderá me aconselhar.

Effie desanimou.

— Ah. — Ela suspirou. — Sim, claro que está.

A expressão do senhor Jesson exibiu uma insinuação de angústia ao ouvi-la, no entanto, e Effie de imediato se sentiu deselegante.

— Eu não quis ser rude, senhor — contornou ela. — Só estou muito confusa pelo fato de todos parecerem pensar que sou capaz de resolver o problema de cada um. A única coisa que a maioria das pessoas sabe sobre mim é que estou usando um vestido muito bonito, e isso dificilmente me qualifica para falar a respeito de uma gama tão ampla de assuntos!

O senhor Jesson pareceu envergonhado.

— É um vestido *muito* digno — admitiu. — Mas esse é mesmo o segredo? Pois eu esperava lhe perguntar como ser mais confiante, senhorita Reeves. Precisa reconhecer, pelo menos, que a senhorita é muito boa em dominar um salão!

Effie o encarou.

— Bem, eu… Sabe, acredito que isso *seja* relevante — respondeu ela. — Mas, sim, senhor Jesson, tem tudo a ver com o vestido. Receio não ter um sobrando, caso contrário eu o emprestaria ao senhor.

O senhor Jesson deu risada, e, por um momento, a expressão iluminou seu rosto de tal modo que ele pareceu mais atraente que o restante. A reação genuína fez Effie amolecer em relação a ele, e ela descobriu que não conseguia deixar de sorrir de volta.

— Acho que o senhor deveria fazer *isto* com mais frequência — sugeriu ela. — Seja lá o que esteja fazendo no momento, lhe cai muito bem.

Isso fez com que os cantos dos olhos do senhor Jesson formassem pequenas rugas.

— Este é o melhor conselho que recebi até agora — observou. — Muito obrigado, senhorita Reeves. Posso fazer algo para recompensá-la?

Effie olhou para o rosto dele, tentando interpretar sua expressão. Vinda de outra pessoa, a proposta poderia soar como um flerte, mas o coitado do senhor Jesson era desajeitado demais para tentar uma insinuação tão sutil. A oferta era bastante sincera.

— Por acaso conhece o senhor Benedict Ashbrooke? — indagou Effie, esperançosa.

O cavalheiro fez que sim com a cabeça.

— Estudamos juntos — disse ele. — Ah, minha nossa… estava esperando ser apresentada?

Effie estremeceu.

— Pode esquecer que eu perguntei — retrucou ela apressadamente.

O senhor Jesson balançou a cabeça.

— Não estou ofendido — garantiu ele. — Estou apenas preocupado. Benedict é muito popular com as mulheres; ele tem aquela confiança que me falta. Mas não é muito conhecido por querer *sossegar*, se é que me entende.

Com esta revelação, Effie sentiu uma pontada de aflição. Não lhe ocorrera que Benedict pudesse não ter nenhum interesse no casamento.

— Mas todo homem deve sossegar em algum momento — insistiu ela.

— Isso é verdade — admitiu o senhor Jesson. — E a senhorita *é* particularmente atraente, senhorita Reeves, ainda que prefira atribuir isso ao seu vestido em vez de a sua maneira de ser. Se quiser mesmo, posso apresentá-los.

Effie dirigiu-lhe um sorriso aliviado.

— Eu agradeceria muito, senhor Jesson.

O senhor Jesson teve a gentileza de suportar Effie pisando em seus pés mais algumas vezes durante o final da música. Quando a dança chegou ao fim, ele a pegou pelo braço e a conduziu até o limite da pista de dança, olhando em volta à procura de Benedict. Enquanto o ajudava na busca, Effie avistou lady Culver em meio a uma aglomeração de pessoas ao redor de lorde Panovar e lorde Blackthorn, mas não viu Benedict entre elas. Lydia estava ao lado de lorde Blackthorn, parecendo bastante infeliz, e Effie estremeceu ao lembrar que a outra criada não deveria abrir a boca.

— Aí está! — exclamou o senhor Jesson alegremente.

Effie se virou, esquecendo a cena diante de si.

A multidão tinha se dispersado — e, como se fosse coisa do destino, Benedict estava parado bem na frente deles, segurando um copo de ponche. De alguma maneira, estava ainda mais bonito do que de costume, com um colete verde-escuro que fazia seus olhos parecerem mais dourados que castanhos. Benedict sorriu para o senhor Jesson com alegria genuína, e a expressão fez o coração de Effie palpitar de desejo.

— Ora — declarou Benedict —, se não é o senhor Tulipa em carne e osso! — O apelido parecia afetuoso, em vez de desdenhoso, e o amigo sorriu ao ouvi-lo. — Faz tempo que quero convidá-lo para um conhaque, mas adivinhe? A família está tomando todo o meu tempo.

Os olhos do senhor Jesson se enrugaram novamente com alegria, e Effie pensou em como isso lhe caía bem.

— A família não é fardo algum, senhor Benedict — rebateu ele. — Tenho certeza de que todos estão muito felizes em vê-lo depois de tanto tempo. Beberemos nosso conhaque assim que puder.

O senhor Jesson virou-se para acenar com a cabeça para Effie.

— Tive uma dança encantadora com a jovem dama recém-chegada, a senhorita Reeves. Ela é pupila de lorde Blackthorn. Se não estiver ocupado com outras coisas, eu recomendaria a companhia dela para a próxima dança.

Effie corou com o elogio. Benedict voltou o olhar para ela com interesse, e Effie registrou mentalmente uma dívida para com o senhor Jesson, a ser paga no futuro.

— Já nos encontramos antes? — perguntou Benedict, curioso. — Devo estar com problemas de memória. Ando tendo essa impressão a todo momento nos últimos tempos.

Effie arregalou os olhos. Sem dúvida, ele não a reconheceria como uma criada doméstica com o primoroso feitiço de lorde Blackthorn em seu pescoço, não é?

— Ah — disse ela. — Acho que podemos ter nos encontrado, sim. Mas não consigo lembrar onde.

Benedict sorriu de novo, e a visão foi quase devastadora.

— Bem, tenho a opinião do senhor Tulipa em altíssima conta, senhorita Reeves — declarou ele. — Eu ficaria para sempre em dívida se a senhorita me concedesse a próxima dança…

Um barulho terrível ecoou pelo salão, interrompendo-o.

Todos os três se assustaram ao ouvir o som parecido com o relinchar de um burro, só que muito mais alto e dissonante. Effie girou o corpo para procurar a fonte, incapaz de se conter.

No início, ela teve dificuldade em identificar a origem. Era nítido que o som tinha vindo de algum lugar em meio ao grupo que cercava lorde Panovar e lorde Blackthorn, pois todos nos arredores haviam se virado para olhar naquela direção com as mãos no peito. No entanto, enquanto Effie observava, lady Culver abriu a boca para falar com lorde Panovar e outro zurro horrível escapou dela.

Logo atrás de lady Culver, Lydia soltou um som surpreso, algo entre o horror e o prazer. Somente lorde Blackthorn continuava sorrindo com educação, como se as mulheres zurrassem feito burros o tempo todo no lugar de onde ele vinha.

— Creio que precisaremos deixar nossa dança para outra ocasião — disse Benedict com severidade, passando apressado por Effie e pelo senhor Jesson. — Minhas desculpas, senhorita Reeves.

O que diabos tá acontecendo?, pensou Effie, desesperada. Logo Benedict e lorde Culver já haviam se juntado a lady Culver e a pegado pelo braço. Lorde Culver parecia estar pedindo desculpas efusivas pela esposa enquanto os três abriam caminho para partir abruptamente.

— Ai, meu Deus — disse o senhor Jesson. — Lady Culver está doente?

O coração de Effie ficou apertado enquanto ela observava a família inteira de lorde Culver se dirigir para a saída.

— Imagino que sim — murmurou ela. — Que tristeza.

— Lamento que sua apresentação tenha sido prejudicada — comentou o senhor Jesson, desculpando-se. — Se for do seu agrado, minha família oferecerá um café da manhã em nossos jardins quando as primeiras tulipas florescerem, e tenho certeza de que o senhor Benedict estará lá. A senhorita e lorde Blackthorn também seriam muitíssimo bem-vindos, e isso me daria uma segunda chance de apresentá-los.

Effie lhe lançou um olhar piedosamente agradecido.

— O senhor é mesmo uma joia entre os cavalheiros, senhor Jesson — afirmou ela.

Ele deu um tapinha no braço dela de forma reconfortante, então disse:

— Agora, devo levá-la de volta a sua acompanhante.

Effie logo se juntou a Lydia e ao lorde Blackthorn, enquanto as pessoas murmuravam sobre o estranho ataque de lady Culver. Uma parte pequena e egoísta de Effie estava satisfeita em ouvi-las rindo e zombando da mulher, mas a maior parte dela estava confusa e decepcionada. Ela estivera tão perto de dançar com Benedict… mas sua primeira tentativa de chamar a atenção dele tinha sido completamente arruinada!

Lorde Blackthorn parecia estranhamente culpado quando pegou Effie pelo braço outra vez, afastando-a da multidão.

— Talvez eu devesse apresentá-la a mais alguns cavalheiros — sugeriu ele. — Ou, então, *nós* poderíamos dançar, senhorita Euphemia! Acho que enfim aprendi o minueto!

Effie o encarou, e uma suspeita repentina surgiu dentro dela.

— O *senhor* roubou a voz de lady Culver? — sussurrou ela.

Effie pretendia manter as palavras cuidadosamente educadas, mas um filete de raiva genuína escapou, apesar de seus esforços.

Lorde Blackthorn estremeceu.

— Ah, não foi minha intenção — explicou, preocupado. — Ou melhor... *foi* minha intenção, mas eu não tinha me dado conta de que isso ia interferir nos seus planos. Sinto muitíssimo, senhorita Euphemia. Fiz uma bagunça outra vez.

Effie ficou boquiaberta.

— Por acaso o senhor não está tentando me impedir de ganhar nossa aposta, está? — questionou ela, acalorada.

No entanto, Lydia agarrou Effie pelo outro braço, interrompendo-a.

— Não foi culpa dele — sussurrou ela, com uma expressão triste no rosto. — Foi minha. Sinto muito, Effie. Lady Culver estava falando sobre suas novas criadas francesas e sobre como éramos muito melhores que as criadas francesas de lady Panovar. Ela começou a dizer que recitávamos *poesia* francesa pra ela à noite, e eu não consegui aguentar mais!

Effie apenas encarou Lydia.

— Não estou entendendo — disse ela. — O que você fez, Lydia?

A amiga mudou o peso do corpo de um pé para outro.

— Lorde Blackthorn disse que queria ser cruel com os poderosos — recordou ela. — Então talvez eu tenha... dado algumas sugestões.

Effie fechou os olhos em desespero. Tudo tinha parecido muito mais simples antes, quando ela era a única fazendo acordos com lorde Blackthorn, mas estava evidente que sua própria disposição em negociar com o feérico tinha convencido Lydia de que ele e suas ofertas eram inofensivos.

— Você não *negociou* com ele por isso? — cochichou Effie, ciente de que lorde Blackthorn podia ouvir cada palavra delas.

— Não! — jurou Lydia. — Ele tava me devendo por ter sido sua acompanhante... né, lorde Blackthorn?

— Exatamente — assegurou lorde Blackthorn a ambas. — Eu estava apenas liquidando uma dívida existente.

O aperto no peito de Effie diminuiu só um pouquinho com essa revelação.

— Bem... o que está feito está feito — disse ela, desconfortável. — E nem tudo está perdido. O senhor Jesson nos convidou para um café da manhã quando as primeiras tulipas desabrocharem. Ele disse que o senhor Benedict com certeza estará lá também.

Lorde Blackthorn pareceu aliviado.

— Que sorte! — exclamou ele. — Ah, ainda estou muito arrependido, senhorita Euphemia, mas não se preocupe. Da próxima vez teremos a oportunidade de nos preparar adequadamente!

Effie abriu um sorriso trêmulo para ele.

— Sinto muito por suspeitar que tivesse más intenções, senhor Jubilee — declarou, embora uma parte dela ainda desconfiasse que o feérico houvesse de alguma maneira arquitetado todo o desastre. — Espero que possa me perdoar.

Lorde Blackthorn acenou com a mão.

— Já está esquecido — garantiu ele. — Afinal de contas, estraguei o baile desta noite, e, portanto, podemos dizer que estamos quites.

Effie suspirou.

— Acho que não faz muito sentido ficarmos mais — disse ela, com melancolia —, uma vez que o senhor Benedict e toda a família dele foram embora.

— E teremos que acordar cedo amanhã — resmungou Lydia. — Sempre precisamos limpar as lareiras.

Sempre precisavam limpar as lareiras.

Seis

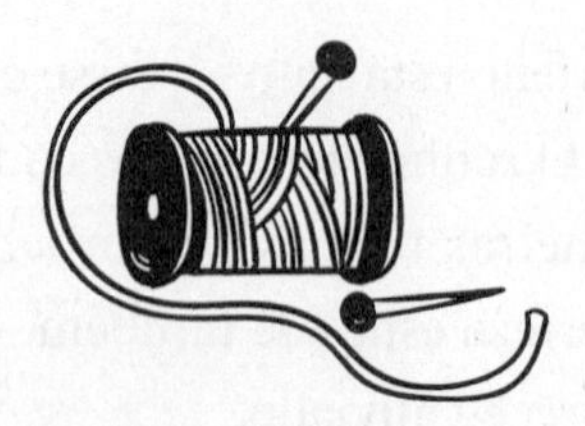

Quando Effie e os outros retornaram a Hartfield, os Ashbrooke ainda estavam acordados. E discutindo bastante. O som incessante do zurro de lady Culver descia pela escada enquanto eles entravam de fininho. Effie se encolhia a cada vez, ao passo que Lydia precisava cobrir a boca para não gargalhar.

Um instante depois de Effie e Lydia terem voltado para o quarto e guardado seus feitiços na gaveta da mesinha de cabeceira, a governanta chamou Lydia para preparar um bule de chá para os patrões, alheia à presença do feérico no canto do cômodo. Effie tentou se voluntariar no lugar de Lydia, preocupada que ela pudesse rir em um momento inoportuno, mas a amiga insistiu alegremente que deveria ir. Assim, Effie se viu, já vestida com camisola e roupão, sozinha com lorde Blackthorn.

Ela lançou um olhar preocupado para o feérico, piscando para afastar o cansaço enquanto se sentava na beira da cama.

— Lady Culver não vai ficar assim para sempre, vai? — perguntou ela.

Lorde Blackthorn balançou a cabeça.

— A dama vai recuperar sua voz normal ao nascer do sol — garantiu. — Eu poderia tê-la amaldiçoado para sempre, penso eu, mas a dívida da senhorita Lydia era muito limitada.

Effie mordeu o lábio. Ela não *queria* se divertir com a angústia de lady Culver... Havia algo de anticristão naquele sentimento, tinha certeza disso. Mas, uma vez que sabia que a maldição ia desaparecer, não conseguiu sentir pena da mulher.

— Acho que não é a pior coisa do mundo — murmurou Effie. — Mas sem dúvida as pessoas vão rir dela por meses.

Lorde Blackthorn refletiu a respeito dessas palavras com cuidado.

— Se todos estiverem rindo dela, então acho que ela terá menos oportunidades de falar sobre criadas francesas.

— Isso é verdade — concordou Effie, sentindo-se encorajada. — E ela não deve oferecer outros bailes por um bom tempo! — O pensamento trouxe um alívio tão profundo que ela descobriu que havia perdoado Lydia pelo incidente. Esfregou os olhos e voltou a se concentrar, lembrando que havia outras coisas que ainda precisavam ser feitas. — Quanto à sua casaca... — sussurrou ela. — Ainda preciso começar o bordado. Não posso bordá-la diretamente no tecido, porque é requintado demais, mas já decalquei um desenho em um pedaço de linho. Posso fazer o trabalho lá primeiro e depois costurar o linho na casaca...

— Ah, não, temo que isso não sirva de jeito nenhum, senhorita Euphemia — replicou lorde Blackthorn, preocupado. — Nosso combinado foi que bordasse a casaca, e não outro tecido. Talvez eu tenha escolhido mal as palavras, mas, como já chegamos a um acordo, temos que nos ater fielmente aos termos.

Effie estremeceu.

— Bem... — Ela suspirou. — Se é o que precisamos fazer... Mas o senhor terá que me dar sua casaca. Não há outro jeito de fazer isso. A propósito, eu estava pensando em bordar uma rosa. Espero que goste da ideia, senhor Jubilee.

Pensativo, lorde Blackthorn tirou a casaca dos ombros.

— Tenho certeza de que qualquer coisa que bordar ficará maravilhosa, senhorita Euphemia.

Effie sorriu com a resposta dele, apesar de tudo. Quaisquer que fossem os defeitos do feérico, ele *sabia* fazer uma pessoa se sentir muito importante e apreciada. Ela pegou a casaca de veludo preto dele, colocando-a no colo. O tecido era exuberante e bem macio, e, quanto mais olhava para ele, mais preocupada ela ficava. *Será muito difícil bordar isto sem estragar*, pensou. Mas então lhe ocorreu que estava prestes a bordar a casaca de um feérico e que esse fato certamente deveria preocupá-la mais que a escolha do material.

Ela enfiou a mão na gaveta da mesinha de cabeceira, retirando com cuidado tanto o linho do bastidor quanto o que restava do precioso fio de seda que havia usado no próprio vestido. Por um segundo, desejou ter condições de comprar fio de ouro, afinal, uma casaca tão bonita realmente *deveria* ser bordada em ouro.

— Espero que não se importe se eu prender o linho *ao* veludo — disse Effie a lorde Blackthorn com cautela. — O veludo não aguenta muito bem o bordado sozinho, e não sei mesmo de que outra forma poderia fazer isso.

Lorde Blackthorn fez que sim com a cabeça.

— Contanto que esteja bordando a casaca — respondeu ele. — Receio que qualquer ponto que não tocasse o veludo não contaria.

Enquanto Effie posicionava os tecidos, ocorreu-lhe que lorde Blackthorn poderia facilmente ter mantido silêncio sobre todos esses detalhes técnicos, se assim quisesse. *Eu teria bordado o linho e não a casaca, se ele não tivesse me dito o contrário*, percebeu. Cansada, ela sorriu com a conclusão.

— O senhor está mesmo tentando ajudar, do seu jeito — afirmou Effie. — Não é engraçado?

Lorde Blackthorn pestanejou, confuso.

— Mas é claro que estou — retrucou ele. — Eu já lhe disse isso, senhorita Euphemia, e os feéricos não podem mentir.

O sorriso de Effie se abriu um pouco mais. A noite não havia corrido *exatamente* como ela esperava, mas a revelação de que o feérico era sincero melhorou muito seu estado de espírito.

— Não consigo entender isso — declarou ela. — Mesmo que não fosse um feérico, senhor Jubilee, ainda é um lorde, e não consigo pensar em nenhum lorde que tenha motivos para ajudar uma criada.

Lorde Blackthorn pareceu encucado.

— Os lordes ingleses não parecem muito úteis — observou. — Talvez eu não devesse ser um lorde, afinal. A princípio, pareceu um título fantástico quando lorde Hollowvale o descreveu para mim, mas até agora achei as criadas inglesas bem mais úteis e admiráveis.

Effie riu.

— O senhor não pode deixar de ser um lorde assim, sem mais nem menos. E certamente não pode ser um *criado*. Ora, mas que ideia!

Lorde Blackthorn assentiu, sério.

— Eu não ousaria reivindicar o título de criado — assegurou ele a Effie. — Não trabalhei pesado o bastante para isso, nem de longe. Mas não vejo por que seria difícil deixar de ser um lorde. Para começar, só me tornei um porque alguém me chamou de lorde e ninguém mais se opôs. Imagino que *destornar-me* um lorde seria a mesma coisa, não é?

Effie estava muito confusa. Ela pôs a casaca de lado para fitá-lo.

— Mas... o senhor não é dono de terras no mundo das fadas? — indagou ela, cautelosa. — Contou que não tem empregados, mas sem dúvida tem uma mansão ou uma propriedade, não tem?

Lorde Blackthorn riu.

— Dono de terras no mundo das fadas? — repetiu ele, incrédulo. — Que audácia! De jeito nenhum, senhorita Euphemia. No mundo das fadas, é a terra que é *sua* dona. Blackthorn suporta minha presença apenas porque não tem mãos próprias e porque faço um trabalho razoável servindo aos seus interesses junto dos meus!

Effie esfregou o rosto.

— Isso tudo é muito diferente da Inglaterra. Os lordes possuem terras aqui. E eles não podem simplesmente *se declarar* lordes. Eles são nomeados pelo rei… ou, bem, acho que essa é uma explicação um pouco infantil, mas ainda assim é bastante precisa.

Lorde Blackthorn balançou a cabeça.

— É a mesma coisa — disse ele. — O rei chama alguém de lorde e ninguém discute. Se uma quantidade suficiente de pessoas discordasse, o indivíduo em questão não poderia mais ser um lorde.

Effie abriu a boca para protestar, mas não conseguiu encontrar uma resposta simplista o suficiente para debater a estranha lógica do feérico. Ela balançou a cabeça e voltou a atenção para o linho.

— No entanto, eu preciso ser um lorde para providenciar seu casamento — continuou lorde Blackthorn, refletindo. — Então esperarei até que esteja noiva para deixar de ser um. Talvez, se eu for muito dedicado, possa me tornar algo mais útil depois, como um mordomo ou um lacaio.

Effie bufou.

— Lacaios não são *tão* úteis assim — resmungou ela.

Por mais que amasse seu irmão George, Effie sabia muito bem que ele havia sido contratado sobretudo porque era cinco centímetros mais alto do que os outros candidatos. Ela se recusava a aceitar as demais palavras de lorde Blackthorn. Não importava no que o feérico acreditasse, uma pessoa não podia simplesmente descartar um título da mesma forma que descartaria uma peça de roupa.

Ali, coberta por uma camada de linho, a casaca de veludo fino parecia um pouco menos assustadora. Effie enfiou a linha na agulha e prendeu a respiração.

— Acho que preciso começar — disse ela. — Quantos pontos lhe devo até agora, senhor Jubilee?

— Apenas 132 — informou ele, prestativo. — Lamento por isso, senhorita Euphemia. Com certeza, da próxima vez serão mais.

— Tenho certeza de que sim — respondeu Effie, distraída.

Ela se concentrou no bordado enquanto falava. Cento e trinta e dois pontos eram mesmo pouca coisa, mas seus olhos estavam tão cansados quanto seus pés, e a luz das velas não era a ideal.

Effie se esforçou muito para dar todos os pontos. Contudo, em algum momento, percebeu que estava deitada na própria cama, fitando o teto, incapaz de se lembrar de como tinha chegado ali. Ficou evidente que alguém a havia colocado na cama e apagado a vela na mesinha de cabeceira.

Lydia roncava de leve na cama ao lado, e Effie decidiu que seria melhor perguntar pela manhã, quando estivesse mais descansada.

As costas e os pés de Effie doíam mais ainda quando ela acordou na manhã seguinte. *Ainda bem que não fiquei lá até muito tarde*, pensou, cansada. *Já estou me sentindo meio imprestável desse jeito.*

Infelizmente, embora lady Culver tivesse de fato recuperado a própria voz, sem dúvida estava de *mau humor* depois do desastre da noite anterior, e a casa inteira estava ciente disso. Claro que, como ela não estava com seu melhor humor, a senhora Sedgewick também não estava. Então, uma vez que a infelicidade adora companhia, a governanta havia se certificado de que todas as criadas também estivessem de mau humor *com ela*.

Effie só percebeu a gravidade da situação quando viu Lydia irrompendo no porão, com chá pingando do rosto.

— Aquela mulher! — sibilou Lydia. — Eu juro que me senti mal por ela por um segundo, e aí ela teve que estragar tudo. Sabia que ela jogou um bule na minha cara? Me disse que o chá tava muito frio!

Effie se encolheu.

— Talvez você não devesse ter pedido ao senhor Jubilee que envergonhasse lady Culver — murmurou ela, preocupada.

Lydia estreitou os olhos.

— Longe disso — disse ela. — Acho que ele não a envergonhou *o suficiente*, Effie. Ela não aprendeu um pingo de humildade. — Outra gota escura de chá escorreu pelo nariz da criada. — Eu juro que se eu tivesse outro favor pra receber dele…

— Mas não tem! — afirmou Effie rapidamente. — Então não deve nem sequer pensar a respeito, Lydia. Isso não tem como acabar bem.

Lydia observou a amiga por um longo momento.

— Sabe — comentou ela —, você ainda tá falando como uma dama, Effie. Isso me deixa irritada com você, mesmo sabendo que não é culpa sua.

Effie suspirou.

— Não consigo trocar de pronúncia a meu bel prazer — admitiu ela. — Já tentei usar minha voz, mas fico parecendo uma péssima imitação de mim mesma. Acho que não há nada a ser feito até que a aposta seja concluída.

— Effie! — A voz da senhora Sedgewick a precedeu enquanto ela descia a escada fazendo *plec-plec*. Seu tom era curto e grosso. — Lady Culver encontrou um rasgo em uma das toalhas de renda. Largue tudo o que estiver fazendo e comece a remendar.

Effie fitou a governanta quando ela apareceu em seu campo de visão. Por um momento, temeu que a senhora Sedgewick esperasse uma resposta, e então seu sotaque certamente se tornaria um problema. A governanta, porém, apenas largou a famigerada toalha de mesa nos braços de Effie e subiu correndo a escada. Até a temível senhora Sedgewick parecia atormentada naquele dia, como se as Fúrias em pessoa, personificações da vingança da mitologia romana, estivessem atacando e punindo seus saltos de madeira.

— Acho que pelo jeito não vou arejar os quartos — sussurrou Effie, olhando para a toalha de renda. — Olhe só, todo mundo fica me pedindo para costurar coisas, Lydia. Eu deveria ser costureira, e não criada.

— Não venha reclamar pra mim! — retrucou Lydia. — Eu mataria um pra me sentar e costurar agora mesmo. Minhas costas doem de tanto que fiquei em pé a noite passada, e ainda por cima estou coberta de chá.

A chicotada na voz de Lydia provocou uma pontada de irritação em Effie, mas ela se conteve bem a tempo para não dar uma resposta atravessada à amiga. *Não adianta ficar com raiva*, Effie lembrou a si mesma. *Lydia enfrentou muitos problemas por minha causa ontem à noite. Preciso manter a calma*. Ela fechou os olhos e murmurou baixinho:

"Borboletinha
Tá na cozinha
Fazendo chocolate
Para a madrinha."

— Você tá zombando de mim? — indagou Lydia, com a voz subindo uma oitava.

Effie a encarou.

— O quê? — perguntou. — Não, eu...

— Bem, era só o que faltava! Vou me trocar. Se divirta com sua toalha de mesa, tá bem?

E, então, antes que Effie pudesse protestar, ela saiu.

A irritação de Effie voltou com tudo. Uma coisa era ser acusada de zombaria, e outra coisa completamente diferente era ser impedida de se defender.

— Ótimo! — Effie devolveu para o ar vazio onde a outra criada estivera. — Não escute, então. Ninguém *mais* se importa em ouvir, então por que você se importaria?

Effie voltou para o quarto pisando firme, com a toalha de mesa em mãos, acomodando-se na cama para encontrar os rasgos. Demorou um tempo, mas ela enfim encontrou um fio puxado na renda. Ao se dedicar a consertá-lo, forçou sua raiva a se abrandar de novo, encontrando conforto na natureza repetitiva da tarefa.

No entanto, no meio do trabalho, a senhora Sedgewick bateu à sua porta.

— Chá fresco para o gabinete! — gritou a governanta do outro lado da porta. — Rápido, Effie!

A criada colocou a toalha de lado com um assobio baixo de frustração, engolindo o que restava de sua raiva enquanto voltava depressa para a cozinha a fim de pegar uma bandeja. Quando chegou ao gabinete no andar de cima com um bule de chá fresco, já estava procurando uma nova cantiga infantil para acalmar os nervos.

— Isso foi absurdamente rápido! — A voz de Benedict soou da cadeira ao lado da escrivaninha, onde ele estava sentado com um dos livros encadernados em couro que ficava nas estantes. Um indício de agradável surpresa coloria suas palavras, misturado com um pouco de culpa. — Eu não quis dar a entender que tinha pressa. É só chá.

A raiva de Effie se desfez um pouco sob aqueles calorosos olhos castanhos. Ela corou de vergonha e perplexidade. De repente, se percebeu ciente da conversa que haviam tido na noite anterior e ficou um pouco envergonhada pelo fato de Benedict não ter conhecimento total da situação.

— Está tudo bem, senhor — amenizou ela em voz baixa, olhando para os pés. — É um prazer.

Benedict lhe lançou um sorriso irônico enquanto ela colocava a bandeja de chá ao lado dele.

— Incrível — comentou ele. — A senhorita parece bastante inglesa. Eu nunca teria imaginado que era da França.

Suas palavras a atingiram como um golpe inesperado no peito. No entanto, sua angústia devia ter transparecido no rosto, porque Benedict logo voltou atrás.

— Eu não quis insultá-la — assegurou ele. — Estava tentando fazer uma piada. Nunca entendi a obsessão por tudo que é francês.

Effie respirou fundo com calma. Benedict olhava para ela com preocupação, algo que ela achou ainda pior do que ser invisível.

— Por favor, não conte isso a ninguém, senhor — pediu ela, cautelosa. — Era para eu me ater ao francês. Isso vai me causar problemas.

— Causar problemas? — perguntou Benedict, inexpressivo. — Por falar inglês na Inglaterra? — Quando Effie não conseguiu contradizê-lo, ele balançou a cabeça, pasmo. — É por isso que não chefio uma casa. Se há sentido em uma coisa dessas, sou incapaz de entender.

Ele se serviu de um pouco de chá, ainda franzindo a testa para a xícara. Naquele momento, Effie sentiu a incômoda distância entre eles. Lady Culver parecia nem enxergar Effie quando ela estava por perto, e Benedict, embora não a ignorasse da mesma maneira, ainda assim também não a *via* do jeito que havia visto na noite anterior. Ele estava sendo perfeitamente educado — até mesmo cavalheiresco! —, porém, Effie tinha a ligeira impressão de que esperava voltar ao seu livro assim que terminasse a pequena troca de gentilezas com ela.

O senhor me prometeu uma dança ontem à noite, Effie quis deixar escapar. *Não dançaria comigo agora, mesmo que eu seja apenas uma criada?*

Mas ela segurou a língua, por pouco, ciente de quão ridícula era a ideia.

Benedict olhou para ela outra vez depois de um instante, e Effie percebeu que havia permanecido tempo demais no mesmo lugar. Ele sorriu, envergonhado.

— Ah, é claro — continuou ele. — Prometo que não contarei a ninguém sobre o inglês. Eu deveria ter falado isso de cara.

Daquela vez, Effie teve a sensação de que ele esperava ter dado a conversa por encerrada. Ela assentiu, cabisbaixa, saindo do gabinete com o coração apertado.

Então voltou para o quarto, pegando a toalha de mesa com um suspiro. Pelo menos, pensou ela, teria a oportunidade de costurar mais algumas de suas aflições na renda.

Em pouco tempo, porém, ela percebeu a silhueta alta de lorde Blackthorn olhando-a com curiosidade do vão da porta.

— Céus! — disse o feérico. — Que toalha de mesa deplorável! Não sei se já vi algo assim antes!

Seu tom era de profunda admiração, e não de escárnio, como se ele achasse a toalha de mesa uma curiosidade exótica e de grande interesse. Effie franziu a testa.

— Não é *tão* deplorável assim — contestou ela. — Já vi coisas bem piores.

Ela ergueu o olhar para ele e pôs a toalha de lado por um momento. Lorde Blackthorn não estava usando sua casaca de veludo preto de sempre, é óbvio, pois esta estava cuidadosamente dobrada dentro da gaveta da mesa de cabeceira dela. Como ele estava sem o traje, ela podia ver com mais clareza seu colete verde e dourado. Tinha um corte que o favorecia, e a mente exausta de Effie registrou o bordado na parte superior antes que ela conseguisse se segurar.

— Como posso ajudá-lo, senhor Jubilee? — perguntou, piscando para afastar o cansaço.

— Não precisa me ajudar em nada! — assegurou-lhe lorde Blackthorn. — Estou aqui para ajudar a *senhorita*! O convite do senhor Jesson foi entregue ao senhor Benedict. Haverá um café da manhã na próxima semana, por isso precisamos prepará-la para o evento. Eu quis ter certeza de que desta vez encontraríamos o vestido perfeito, então pensei em vir buscá-la pessoalmente!

Effie ficou perdida, sem saber como reagir.

— Quer dizer que… que quer que eu vá com o senhor agora? — indagou ela. — Mas não tem como, senhor Jubilee! Estou no meio do trabalho!

Lorde Blackthorn fez um aceno com a mão.

— Vai levar apenas uma ou duas horas para a senhorita ir e retornar em segurança — garantiu ele. — Pode levar sua toalha de mesa, aliás, para continuar trabalhando nesse meio-tempo!

Effie lhe lançou um olhar cauteloso.

— Ir e retornar *em segurança*? — questionou ela. — Aonde é que gostaria de me levar, senhor Jubilee?

— Ora, para o mundo das fadas, é óbvio! — respondeu lorde Blackthorn com entusiasmo, como se fosse uma sugestão perfeitamente normal. — Os duendes de Hollowvale adquiriram novos materiais e foram gentis o bastante para reservarem tempo para tirar suas medidas! Lady Hollowvale tem sido muito prestativa, mal posso esperar para a senhorita conhecê-la!

Effie arregalou os olhos e apertou a toalha de mesa.

— Eu… Isso é muito generoso mesmo — respondeu ela. — Mas eu não poderia abusar da boa vontade de uma respeitável lady feérica…

— Lady Hollowvale é na verdade apenas metade feérica — contou lorde Blackthorn, alegre. — A outra metade dela é uma respeitável lady inglesa. Tenho certeza de que terão muito em comum, afinal a senhorita também é inglesa.

Effie ficou tão estarrecida com tantas informações que não conseguiu descobrir a qual delas deveria responder primeiro. No entanto, quando ela chegou a uma resposta, lorde Blackthorn havia tirado a toalha de suas mãos e a dobrado, e estava lhe oferecendo o braço.

— Eu *vou* retornar do mundo das fadas se acompanhá-lo, senhor Jubilee? — perguntou Effie, apreensiva. — Por exemplo: e se lady Hollowvale decidir que devo permanecer em seu reino por muito mais tempo?

Lorde Blackthorn balançou a cabeça.

— Ora, mantê-la no mundo das fadas por muito tempo anularia todo o propósito de fazer um vestido para a senhorita! — retrucou ele. — Tem minha palavra, senhorita Euphemia: voltará a tempo para o café da manhã!

Effie olhou de relance para a toalha de mesa, que ele havia colocado debaixo do outro braço. Ela suspirou e ficou de pé.

— Confiarei totalmente no senhor — disse ela —, pois sei que tem o desejo sincero de ajudar.

Essas palavras tiveram um efeito considerável sobre lorde Blackthorn: seu sorriso onipresente se alargou ainda mais e seus olhos verdes intensos brilharam com um orgulho repentino.

— Eu quero mesmo ajudar — afirmou ele a Effie, enquanto colocava a mão dela em seu braço. — Muito sinceramente. Ora, com toda essa prática, sinto que já estou melhorando nisso.

Effie sorriu de volta para ele. Embora a manhã tivesse sido pesada, era difícil ficar chateada na presença de alguém tão efusivamente otimista. Ela ficou surpresa, sobretudo ao descobrir que estava se acostumando com o calor reconfortante do braço do feérico sob sua mão e com o perfume de rosas selvagens que emanava dele o tempo todo.

— Estava parecendo muito contrariada mais uma vez antes de eu chegar, senhorita Euphemia — observou lorde Blackthorn, enquanto a acompanhava pelos corredores dos empregados. — Espero que a noite passada não a esteja angustiando até agora.

Alguns dos outros empregados passavam por eles, mas nenhum erguia os olhos. O feitiço de lorde Blackthorn havia se ampliado para proteger os dois.

Effie mordeu o lábio, ansiosa. Tentou formular uma resposta diplomática, mas, como lorde Blackthorn havia usado seu nome, sua boca se abriu sem permissão, e ela se viu respondendo com uma honestidade brutal.

— Acabei de ver o senhor Benedict. Ele foi bastante agradável, mas, por algum motivo, estou me sentindo triste desde que o deixei no gabinete. — Ela fez uma pausa. — Deve ser por conta do meu aborrecimento de mais cedo.

— Entendo — disse lorde Blackthorn, embora estivesse claro que ele ainda não entendia por completo. — O que aconteceu mais cedo, se me permite perguntar?

Effie corou, grata pela mudança de assunto.

— Lady Culver jogou um bule de chá em Lydia. Ela disse que foi porque o chá estava frio, mas na verdade foi só porque ainda está com vergonha pelo que aconteceu na noite passada. Então Lydia ficou zangada *comigo*... e tentei muito não ficar com raiva, mas parece que ela achou que eu estava zombando dela e não quis ficar para ouvir minha explicação.

Lorde Blackthorn franziu a testa.

— Ah, minha nossa — disse ele. — Será que lady Culver está ciente do favor que a senhorita Lydia solicitou? Eu não tinha a intenção de colocá-la em apuros.

Effie balançou a cabeça, enfática.

— Tenho *certeza* de que lady Culver não acreditaria que havia um feérico na própria casa, mesmo que alguém lhe dissesse com todas as letras — replicou ela. — Lady Culver não acha que Lydia seja responsável pelo que aconteceu, ela só estava com raiva de modo geral, penso eu, e se sentiu melhor ficando com raiva de Lydia especificamente, em vez de com raiva do mundo.

— Que interessante! — refletiu lorde Blackthorn. — Ora, é quase como uma praga, não é? Lady Culver ficou com raiva, então a senhorita

Lydia pegou a raiva dela, e daí a senhorita... bem, ainda está com raiva, senhorita Euphemia?

Effie pestanejou, atônita.

— Não estou mais com raiva, na verdade — disse ela. — Que engraçado! Normalmente eu precisaria costurar mais alguns pontos antes de me sentir melhor, mas estou de ótimo humor agora que o senhor está aqui. — Ela corou ao admitir, embora não conseguisse segurar a resposta mesmo que tentasse. — O senhor tem uma ótima postura, senhor Jubilee. Eu não tinha percebido antes, mas o senhor é diferente de todos nós em vários aspectos. Todo mundo lá embaixo fica com muita raiva o tempo todo. É ótimo estar perto de alguém que está *feliz*, sem importar o motivo.

Lorde Blackthorn abriu um sorriso enorme para ela.

— Estou muito contente por ter melhorado seu ânimo — declarou ele. — Mas, para ser justo, senhorita Euphemia, ainda sou um lorde hoje... ainda preciso deixar de ser, como prometi... e, portanto, tenho poucos motivos para me sentir infeliz. Se eu fosse um criado esforçado e alguém jogasse bule na minha cabeça, tenho certeza de que também ficaria com raiva.

Effie franziu a testa.

— Mas ficar com raiva nunca ajuda — disse ela. — Só causa problemas.

Lorde Blackthorn parou para abrir a porta forrada com baeta verde.

— Não vejo assim — retrucou ele, muito sério. — Se a raiva nunca ajudasse, então por que a senhorita a teria? Alguns humanos nascem com dedos a mais nas mãos ou nos pés, sim, mas *todos* vocês nascem com pelo menos um pouquinho de raiva. Deve ter alguma utilidade.

Effie voltou a pegar o braço do feérico enquanto eles entravam na casa principal, indo em direção a uma porta dos fundos.

— Talvez seja útil para lordes e ladies — ponderou ela, devagar. — Mas, quando empregados ficam com raiva, apenas são demitidos. Então suponho que... a raiva seja útil para todos os outros.

— Que preocupante — murmurou lorde Blackthorn. — E intrigante! Preciso refletir um pouco sobre isso. Mas só mais tarde: afinal, estamos indo para Blackthorn primeiro, e não seria bom ficar com a mente confusa enquanto caminhamos pelo labirinto.

Effie notou então que lorde Blackthorn os dirigia para o labirinto de sebes atrás da mansão, onde ela o havia encontrado pela primeira vez. Enquanto ele a levava para fora, para a lama meio seca e a luz morna do sol, Effie percebeu tardiamente como sentia falta da luz.

Quando tinha sido a última vez que ela saíra de dia, só por prazer? Não conseguia se lembrar direito. Era raro que conseguisse sair da mansão sem ser para caminhar até a igreja. Mas ali estava ela, andando pelo labirinto de sebes sob a luz do sol que escapava por entre as nuvens, ouvindo o sussurro do vento entre os galhos. A sensação de liberdade — de respirar ar fresco e sair de casa sem antes implorar por permissão — tirou de sua alma um peso que havia se arrastado até lá lenta e insidiosamente, sem que ela percebesse.

A companhia também era bastante agradável, Effie concluiu.

— Ah! — exclamou ela, quando algo lhe ocorreu. — O senhor me contou ao nos conhecermos que Hartfield ficava bem no seu quintal! Estava sendo literal, senhor Jubilee?

Lorde Blackthorn sorriu para ela.

— Estava, sim. A sebe onde a encontrei leva diretamente a Blackthorn. É um dos muitos lugares na Inglaterra onde o véu para o mundo das fadas é tênue.

Effie voltou os olhos arregalados para ele.

— Quer dizer que eu poderia ter passado sem querer para o mundo das fadas a qualquer momento se tivesse entrado aqui? — perguntou ela, chocada.

Lorde Blackthorn riu.

— Não, com certeza não. Posso ir e vir de Blackthorn segundo a minha vontade, é claro, mas os mortais precisam usar um truque para atravessar o véu. A *senhorita* deverá girar três vezes no sentido anti-horário e entrar de costas no labirinto. — Ele fez com que parassem logo antes da entrada do labirinto e colocou uma mão no ombro de Effie. — Se fizer as honras, senhorita Euphemia... afinal, queremos trazê-la para casa em tempo hábil.

Se estivesse com outra pessoa, Effie teria se sentido pelo menos um pouco constrangida de girar em círculos feito uma criança numa brincadeira. Mas neste momento lhe ocorreu que até então lorde Blackthorn não tinha zombado de ninguém na presença dela. Aliás, ele nunca tinha dito nada que não fosse elogioso a ela, por mais estranha ou desajeitada que se sentisse.

A luz do sol era quente em sua pele e o ar, fresco em seu rosto. Effie sorriu com a sensação.

— Devem ser *exatamente* três vezes, senhor Jubilee? — perguntou ela, de um jeito brincalhão.

Como esperado, lorde Blackthorn não pareceu nem um pouco perturbado pela pergunta.

— Podem ser bem mais que três vezes — respondeu ele em tom prestativo.

Effie rodopiou em um redemoinho de saias e grama pisoteada. Ela continuou girando, sem parar, até ficar tonta demais para permanecer de pé. Finalmente, cambaleou com uma risadinha que não conseguiu segurar, embriagada pela sensação de estar *fora de casa*.

Quando ela tombou para o lado, lorde Blackthorn a estabilizou com o braço. Ele sorriu como se ela tivesse feito algo esplêndido.

— Bom trabalho! — Parabenizou-a. — Foram bem mais que três vezes, senhorita Euphemia!

Effie sorriu de volta, tonta.

— Isso foi muito divertido. Não faço nada assim desde antes de sair da casa de minha mãe.

— Ah, minha nossa. — Lorde Blackthorn suspirou. — Não me diga que lordes e ladies também são avessos a *rodopiar*? A cada dia que passa fico menos encantado pelo meu título.

Effie deu uma risadinha.

— Lordes, ladies e criados são todos muito sérios — respondeu ela. — Não devemos fazer nada que não tenha uma razão de ser. Tenho certeza de que, se uma dama tivesse que ir ao mundo das fadas, ela giraria exatamente três vezes, nem mais nem menos.

— Mas nada tem uma razão de ser! — protestou lorde Blackthorn, incrédulo. — Tudo na vida é absurdo até certo ponto! — Ele franziu a testa para Effie. — Ser uma dama parece muito deprimente. Precisa mesmo seguir com isso, senhorita Euphemia?

A risada de Effie murchou um pouco.

— Preciso. Se eu *não* for uma dama, não poderei me casar com o senhor Benedict.

Lorde Blackthorn deu um suspiro profundo ao ouvir isso.

— Um sacrifício trágico — murmurou. — Mas, sim, está certa. Pois bem, vamos logo.

Ele a pegou pela mão e entrou na frente dela no labirinto.

— Não, fique voltada para a frente, senhorita Euphemia — orientou ele, quando ela se virou instintivamente para encará-lo. — Vou guiá-la com segurança no sentido contrário.

Ele fez uma pausa e acrescentou:

— Tenha seu objetivo sempre em mente no caminho. Precisamos manter o juízo enquanto estivermos em Blackthorn!

Sete

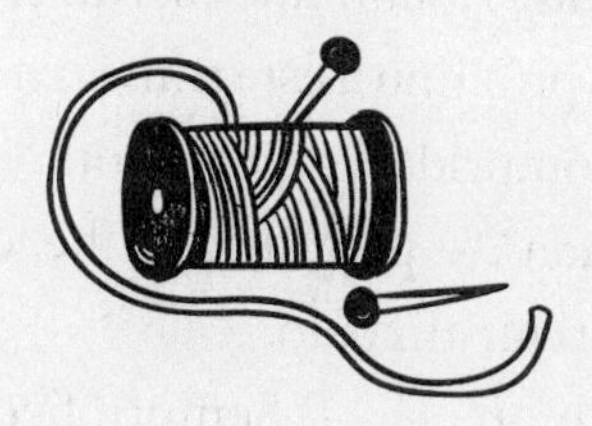

Effie fez o possível para se concentrar em Benedict ao andar de costas e aos tropeços através do labirinto de sebes com lorde Blackthorn. Ela imaginava a risada calorosa e o sorriso encantador do rapaz; imaginava como seria finalmente dançar com ele, ter toda a sua atenção por poucos minutos. *Eu só quero uma chance*, pensou. *Uma chancezinha, pelo menos.*

Enquanto caminhavam, Effie percebeu que as sebes ao seu redor haviam ficado mais verdes e selvagens. Rosas enormes de todas as cores despontavam entre as folhas, explodindo com o mesmo aroma natural que lorde Blackthorn sempre carregava consigo. Aos poucos, as sebes se transformaram em árvores imponentes, e então logo estavam andando por uma floresta vastíssima. Os galhos se enroscavam com firmeza ao redor deles, formando passagens através da mata exuberante; no alto, um amplo dossel bloqueava a maior parte do sol, embora um raio de luz brilhasse de vez em quando para iluminar o caminho.

Finalmente, lorde Blackthorn soltou a mão de Effie e virou-a pelos ombros para que ela ficasse de frente mais uma vez.

— Estamos em Blackthorn agora — disse a ela —, portanto, a senhorita pode andar normalmente daqui em diante.

Havia um toque de insegurança no tom de lorde Blackthorn, e Effie percebeu que ele estava ansioso para ver o que ela achava de seu reino.

Diante deles, a passagem estreita de galhos se abria para uma clareira. Bem no centro dela havia uma única mesa, sobre a qual ardia uma vela tremulante. Uma bandeja de prata ao lado da vela continha um punhado de cartões de visita espalhados.

Effie deu um passo incerto em direção à mesa. Um dos cartões na bandeja tinha o nome *Lady Hollowvale* escrito em uma caligrafia legível e elegante. Outro cartão próximo a este tinha o nome *Lorde Longshadow* escrito com uma letra comprida e ameaçadora.

— Esta é... sua entrada? — perguntou Effie, curiosa.

Lorde Blackthorn sorriu, aliviado.

— É, sim! — confirmou ele. — Sempre fico com medo de que as pessoas passem direto, considerando que não tenho um mordomo para orientá-las.

Effie olhou novamente ao redor da clareira. Havia algumas saídas em meio à vegetação, levando a outros daqueles túneis de galhos bem entrelaçados. Pouco além de um dos túneis à direita, ela viu outra clareira com um grande pianoforte bem no centro, cercado por cadeiras. Aos poucos, ela começou a entender que não havia Mansão Blackthorn no sentido literal — todos os cômodos ficavam *do lado de fora*.

Eu nunca conseguiria limpar este lugar se me tornasse criada do senhor Jubilee, Effie pensou, horrorizada. *Poderia passar o dia inteiro trabalhando, desde a aurora até o anoitecer, mas seria impossível varrer a sujeira de uma entrada que fica no meio do mato!*

No entanto, lorde Blackthorn ainda a olhava ansiosamente, e ela não estragaria o humor sempre alegre do feérico preocupando-se com o próprio futuro.

— É... muito lindo — elogiou Effie, sem convicção. — Nunca vi nada parecido antes.

Essa resposta aliviou na mesma hora qualquer inquietação que lorde Blackthorn trouxesse consigo; ele relaxou, mostrando seu habitual sorriso largo.

— Mas isso não é nada! — disse a ela, entusiasmado. — Precisa ver pelo menos o Salão Verde enquanto estiver aqui!

Effie mordeu o lábio. Ela estava bastante ciente de cada segundo que passava — cada instante a mais significava um momento em que algo mais urgente que a toalha de mesa poderia surgir e a senhora Sedgewick poderia descobrir que Effie havia deixado a mansão. Mas a empolgação de lorde Blackthorn era ainda mais contagiante que a raiva de lady Culver em alguns aspectos... E a brisa era tão perfumada, e as folhas eram tão *verdes*! Effie havia passado tanto tempo da sua vida em espaços fechados que esse primeiro gosto real da vida selvagem despertou um anseio perigoso em sua alma.

— Acho que podemos ver o Salão Verde, então, senhor Jubilee. — Effie suspirou. — Desde que sejamos rápidos, é claro.

— É claro! — concordou lorde Blackthorn. — Sim, seremos muito rápidos!

Ele segurou o braço de Effie e a conduziu com orgulho entre as grandes clareiras que formavam Blackthorn. Contra a sua vontade, Effie se viu completamente encantada. Lá estava a sala de estar com o pianoforte, todo enredado nas raízes de uma árvore gigantesca. (Nem Effie nem lorde Blackthorn sabiam *tocar* pianoforte, era certo, mas lorde Blackthorn garantiu a ela que o instrumento estava muito bem afinado.) Mais à frente, havia uma biblioteca cheia de estantes, todas abertas para o céu.

— Mas os livros não ficam molhados, senhor Jubilee? — indagou Effie.

— Blackthorn é muito respeitosa com meus pertences — assegurou-lhe lorde Blackthorn. — Sempre escolhe chover em outro lugar.

Por fim, chegaram a uma clareira repleta de musgo, por meio da qual corria um riacho com uma grande mesa de carvalho escavada no centro; em algum lugar sob a hera que se agarrava ao móvel, Effie captou o brilho de um conjunto de chá prateado. Cadeiras descombinadas em vários estilos rodeavam a mesa — algumas inclinavam-se desajeitadamente para a frente por conta do terreno irregular, mas a hera tinha crescido de forma tão densa em torno de suas pernas que nenhuma delas tinha tombado ainda.

Effie examinou o cenário, inclinando a cabeça.

— Este é o Salão Verde, então? — perguntou a criada.

— É sim! Hã... mas não *o* Salão Verde.

Effie franziu a testa.

— Mas não deveria haver apenas *um* Salão Verde? — questionou ela.

Lorde Blackthorn balançou a cabeça.

— De jeito nenhum — corrigiu-a. — Este é o Salão Verdi... este termina com *i* para distingui-los.

— Entendi. — Effie pressionou a testa com os dedos, tentando não imaginar um futuro em que tivesse que aprender a diferenciar os salões. — Porque... muitos dos seus cômodos são verdes, é lógico.

— Exatamente! — exclamou lorde Blackthorn. — A princípio, pensei que os cômodos aqui não seriam adequados às convenções de nomenclatura dos ingleses, mas esta é uma solução inteligente, não acha?

Effie tropeçou na hera, agarrando-se com firmeza ao braço dele.

— Mas talvez o senhor não precise nomear seus cômodos como os ingleses fazem — sugeriu ela, cautelosa. — Se me permite perguntar, aliás... por que se interessa tanto pelos ingleses, senhor Jubilee?

Lorde Blackthorn a ajudou a passar por um tronco caído coberto de musgo.

— Mas por que eu não me interessaria? — questionou ele com intensidade. — Afinal, vocês estão no meu quintal! Como posso ser um bom vizinho se não tento entender os ingleses?

Effie sorriu ao ouvir sua declaração, mesmo enquanto suas botas de cano baixo roçavam o tronco.

— De alguma forma — disse ela —, suas respostas ainda conseguem me surpreender, senhor Jubilee. No bom sentido, quero dizer. É por isso que todos os seres feéricos visitam a Inglaterra? Vocês estão simplesmente sendo bons vizinhos?

Lorde Blackthorn franziu a testa, pensativo com a pergunta.

— Acho que somos todos curiosos, em algum grau — respondeu ele. — Mas as razões de nossa curiosidade variam. Eu não ousaria presumir que sei como pensam todos os meus primos.

Effie precisou se apoiar na mão dele ao voltar para o solo.

— Acredito que *eu* estava presumindo que todos vocês pensam da mesma forma — reconheceu ela. — Isso é bobagem da minha parte, não é? Admito, senhor Jubilee, que as histórias que ouvimos sobre vocês são assustadoras. Mas, no final das contas, são histórias, e eu provavelmente não deveria ter acreditado nelas sem pensar duas vezes.

Lorde Blackthorn deu um tapinha carinhoso na mão dela.

— Se isso a faz se sentir melhor — continuou ele —, lady Hollowvale afirma que a maioria dos seres feéricos é realmente muito perversa para os padrões ingleses. Ela me diz que sou uma simpática aberração.

Effie não sabia o que significava a palavra "aberração", mas tinha certeza de que Lydia adoraria usá-la em alguma frase. Ela a guardou em mente para contar à amiga mais tarde, antes de lembrar que Lydia devia estar zangada demais com ela para querer conversar.

Então um lampejo alaranjado e um movimento agitado à sua direita a arrancaram de seu devaneio. Uma borboleta quase do tamanho da sua mão passou voando preguiçosamente por ela, roçando seu cabelo. Enquanto Effie a observava, ela bateu as asas em direção a um dos túneis de galhos que saíam do Salão Verdi.

— Ah, muito obrigado — agradeceu lorde Blackthorn, dirigindo-se à borboleta. — Parece que o Salão Verde está *nesta* direção hoje.

— Hoje? — repetiu Effie.

Outra pontada de preocupação a atingiu. *Os cômodos se movem?*, ela pensou, em desespero. Mas lorde Blackthorn estava se movendo rapidamente de novo, levando-a junto, e, assim, ela deixou o pensamento de lado e permitiu que ele mostrasse o caminho.

Ambos passaram por um Salão Verdy e um Salão Veerde. Cada um deles com mais um grupo daquelas borboletas cor de laranja-escuras acomodadas em superfícies diferentes. Entretanto, quando Effie estava começando a pensar que precisariam de mais variações, lorde Blackthorn a guiou até uma campina ampla e ensolarada, sem muita cobertura.

Esta campina não tinha mobília, mas Effie não conseguia imaginar onde conseguiriam *colocar* qualquer mobília, mesmo que estivesse disponível. A grama alta estava salpicada de flores rosa-claras, sobre as quais repousava um verdadeiro manto de borboletas pretas e alaranjadas. Milhares de asas coloridas tremulavam delicadamente em seus poleiros, como se a campina em si estivesse respirando.

Effie se deteve na beira do campo, maravilhada com a visão. Ela prendeu a respiração, com medo de que o menor movimento pudesse estragar o momento.

— *Este* é o Salão Verde — anunciou lorde Blackthorn, com orgulho. — Se bem que… para ser justo, acredito que esteja bem alaranjado agora. Talvez eu mude o nome temporariamente.

— É lindo — sussurrou Effie. — Nunca vi tantas borboletas antes. Elas estão sempre aqui?

— Nem sempre. No entanto, volta e meia elas passam por aqui a caminho de outro lugar. Essas são as flores favoritas delas, eu acho, e Blackthorn gosta de tê-las aqui.

Enquanto ele falava, uma das borboletas ergueu-se de onde estava, flutuando preguiçosamente no ar. Outra borboleta juntou-se à primeira, e logo o ar estava dominado de asas pretas e alaranjadas. As borboletas voaram em direção a Effie, e ela recuou, soltando um arquejo e colidindo com o feérico. Lorde Blackthorn a segurou de forma tranquilizadora, com um braço em volta de seus ombros.

— Acredito que estejam apenas curiosas — disse ele alegremente. — Elas podem nem ser da Inglaterra, sabe… Talvez nunca tenham visto uma criada doméstica antes!

Effie se apoiou nele com mais firmeza enquanto as borboletas enxameavam-se ao redor dos dois e escondeu o rosto no ombro do feérico. Ainda assim, tinha vislumbres do redemoinho de cores sob seus cílios. Então, lentamente, ela ficou tão deslumbrada com a visão que ergueu os olhos outra vez. Asas suaves roçavam seu vestido, seu rosto, seu cabelo;

os toques eram delicados e leves feito pluma. As borboletas pareciam perfeitamente satisfeitas em observá-la apenas por um breve instante antes de passarem por ela e seguirem adiante, disparando para os galhos atrás dos dois.

Aos poucos, a quantidade delas começou a diminuir, até que restaram apenas algumas, movendo sem pressa as asas sobre Effie.

— Desculpe-me — disse lorde Blackthorn em voz baixa. — Elas são muito assustadoras?

— Não. — Effie suspirou. — Não, de jeito nenhum. Só estou com receio de machucá-las. Parecem tão frágeis…

Lorde Blackthorn estendeu a mão para passar um dedo pelos cabelos dela, e Effie o encarou, piscando. Um momento depois, ela percebeu que o feérico havia oferecido um dedo para uma das borboletas presas em uma das tranças dela. Uma luz estranha surgiu nos olhos verdes intensos de Lorde Blackthorn quando a criatura rastejou obedientemente até a sua mão, e os dedos da outra mão apertaram o ombro de Effie.

— Ah — disse ele. — Sim, elas… são bastante frágeis, não são?

Lorde Blackthorn olhou para ela, então, e Effie teve a impressão de que talvez ele não estivesse pensando na borboleta enquanto falava. Ela tornou-se extremamente ciente do calor reconfortante dele e da maneira adorável como sua expressão franzida enrugava suas feições; como ele raras vezes franzia a testa, sempre havia um toque de bondade atenciosa nessas ocasiões.

De repente, um medo estranho tomou conta de Effie. Não era o mesmo medo que ela tinha sentido quando o conheceu, nem o mesmo medo que experimentara ao concordar com a aposta. Em vez disso, era uma sensação inquietante de que ela havia se enganado sobre algo muito significativo, e não por culpa do feérico.

— Não devemos atrasá-la, senhorita Euphemia — declarou lorde Blackthorn, de maneira abrupta.

Ele a soltou, e Effie descobriu, sem entender o motivo, que sentiu falta do braço dele em volta dela.

Ela forçou um sorriso, embora de repente não sentisse vontade de sorrir.

— Obrigada por me mostrar o Salão Verde, senhor Jubilee — disse ela. — É mesmo como o senhor disse. Eu teria ficado triste se perdesse.

Lorde Blackthorn sorriu de volta, mas Effie se perguntou se tinha alguma coisa faltando no sorriso dele daquela vez.

— Ainda chegaremos a Hollowvale a tempo — garantiu ele. — Não estamos muito longe, desde que continuemos no caminho certo.

Ele pegou o braço de Effie de novo — com um pouco mais de delicadeza, ela pensou —, e uma estranha preocupação no peito dela se dissipou com esse gesto.

Enquanto lorde Blackthorn os conduzia pelas passagens arborizadas, uma névoa misteriosa começou a formar redemoinhos em torno de seus pés. Logo o ar se tornou úmido e as folhas e flores desapareceram sob a branquidão. A bruma fez as pontas dos dedos de Effie formigarem e ficarem dormentes, mas lorde Blackthorn não parecia preocupado, então ela tentou ignorar a sensação.

Effie não tinha percebido que eles haviam saído da floresta, mas, quando uma mansão alta e imponente em estilo inglês surgiu em meio à neblina, ela se deu conta de que, já que o céu ficou tão livre de árvores, eles deviam ter deixado Blackthorn havia muito tempo.

— Ah, excelente — disse lorde Blackthorn, num tom que sugeria alívio. — Chegamos à Mansão Hollow!

Effie se perguntou se ele estava esperando mais algum tipo de atraso, mas um grito estridente vindo da bruma adiante a fez pular de surpresa.

— Volte aqui! — exigiu a voz de um menino. — Eu sei que acabei de encostar em alguém!

Risadinhas atravessavam a neblina em direção a Effie e lorde Blackthorn, aproximando-se cada vez mais. Em pouco tempo, uma adolescente alta, usando calça de montaria, surgiu correndo pelo caminho, arrastando pela mão um menino mais novo. O cabelo loiro da garota era espesso e cortado de maneira simples, preso em um rabo de cavalo com uma linda fita de tafetá verde que contrastava bastante com seu estilo de vestimenta. O garoto de cabelos escuros atrás dela era muito bonito e distinto, com um colete feito sob medida e sapatos engraxados. Mas o lenço de seda que ele usava na cabeça tinha escorregado por um instante, revelando a falta de um olho.

A garota loira parou de súbito ao avistar Effie e o feérico, surpresa. Contudo, um momento depois, uma expressão astuta surgiu em seu rosto, e ela levou o dedo aos lábios, puxando o garoto para trás de si enquanto se escondia atrás das saias de Effie.

Uns instantes se passaram, e outro menino apareceu cambaleando em meio à neblina, usando amarrado em volta dos olhos o lenço de pescoço de algum cavalheiro.

— Estou ouvindo vocês dois! — gritou ele, confiante. — Não podem sair de Hollowvale, seus pestinhas! Essas são as regras!

Com isso, o menininho atrás das saias de Effie não conseguiu conter uma risadinha; o garoto com o lenço cobrindo os olhos então avançou em direção ao som soltando um *Arrá!* bem alto, e sua mão pousou no braço de lorde Blackthorn, no ponto onde Effie ainda o segurava.

— É Hugh! — declarou o garoto vendado, triunfante. — Peguei o Hugh!

Ele estendeu a mão para afastar o lenço dos olhos, e imediatamente se sobressaltou e vacilou para trás, caindo sentado.

A garota atrás de Effie desatou a rir.

— Você pegou um feérico, isso sim, Robert! — debochou ela. — Teve sorte de ser apenas lorde Blackthorn, hein?

Lorde Blackthorn estendeu gentilmente a mão ao garoto caído no chão, que a aceitou com apenas um leve resmungo.

— Mas você me *pegou* de fato — afirmou lorde Blackthorn, solidário. — É uma cabra-cega muito habilidosa, Robert, preciso reconhecer.

O garoto revirou os olhos.

— Eu não *pretendia* pegar um feérico — contestou ele. — Mas veja só! Peguei uma dama também?

Seus olhos se voltaram para Effie, e ela corou.

— Não sou uma dama — admitiu ela. — Mas você também não parece ser um feérico. O que está fazendo em Hollowvale?

Robert franziu a testa enquanto Effie falava, como se estivesse tentando identificar algo familiar a respeito dela. A moça quase checou se não estava usando um dos feitiços de lorde Blackthorn antes de perceber que Robert tinha visto o *feérico* perfeitamente bem.

— Você *fala* como uma dama — rebateu Robert, afinal. — Igualzinho a mamãe costumava falar, na verdade. De onde você é?

Lorde Blackthorn pigarreou, educadamente.

— Esta é a senhorita Euphemia Reeves. Ela é minha pupila por enquanto. — Então se virou para Effie e gesticulou para o menino. — Este é mestre Robert. Ele era uma criança inglesa, mas sinto dizer que já faleceu. É uma das almas roubadas que lady Hollowvale adotou quando herdou o reino de seu pai. Atrás da senhorita estão mestre Hugh e a senhorita Abigail Wilder.

Effie arregalou os olhos.

— *Faleceu?* — repetiu ela, sem entender.

Então fitou Robert com bastante atenção, procurando nele quaisquer sinais terríveis de morte, mas nenhum parecia perceptível à primeira vista.

Robert deu um largo sorriso.

— Buu! — exclamou ele. — Eu sou um fantasma, sim.

— *Eu* não sou um fantasma — declarou Abigail atrás de Effie. — Estou só de visita. Mas Hugh também está morto. Não é a pior coisa do mundo.

— *Sua mãe* está por perto? — perguntou lorde Blackthorn a Robert, curioso. — Eu ficaria para um pouco de cabra-cega, mas sinto dizer que hoje estamos com pressa.

— *Humpf!* — disse Robert. — Então fica nos devendo na próxima visita, almofadinha! — Ele sorriu para os dois e seguiu pelo caminho, com o lenço enrolado na mão. — Da última vez que olhei, mamãe estava no pianoforte de novo. Espero que seus ouvidos sejam feitos de um material resistente, milady.

Ele dirigiu esta última parte a Effie, pronunciando mal a palavra "pianoforte", com desdém.

Robert os conduziu pelo acesso à grande mansão e por um lance da escada de mármore em caracol, enquanto as outras duas crianças os seguiam. Effie se viu procurando por sinais de empregados feéricos e pensou, *Sem dúvida eles precisam limpar esse mármore o dia todo*, mas, se estavam presentes, ela não tinha os poderes necessários para localizá-los.

Enquanto seguiam por um dos muitos corredores escuros, iluminados por lúgubres velas azuis dispostas ao longo das paredes, um barulho horrível e cacofônico começou a ecoar na direção deles. Lembrava um pianoforte, é verdade, porém, cada nota parecia escolhida ao acaso, mutilada com uma alegria quase cruel.

— A habilidade de lady Hollowvale com o pianoforte é insuperável em todo o mundo feérico — informou lorde Blackthorn a Effie, com um ar de sabedoria. — Ela costumava passar dias seguidos aprendendo a tocar, sem sequer dormir.

Effie estremeceu quando outra nota horrível e estridente invadiu seus ouvidos.

— Entendo — disse ela, porque não tinha certeza se conseguiria manifestar algo mais educado no momento.

Robert dobrou um último corredor e os levou por uma porta aberta, e Effie enfim viu a origem do barulho medonho. Bem no centro de um salão de baile com piso xadrez preto e branco, uma dama de aparência perfeitamente elegante, com cabelos ruivos e um vestido cinza esfarrapado, havia se acomodado diante de um pianoforte de cauda. Enquanto Effie observava, a mulher batia as palmas nas teclas do piano com uma despreocupação feroz. Lady Hollowvale ria de um jeito exagerado entre uma nota e outra, com uma alegria medonha em suas delicadas feições.

Eles permaneceram ali na plateia por mais alguns instantes enquanto a dama feérica continuava a torturar seu pobre instrumento. Effie teve que se esforçar para não tapar os ouvidos, mas não conseguiu esconder os arrepios. Em algum momento, Robert deve ter ficado com pena dela, porque caminhou em direção ao piano para olhar nos olhos de lady Hollowvale e gritar com ela em meio à barulheira.

A dama parou de tocar abruptamente, inclinando a cabeça para ele.

— Disse alguma coisa, Robert? — indagou ela, com o familiar sotaque das classes baixas. — Não ouvi, por causa da música.

Effie encarou a dama, chocada. *Este é o meu antigo jeito de falar*, pensou ela. *Não é a minha voz, mas com certeza é a minha pronúncia, sílaba por sílaba!*

Robert sorriu para lady Hollowvale.

— Eu disse que temos *convidados*, mamãe — repetiu ele. — Imaginei que não os tivesse chamado apenas pra ficar tocando o dia todo.

Lady Hollowvale virou-se para Effie e lorde Blackthorn. Sua mirada era ainda mais incomum que o restante dela, pois, naquele instante em que Effie encarava diretamente os olhos de lady Hollowvale, ela viu que a mulher tinha um olho cinza e um verde. Quando a dama feérica fitou lorde Blackthorn, seu rosto se abriu em um sorriso luminoso e ela ficou de pé.

— Você tá aqui! — declarou lady Hollowvale, com uma alegria exultante que superava até mesmo o habitual e onipresente entusiasmo de lorde Blackthorn. — Ah, é ótimo ver você de novo!

Ela saltou em direção ao feérico com passos nem um pouco dignos de uma dama, atirando os braços ao redor dele. Com isso, o estômago de Effie embrulhou por algum motivo, até que ela mesma se viu recebendo um abraço excessivamente carinhoso.

— Mas Sua Senhoria esteve aqui há apenas alguns *dias*, mamãe — observou Hugh, tímido.

— Ele esteve, é claro — concordou lady Hollowvale. — Mas tá aqui agora também, isso não é maravilhoso? E ele tem uma convidada desta vez! Estou nas nuvens!

Sem jeito, Effie abraçou a dama feérica, um pouco constrangida com seu afeto tão generoso.

— Hã... É um prazer conhecê-la, milady — disse Effie por fim.

Lady Hollowvale recuou ao ouvir isso, olhando espantada para a mulher diante de si.

— Foi você! — exclamou ela, empolgada. — Foi você que pegou minha oratória, não foi? E então, tá gostando?

Effie piscou várias vezes rapidamente.

— Eu… eu não sabia que era a *sua* oratória que estava pegando emprestada — admitiu ela. — É muito graciosa. Acho que eu nunca conseguiria falar tão bem, mesmo que praticasse por um milhão de anos.

Os olhos de lady Hollowvale se encheram de lágrimas por algum motivo. Ela soltou Effie com uma fungada repentina.

— Conseguiria, sim — disse ela. — *Conseguiria*, se alguém obrigasse você a praticar por um milhão de anos. Precisa ter mais cuidado com o que diz no mundo feérico, ou pode acabar fazendo exatamente isso!

Effie a encarou, desconcertada com a mudança abrupta de emoção. Ao lado dela, lorde Blackthorn ofereceu calmamente um lenço, que lady Hollowvale aceitou sem fazer comentários.

— Sinto muito — lamentou lady Hollowvale, soluçando na seda. — Dei toda a minha paciência pra minha outra metade, e ela me deixou com todas as emoções intensas. É assim o tempo todo, mas em especial quando ela tá chateada. Ela e o marido andam trabalhando até tarde da noite, e isso tá acabando com os meus nervos.

— Pronto, pronto — disse lorde Blackthorn, acalmando-a. — A senhorita Euphemia não ficará presa no mundo das fadas durante um milhão de anos para praticar oratória, eu lhe garanto. Precisamos arranjar para ela um vestido muito bonito enquanto estivermos aqui, e depois ela vai se casar com o homem que ama.

Eu vou?, Effie pensou. *Ah. Sim, eu vou. Afinal, esse era o plano.* Por um momento, ela foi acometida por aquela sensação desconfortável de novo, mas a atitude de lady Hollowvale havia mudado de súbito mais uma vez, e Effie foi pega de surpresa pelo sorriso alegre que a dama abriu.

— Um vestido, isso mesmo! — cantarolou lady Hollowvale. — Sim, eu prometi isso. Os duendes ainda estão brincando de empregados, então ficarão felizes em ajudar.

A dama feérica se virou e tomou a direção da porta, caminhando com lorde Blackthorn ao seu lado. Effie se apressou para acompanhá-los, piscando e tentando entender o que estava acontecendo.

— Brincando de empregados? — perguntou ela às crianças, que também corriam.

— Os seres feéricos não são nobres ou empregados de verdade — informou Abigail a Effie, com toda a arrogância de uma adolescente que descobriu saber mais que outra pessoa. — Eles só brincam de uma coisa ou outra quando têm vontade. E fique sabendo que eles erram a mão na maioria das vezes, de todo modo.

Effie franziu a testa.

— Meu Deus — murmurou ela. — Eu gostaria de poder parar de ser criada quando tivesse vontade.

Abigail ergueu uma sobrancelha para ela.

— Bem, você *não pode* parar quando tiver vontade? — questionou a menina. — Talvez os seres feéricos errem muito, mas eles tendem a perceber o óbvio.

Effie se esforçou muito para não revirar os olhos ao ouvir isso.

— Não tenho outra fonte de renda — argumentou ela. — Se eu deixasse de ser criada, não teria o que comer nem onde dormir. Talvez até tivesse que ir para uma casa de trabalho.

As três crianças estremeceram tão violentamente com a sugestão que Effie se perguntou se teria proferido um palavrão sem querer. Robert fez o sinal da cruz, e Hugh se encolheu um pouco atrás de Abigail.

— Mas vou me casar em breve — disse Effie depressa, sentindo-se estranhamente impelida a acalmar seus temores. — Não serei uma lady, mas terei o suficiente para viver e *então* deixar de ser uma criada. E duvido muito que algum Ashbrooke já tenha ido parar em uma casa de trabalho, ou acabe parando por lá alguma vez na vida.

— Imagino que seu vestido seja para o casamento, então, é isso? — perguntou Abigail, com cautela.

Effie se encolheu.

— Bem... não exatamente — admitiu ela. — Ainda tenho que fazer o senhor Benedict se apaixonar por mim. No momento estou fazendo um péssimo trabalho, mas o senhor Jubilee está convencido de que um vestido melhor ajudará.

— Senhor Jubilee? — indagou Robert. — Quem é esse?

Effie mordeu a língua com uma careta. *Acho que lorde Blackthorn não revela seu nome verdadeiro o tempo todo*, ela pensou.

— Ninguém — respondeu Effie às pressas. — Só um... amigo, mas lorde Blackthorn me trouxe aqui para me conseguir um vestido, e isso que importa, creio eu.

Abigail assentiu com seriedade.

— Mamãe vai dar um jeito — afirmou ela. — Essa metade dela pode parecer um pouco exagerada, mas na verdade é bem sensata. Foi por isso que voltei a Hollowvale pra aprender magia com ela em vez de com meu pai. — Ela torceu o nariz. — Além do fato de ele estar sempre ocupado demais. Eu me sinto mal pedindo as coisas na maioria das vezes.

Ao ouvir a garota, várias novas perguntas surgiram na cabeça de Effie, mas, antes que ela tivesse a chance de fazer qualquer uma delas, lady Hollowvale se virou para conduzi-la até outro cômodo, cheio de tecidos drapeados e materiais de costura de todos os tipos. Robert torceu o nariz ao ver tudo aquilo, e Hugh recuou mais alguns metros. Abigail pareceu um pouco mais interessada, mas olhou para as outras crianças com um suspiro profundo e lançou a Effie um olhar sofrido.

— Acho que é a minha vez de ser a cabra-cega — disse a menina. — Boa sorte com seu vestido, então.

Effie piscou devagar para ela.

— Boa sorte com sua magia — respondeu, pois parecia a única coisa educada a dizer.

Abigail andou em direção aos outros dois, arrancando o lenço de Robert e fechando a porta atrás de si.

— Que tipo de vestido você tava procurando? — indagou lady Hollowvale, com o jeito de falar da própria Effie, que abriu a boca para responder, antes de perceber que a lady feérica estava na verdade se dirigindo a lorde Blackthorn.

— Com certeza nada feito de dignidade — respondeu ele. — Eu sabia que era uma péssima ideia, mas simplesmente não havia tempo para nada melhor na hora.

— Era pesado demais — acrescentou Effie em voz baixa. — E todo mundo ficou me fazendo *perguntas*.

Lady Hollowvale balançou a cabeça com raiva.

— *Aff!* — exclamou ela. — Dignidade… Ainda bem que esta minha metade não precisa mais se preocupar com *isso*. Não se preocupe, não faremos outro vestido de dignidade. — Ela vasculhou os rolos de tecido encostados na parede antes de retirar um material branco brilhante parecendo cetim. — Mas os mortais sempre ficam impressionados com o luar, né?

— O vestido é para o café da manhã, receio dizer — respondeu lorde Blackthorn. — No mínimo, teria que ser a luz do sol.

— Péssima ideia — discordou lady Hollowvale na hora. — A menos que ela queira cegar o pretendente.

— É por isso que sempre peço sua opinião sobre assuntos dos mortais, lady Hollowvale. — Lorde Blackthorn suspirou. — A senhorita se lembra de todos os pequenos detalhes.

Lady Hollowvale remexeu um pouco mais nas peças antes de encontrar um rolo de tecido translúcido que parecia musselina.

— Ah! — disse ela. — Sempre podemos vesti-la de decoro, senhorita… Euphemia, né? Não tem nada mais trivial que o decoro, todas aquelas bobagens inúteis ditas e feitas só pra evitar falar sobre algo importante. E desse jeito ninguém lhe fará perguntas profundas.

Effie olhou para o material com esperança.

— Isso parece mesmo útil — comentou ela. — Talvez…

— Mas melhor não — interrompeu lady Hollowvale, com um suspiro. — Desse jeito também ninguém vai achá-la sequer interessante. Boa sorte em atrair o interesse de um bom homem com *decoro*!

Ela bufou e empurrou o rolo de tecido para o lado.

Effie se abateu. O tecido do decoro *de fato* parecia muito bonito.

— Tem outra sugestão? — perguntou ela, baixinho.

Lady Hollowvale virou-se para encarar Effie com seus olhos de cores diferentes.

— Talvez… — disse ela. — Acho que depende do tipo de homem com quem pretende se casar.

Effie baixou o olhar, sentindo-se tímida de repente.

— Bem, eu… eu tinha esperanças de me casar com o senhor Benedict Ashbrooke — explicou ela. — Estou começando a perceber que não o conheço tão bem quanto pensava, para falar a verdade. Mas ele é bonito, muito cortês e tem o sorriso mais caloroso que já vi.

Isso, Effie percebeu, não era *inteiramente* verdade. Ou, pelo menos, naquele momento era menos verdade do que quando ela conheceu Benedict, pois o sorriso de lorde Blackthorn era ainda mais caloroso que o dele. Não era estranho pensar *nisso* enquanto escolhia um vestido para atrair o interesse do senhor Benedict Ashbrooke?

— Muito poucas de nós temos a sorte de nos casarmos com um homem que conhecemos há muito tempo — afirmou lady Hollowvale, com um suspiro. — Minha outra metade teve a sorte absurda de encontrar um homem decente e zangado. Acho que o restante de vocês terá que se contentar com homens corteses.

— Um homem decente e zangado? — questionou Effie, confusa.

— Você anda reparando na situação que estamos vivendo? — perguntou lady Hollowvale com frieza. — Seria de se esperar que qualquer homem decente de verdade ficasse zangado. — Ela levantou as saias cinza esfarrapadas para passar por cima de uma pilha de tecido dobrado, em direção a alguns rolos perto dos fundos da sala. — Mas, se busca um homem cortês, acho que não tem como errar com um vestido feito de desejos.

— Desejos? — repetiu lorde Blackthorn um tanto preocupado. — Tem certeza, lady Hollowvale? Um vestido inteiro feito de desejos seria bastante caro.

— Não tô fazendo nada com todos esses desejos, tô? — observou lady Hollowvale. — E, além disso, hoje em dia tenho preferido agir a apenas desejar.

Ela puxou um rolo de tecido bem menor perto dos fundos, e o coração de Effie deu uma cambalhota com um anseio tão forte que ela levou as mãos à boca.

Aquele tecido se assemelhava a uma seda azul-clara, mas, quando lady Hollowvale o virou, a cor pareceu tremeluzir, revelando um arco-íris cintilante de tonalidades.

— Posso ficar com este, por favor? — deixou escapar Effie, antes que pudesse pensar em ser mais educada.

Algo naquela visão fazia seu coração ficar apertado, e de repente ela não sabia o que faria se tivesse que partir sem pelo menos um *pedacinho* do tecido de desejos.

— Com certeza! — respondeu lady Hollowvale, entusiasmadíssima. — Mas lorde Blackthorn terá que sair pra cuidarmos do restante, né?

Ela arqueou as sobrancelhas para o feérico em questão, que educadamente recuou em direção à porta.

— Esperarei ao piano — prometeu lorde Blackthorn. — Avisem-me se alguma de vocês precisar de qualquer coisa.

Assim que ele saiu do cômodo e fechou a porta, lady Hollowvale virou-se para encarar Effie com seus olhos de cores diferentes.

— Gosto muito de lorde Blackthorn — declarou ela —, mas ele não deixa de ser um feérico. Não lhe causou nenhum problema, né? Precisa ser resgatada das garras dele?

Effie ficou sem reação.

— Não, de jeito nenhum — respondeu ela. — Quer dizer… não creio que necessite de resgate. E ele não *quis* causar nenhum problema, tenho certeza.

Lady Hollowvale franziu os lábios.

— Bem — continuou ela —, temos um trabalho a fazer. Enquanto isso, você precisa me contar tudo.

Oito

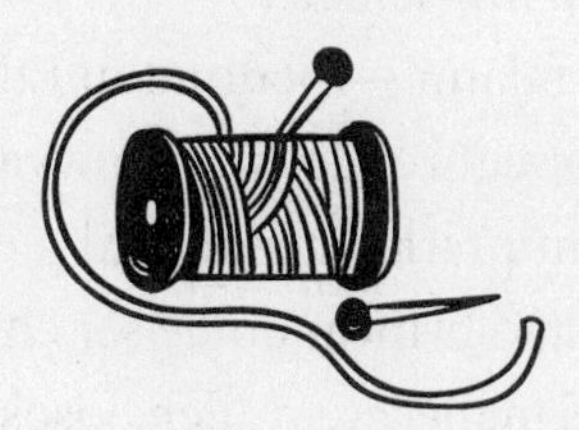

Effie passou os momentos seguintes explicando sua situação para lady Hollowvale enquanto se despia e ficava apenas de roupas íntimas. Ela não era obrigada a explicar as coisas — lady Hollowvale não sabia seu nome completo e, portanto, não podia lhe arrancar a verdade —, mas, ainda que a lady feérica *fosse* propensa a rompantes estranhos, demonstrava uma espécie de compaixão que parecia humana o suficiente para ser reconfortante.

Enquanto Effie falava, lady Hollowvale começou a dar instruções quanto ao vestido. A princípio, Effie achou que a dama estivesse falando com ela e ficou confusa, mas um par de pequenas sombras se desprendeu da parede, arrebanhando o rolo de tecido nos braços, e a jovem parou e olhou para elas com espanto.

— Onde estão meus modos? — resmungou lady Hollowvale de repente. — Eu devia ter apresentado vocês. Senhorita Euphemia, estes dois são Quietude e Melancolia. Eles são os melhores alfaiates do mundo das fadas, sabe, e estão com vontade de ser empregados esta semana, então você tá com sorte.

Effie fez uma reverência meio sem jeito. Ela não sabia bem como lidar com as regras sociais da situação, por mais estranhas que fossem, portanto, decidiu se dirigir às duas sombras da mesma forma que se dirigiria aos colegas empregados que respeitava bastante.

— É um prazer conhecê-los — disse ela. — Saibam que sou muitíssimo grata por sua ajuda.

A mais alta das duas sombras curvou-se em direção a ela, quase deixando cair o que parecia ser um chapéu-coco também feito de sombras. A outra sombra, talvez com metade do tamanho da primeira, simplesmente acenou com a mão, impaciente.

— Vocês... vocês não falam? — perguntou Effie, preocupada.

— Ah, eles *falam* — assegurou lady Hollowvale. — Mas os duendes podem se transformar em praticamente qualquer coisa que quiserem, quando quiserem. Eles estão brincando de ser empregados, então estão fazendo o possível pra permanecerem silenciosos e invisíveis.

Um arrepio de desconforto percorreu as costas de Effie.

— Mas isso não os incomoda? — indagou ela às duas sombras, um pouco triste. — Não faz vocês se sentirem como... como se não tivessem qualquer importância? Como se pudessem deixar de existir?

A sombra mais alta inclinou a cabeça para Effie como se não entendesse muito bem o que ela queria dizer. A menor deu um tapinha desajeitado no ombro da moça. No geral, ela teve a nítida impressão de que nenhum deles de fato entendia o problema.

— É sempre diferente quando se tem escolha — disse lady Hollowvale a Effie, compreensiva. — Os feéricos experimentam vidas como se fossem fantasias. São como crianças brincando de faz de conta. Por um tempinho, pode ser divertido andar por aí sem ser visto. Mas provavelmente seria horrível se fosse sempre assim, né?

Os olhos de Effie se encheram de lágrimas.

— É horrível de verdade — concordou ela. — Acho que ninguém jamais deveria ser invisível. É um pesadelo horrível saber que você poderia desaparecer e que ninguém com o poder de ajudá-la realmente se importaria.

As duas sombras se viraram e se entreolharam, pensativas. Lady Hollowvale franziu a testa.

— Mas o senhor Benedict não se importaria se você desaparecesse? — perguntou ela. — Você disse que ele é um homem cortês.

Effie olhou para as próprias botas.

— Acho que ele talvez pensasse nisso por um segundo, pelo menos — refletiu ela, em voz baixa. — Poderia se perguntar para onde eu fui. Só que... não é exatamente a mesma coisa que se importar, não é? — Ela estendeu a mão para enxugar os olhos. — Mas não sou totalmente invisível para ele. O senhor Benedict fala comigo e sorri para mim, e até tirou as botas sujas quando voltou para que eu não precisasse ter trabalho extra.

— Bem... — disse lady Hollowvale devagar. — Isto é... cortês da parte dele. — Seu tom era incerto, entretanto, e Effie ficou triste ao perceber como deve ter soado patética. — No mínimo, não é *descortês*.

— Eu fico feliz quando penso nele — declarou Effie com delicadeza. — Quero desesperadamente dançar com ele, só uma vez. Acho que seria muito feliz ao lado dele... bem mais feliz do que sou agora, com certeza. E adoraria fazê-lo feliz também.

Lady Hollowvale refletiu sobre as palavras de Effie.

— Acho que há motivos melhores pra se casar com alguém do que o fato de essa pessoa olhar nos seus olhos, e não para o papel de parede — comentou. — Mas eu sempre fui tratada com respeito, mesmo que às vezes pensasse que os feéricos daqui iriam me matar por usar a colher errada. Se você acha que o senhor Benedict será gentil com você, e que se casar com ele poderá fazer vocês dois mais felizes, então acho que devemos providenciar um vestido digno de atenção.

Effie mexeu na camisola com nervosismo.

— Mas eu tenho uma preocupação, lady Hollowvale... O vestido feito de dignidade fez com que todos agissem de maneira muito estranha, e tenho certeza de que um vestido feito de desejos teria o mesmo efeito. Não quero *enfeitiçar* o senhor Benedict para que ele se apaixone por mim.

Lady Hollowvale balançou a cabeça.

— Claro que não — concordou ela. — Mas você vai querer chamar a atenção dele, né? E, assim que conseguir isso, pode se assegurar de estar vestindo algo normal e sem graça na hora em que ele fizer o pedido.

Effie assentiu, um tanto tranquilizada. A sombra mais baixa deu um tapinha em seu ombro outra vez. Por um instante, ela pensou ter ouvido um sussurro no ar. "*Calma, calma*", cochichou o ser, numa voz como a do vento. O criado feérico se afastou de novo, e logo ambas as sombras começaram a puxar o tecido do rolo. Enquanto Effie observava, fios brilhantes feitos de desejos se desenrolaram, flutuando em sua direção e caindo sobre seus braços.

Cada fio fazia um pequeno arrepio de anseio percorrê-la — e Effie se viu pensando em todas as coisas que sempre havia desejado. Certa vez, ela desejara muito ter um bastidor de bordar. Sua família não tinha muito dinheiro, mas, de alguma forma, George conseguira juntar o dinheiro. Effie havia agradecido entrando furtivamente em seu quarto e bordando uma pequena ipomeia na gola de sua camisa. A lembrança a fez sorrir com nostalgia, e ela pensou em como George ficaria surpreso com todas as coisas que ela tinha visto no mundo das fadas até aquele momento.

O sorriso de Benedict logo lhe veio à mente também, e Effie sentiu uma vontade enorme de vê-lo de novo. Mas, ainda que continuasse a alimentar o desejo de dançar com ele, Effie percebeu que outro desejo havia se esgueirado para se juntar a este enquanto ela não estava olhando, e franziu a testa.

— Tem algo mais incomodando você? — perguntou lady Hollowvale.

— Só estava pensando que gostaria de dançar com lorde Blackthorn de novo — murmurou Effie. — Já dancei com ele uma vez, mas na hora eu estava em um estado deplorável e fui parar na lama. Ele fica dizendo que aprendeu a dançar melhor desde então, e... a senhorita acha que ele realmente *quer* dançar comigo? Imaginei que fosse porque é muito distraído, mas ele continua tocando no assunto.

Effie ouviu um tom de esperança na própria voz e baixou o olhar, envergonhada.

— Ah, ele *é* distraído. — Lady Hollowvale riu. — Mas é sempre sincero. Sigo tentando ensinar ele a dançar melhor, mas vou ser honesta: ele é um caso perdido. — A lady feérica sorriu com malícia para Effie por algum motivo. — Você ainda *gostaria* de dançar com ele? Mesmo que ainda fosse um caso perdido?

Effie fez que sim com a cabeça fitando o chão, e lady Hollowvale abriu um sorriso alegre.

— Lorde Blackthorn é mesmo muito diferente dos outros feéricos? — deixou escapar Effie. — Ele disse que a senhorita o chama de aberração.

Lady Hollowvale riu de novo, daquela vez com um tom estranho e triunfante.

— Lorde Blackthorn é uma grande aberração — declarou ela. — Ele não é nem de longe tão perverso quanto o restante de nós.

Effie pestanejou.

— Mas a senhorita não parece nem um pouco perversa! — protestou.

— Ah, os vilões me acham *muito* perversa — assegurou lady Hollowvale. — Mas você não é uma vilã, então não sobrou nenhuma perversidade para eu usar contra você. Lorde Blackthorn não é nem um pouco perverso, ou pelo menos não de propósito. Acho que tem algo a ver com Blackthorn... Com o reino, quero dizer. Tá sempre crescendo, mudando e tentando ser algo que não era antes. Acho que isso convenceu lorde Blackthorn a crescer também, e agora ele *quase* se tornou algo totalmente diferente.

Effie comprimiu os lábios.

— *Quase* se tornou? — indagou ela. — O que isso significa?

— Significa que, por mais que queira — disse lady Hollowvale —, lorde Blackthorn ainda não tem alma humana. Ele tem apenas uma alma feérica... o que normalmente é bom, sabe, mas não cresce tão bem quanto uma alma humana. Cada mudancinha é muito difícil pra ele.

Effie assentiu, hesitante.

— Então dá muito trabalho se tornar virtuoso do jeito que ele quer, não é? — perguntou.

— *Muito* trabalho — confirmou lady Hollowvale. — Mas vamos ver o que acontece, certo? Talvez ele consiga, no final das contas.

A lady feérica apontou para um canto diferente do cômodo, onde Effie viu um espelho alto e ornamentado.

— Vá dar uma olhada no seu vestido — sugeriu ela. — Só tome cuidado com o espelho... Nunca se sabe o que poderá ver enquanto estiver no mundo das fadas.

Um pouco apreensiva, Effie seguiu as instruções, mas tudo o que viu no espelho foi uma criada sem graça com um lindo vestido.

Já fazia um tempo que Effie não se dava o trabalho de se olhar no espelho, e a revelação de seu próprio reflexo foi mais do que um pouco deprimente. Seu cabelo castanho ainda estava desgrenhado e sem graça; ela o havia prendido em um coque apertado para o trabalho do dia, mas fios rebeldes haviam começado a se soltar ao longo de sua jornada por Blackthorn. Sua pele estava pálida de uma forma nada saudável, por ficar confinada no subsolo por tanto tempo. Seus olhos tinham a cor abatida da lama. Suas botas de cano baixo eram velhas e estavam sujas de terra. Suas mãos eram ásperas e calejadas devido aos anos de serviço doméstico.

O vestido que ela usava era tão esplêndido que a fez se sentir suja e acabada em comparação. Os desejos ondulavam até o chão em uma cascata cintilante, mudando de cor sob a luz azul bruxuleante das velas nas paredes. Os duendes tinham mesmo realizado um trabalho incomparável. A gola era perfeitamente simétrica; a renda das mangas formava pontas perfeitas nas extremidades, e as costuras da roupa eram quase invisíveis.

A visão daquele vestido fez com que Effie fosse dominada por novas ondas de anseio. *Eu adoraria ser uma dama*, ela pensou. *Mas nem o vestido mais lindo do mundo pode me transformar em uma. Como Benedict me confundiu com uma nobre está além da minha compreensão.*

— Luvas e sapatilhas — lembrou-se lady Hollowvale de repente. — Vai precisar dessas coisas também, né?

Effie fitou suas botas. *Pouco importa*, ela pensou.

— Eu preciso voltar logo ao trabalho — declarou em voz baixa.

Lady Hollowvale franziu os lábios.

— Não sobraram desejos suficientes pra outro vestido inteiro — disse ela. — Devíamos usar a última parte pra alguma coisa, não acha?

Um devaneio ocorreu a Effie enquanto ela olhava para baixo.

— Os desejos poderiam ser desfeitos em fios? — indagou ela. — Eu adoraria usá-los para bordar alguma coisa, se fosse possível.

— É possível — concordou lady Hollowvale. — Seu bordado é bastante especial, segundo lorde Blackthorn.

Effie olhou para o chão e sorriu.

— Lorde Blackthorn acha que tudo é *especial* — comentou ela. – Faz parte do charme dele... mas não creio que a senhorita deva confundir a opinião dele com um fato. Eu não conseguiria costurar nada tão bonito quanto o que Quietude ou Melancolia costuraram.

Lady Hollowvale riu com deboche.

— Não existem fatos quando se trata de opiniões — disse ela. — Simplesmente tem gente que gosta das coisas e gente que não gosta. Se lorde Blackthorn gosta do seu bordado, então é lindo pra *ele*, né?

Effie se sentiu acalentada com essa observação, embora não a tenha respondido. Na verdade, já lhe ocorrera que a casaca de lorde Blackthorn ficaria muito mais bonita se fosse bordada com desejos em vez de simples fios de seda. Ela sabia que não ficaria tão feliz com sapatilhas e luvas quanto ele ficaria com a casaca.

Ao pensar nisso, Effie percebeu que as bordas do espelho à sua frente haviam escurecido de um jeito estranho. Ela ergueu o olhar e viu que a imagem também havia mudado. Em vez de uma criada maltrapilha com um lindo vestido, havia uma ampla clareira na floresta, com roseiras emaranhadas. Certamente era algum lugar em Blackthorn, pensou Effie, pois nunca tinha visto árvores tão altas ou um verde tão vivo em qualquer outro lugar.

Bem no centro da clareira havia um toco de árvore gigante, erguido de forma proeminente acima do restante da vegetação. Parte do toco havia sido esculpida de modo que lembrava um pouco uma cadeira, mas era uma cadeira tão *grande* que provavelmente poderia acomodar três Effies de uma vez e ainda sobraria espaço para uma ou duas das crianças de Hollowvale.

— Não entendo — disse Effie, inexpressiva. — Existe algum motivo para eu estar vendo uma cadeira no espelho, lady Hollowvale?

A lady feérica deu de ombros.

— Nem sempre entendo por que vejo o que vejo nos espelhos daqui — admitiu ela. — Mas deve tá relacionado a *algo* em que você já tá pensando. — Ela fez uma pausa. — Talvez seus pés doam de tanto ficar em pé, será isso?

Effie balançou a cabeça em perplexidade.

— Suponho que possa ser isso — murmurou.

— Gostou do vestido antes de a cadeira surgir? — quis saber lady Hollowvale.

— O vestido é maravilhoso — assegurou Effie. Ela se virou para Quietude e Melancolia com uma pontada de nervosismo. — Muito obrigada a vocês dois. Eu... lhes devo alguma coisa? Lorde Blackthorn disse que os feéricos não podem dar presentes.

— Eu posso dar presentes — afirmou lady Hollowvale. — Afinal, tenho metade de uma alma humana. E sou eu quem paga os duendes. Mas, se você *quiser* me dar algo pelo vestido, tenho uma ideia em mente.

Effie pestanejou, insegura.

— Eu certamente *gostaria* de retribuir — disse ela. — No que a senhorita está pensando?

Lady Hollowvale sorriu.

— Você devia dançar com lorde Blackthorn antes de partir — sugeriu ela. — Ele precisa de uma parceira pra praticar, e não aguento mais ele pisando no meu pé.

— Ah, é perfeito! — exclamou lorde Blackthorn quando Effie e lady Hollowvale voltaram à sala do pianoforte. — Como está linda, senhorita Euphemia. Tenho certeza de que chamará a atenção do senhor Benedict imediatamente!

Effie sorriu com tristeza. Depois de se ver no espelho, ela tinha certeza de que as opiniões de lorde Blackthorn sobre sua beleza eram tão precisas quanto as opiniões dele sobre seus bordados. Mas a sinceridade em sua voz a fez se *sentir* mais bonita do que era, então ela ficou um pouco mais empertigada mesmo assim.

— Os feéricos não podem mentir — observou ela. — Então o senhor deve mesmo acreditar em tudo isso, creio eu.

Lorde Blackthorn lançou-lhe um olhar perplexo.

— Eu acredito, sem dúvida — disse ele. — Sei que as coisas não correram conforme o planejado até agora, senhorita Euphemia, mas isso tudo se deve simplesmente à falta de sorte. A senhorita precisa apenas da oportunidade adequada. O senhor Benedict vai se apaixonar num instante, assim que a conhecer melhor.

Effie ficou pensativa. Ela estava prestes a responder quando lady Hollowvale foi até o pianoforte e se acomodou no banco. A lady feérica posicionou os dedos nas teclas, e Effie se encolheu instintivamente, mas daquela vez a dama tocou uma melodia delicada e animada, com toda a maestria que se poderia esperar da melhor pianista de todo o mundo das fadas.

— Ah! — exclamou lorde Blackthorn com súbita alegria. — É uma quadrilha!

— É uma quadrilha — confirmou lady Hollowvale. — Imaginei que você poderia praticar com a senhorita Euphemia enquanto estiver aqui. Terá que imaginar os outros casais, mas arrisco dizer que imaginar não deve ser difícil pra um feérico.

— Nem um pouco! — assegurou-lhe lorde Blackthorn. Ele pôs a toalha de mesa de renda na parte de trás do pianoforte e voltou-se para Effie, com uma luz evidente em seus olhos verdes feito folhas. — Gostaria de dançar, senhorita Euphemia?

Ele falou no mesmo tom que sempre usara antes, mas Effie percebeu que ficou profundamente ciente da sinceridade em sua voz naquele momento.

Lorde Blackthorn *queria* dançar com ela de verdade, Effie tinha certeza. Da mesma maneira como acreditava que a costura dela era mais preciosa que um vestido feito de desejos — e da mesma maneira como acreditava que ela estava linda, com seus cabelos desgrenhados e suas botas gastas —, ele tinha um desejo genuíno de se juntar a ela na quadrilha.

— Eu adoraria, senhor Jubilee — aceitou Effie com voz suave.

Ela pegou a mão dele, sentindo uma pulsação estranha no coração. O feérico não se esquivou de seu toque, ainda que as mãos dela estivessem expostas e calejadas. Ficou logo evidente que ele não tinha a menor ideia do que estava fazendo; apesar de ter se curvado perfeitamente para ela no início, todo o restante foi a maior bagunça. Lady Hollowvale gritava com alegria as posições de seu lugar ao pianoforte, mas até Effie, com seu conhecimento limitado de dança e bailes, sabia que lorde Blackthorn continuava confundindo os passos. Mais de uma vez, ela esbarrou nele desajeitada, enquanto tentava seguir as instruções de lady Hollowvale e se via desencontrando o próprio parceiro.

Mesmo assim, ela sorria tanto que suas bochechas doíam.

Cedo demais, a música terminou, e lady Hollowvale ergueu as mãos das teclas. Lorde Blackthorn sorriu para Effie.

— Acho que esta deve ter sido minha melhor tentativa até agora! — disse a ela. — Ajuda o fato de ter uma parceira tão talentosa, é lógico. Obrigado pela gentileza, senhorita Euphemia.

— Acho que foi *mesmo* sua melhor tentativa — concordou Effie com carinho. — Foi sem dúvida a melhor dança que já tive.

Por apenas um momento, Effie pensou ter entendido a tendência de lorde Blackthorn de tratar tudo com um deleite absoluto, porque ela também foi sincera em suas palavras, mesmo que a maioria das pessoas pudesse considerar a dança extremamente amadora.

Os olhos de lorde Blackthorn se iluminaram de novo com o elogio, e o coração de Effie ficou tão leve que ela começou a se perguntar se o órgão poderia só sair voando por aí. Ao refletir sobre a sensação, ela percebeu que era exatamente o oposto do que costumava sentir em Hartfield. Por mais que no geral visse a si mesma como uma jovem irritável, aquela raiva horrível e intensa não estava presente naquele instante. Em seu lugar havia um prazer verdadeiro e uma alegria de viver que Effie antes presumia serem permitidos apenas às crianças.

Certamente, era uma situação fora do normal, uma peculiaridade de estar no mundo das fadas. A alegria de Effie diminuiu quando ela percebeu que teria que deixar isso para trás. Mais cedo ou mais tarde, sua aposta chegaria ao fim, e lorde Blackthorn e sua admiração inesgotável desapareceriam de sua vida.

— Podemos dançar de novo? — perguntou Effie.

Ela sabia que mulheres não deviam convidar homens para dançar. Mas, para começo de conversa, criadas também não deviam dançar com feéricos.

A pergunta pegou lorde Blackthorn de surpresa, mas ele se animou e se virou para lady Hollowvale.

— A senhorita se importaria? — indagou a ela. — Faz anos que não me divirto tanto!

Lady Hollowvale respondeu colocando as mãos de volta nas teclas e começando outra canção.

Effie logo perdeu a noção de quantas músicas foram tocadas ou por quanto tempo já haviam dançado. Cada vez que ela começava a pensar que talvez devesse retornar, um sentimento teimoso e furtivo lhe roubava a determinação. A ideia de voltar para Hartfield, de voltar ao subsolo e ficar confinada lá por muito tempo, minava sua vontade. Ela já podia sentir o sufocamento impotente do mundo além da porta de baeta verde.

Ali, naquele instante, Effie dançava com um feérico que gostava de sua companhia, em um mundo onde lady Culver não poderia alcançá-la.

Mais tarde, porém, uma batida na porta interrompeu a apresentação de lady Hollowvale. A música parou, e Effie voltou a si com um sobressalto.

— Com licença, mãe — disse Abigail, desculpando-se. — É hora da minha aula, não é?

Lady Hollowvale saltou do piano.

— É, sim! — exclamou ela, com um arquejo assustado. — Ai, me sinto péssima, Abigail, por ter esquecido… — E, com isso, lady Hollowvale começou a fungar e a chorar. — Lá vou eu chorar de novo! Você vai ter que me dar um segundo pra eu me recompor.

Lorde Blackthorn soltou a mão de Effie para dar um tapinha reconfortante no ombro de lady Hollowvale.

— Sinto muito por tê-la feito se demorar — lamentou ele. — Mas obrigado por tudo. Realmente foi uma tarde encantadora.

Bem, pensou Effie com tristeza, *tudo que é bom dura pouco.* Uma última preocupação surgiu em sua mente quando lady Hollowvale disparou para a porta.

— Preciso vestir minha roupa antiga de volta! — disse Effie. — E eu... eu gostaria de levar comigo o restante dos desejos, se me permitir.

Lady Hollowvale assentiu, entre uma fungada e outra.

— Que idiota eu sou — murmurou ela. — Minha cabeça está nas nuvens hoje. Vá lá e pegue suas coisas, é claro.

Effie retornou ao cômodo onde havia deixado seu vestido de sempre e ficou mais aliviada ainda por ter se lembrado dos desejos, que Quietude e Melancolia, prestativos, haviam desfiado em carretéis.

Eu não gostaria de me esquecer disso, ela pensou, enquanto voltava a vestir suas roupas habituais e dobrava o vestido feito de desejos.

Lorde Blackthorn a encontrou ao pé da escada. Ele imediatamente se ofereceu para carregar os presentes de lady Hollowvale, o que foi muito gentil.

Não ocorreu a Effie, por alguma razão, que ambos tivessem deixado *outra coisa* para trás.

Effie e lorde Blackthorn tinham acabado de sair dos arredores enevoados de Hollowvale e de retornar para as árvores imponentes de Blackthorn quando, de repente, o feérico parou e disse "Porcaria".

— Qual é o problema? — perguntou Effie.

Lorde Blackthorn fez uma careta.

— Eu estava com medo que isso acontecesse — disse ele. — Parece que entramos na Loucura de Blackthorn.

Ele apontou para algo à frente deles, e Effie voltou os olhos para a direção que ele havia indicado. Em meio aos últimos resquícios de neblina, ela avistou um toco de árvore familiar, que tinha o formato de uma cadeira.

— Ah! — exclamou Effie. — Esta é a cadeira que vi no espelho de lady Hollowvale! — Ela lançou a lorde Blackthorn um olhar confuso. — Mas por que isso é um problema?

O feérico balançou a cabeça, pesaroso.

— Blackthorn sempre tem boas intenções — explicou ele. — Mas às vezes pode ser útil *demais*, se é que me entende. Foi por isso que eu disse que deveríamos ter o cuidado de manter firmes nossos objetivos em mente. Blackthorn sempre tentará levar a pessoa aonde ela deseja ir, mas, se ela não *sabe* aonde deseja ir, presume que o que ela realmente precisa é se sentar e pensar um pouco.

Effie sentiu uma pontada de culpa. No instante em que lorde Blackthorn dizia essas palavras, ela já sabia que tinha sido a mente *dela* que se desviara. *Estou tendo uma tarde tão agradável*, ela pensou. *Não quero voltar pra Hartfield de jeito nenhum.*

— Agradeço a sugestão — disse Effie a lorde Blackthorn. — Mas eu preciso mesmo voltar. Já fiquei aqui mais tempo do que deveria.

Lorde Blackthorn assentiu, mas havia um indício de desconforto em seu rosto.

— Muito obrigado! — gritou para a clareira à frente deles. — Mas não precisamos de cadeira! Vamos só partir agora, se não se importa!

Lorde Blackthorn voltou pelo caminho por onde tinham vindo, forçando uma firmeza em seus passos. Effie o seguiu, pensando furiosamente em todas as tarefas que precisava realizar. Mas, de alguma maneira, embora tivessem andado para longe da Loucura de Blackthorn, logo foram parar no mesmo lugar, fitando a cadeira na clareira.

— Que chatice — disse lorde Blackthorn.

Effie franziu a testa.

— Blackthorn não vai ouvir o senhor se disser que estamos bem? — perguntou a ele.

— Sinto muito, senhorita Euphemia. — Lorde Blackthorn suspirou. — Como eu disse antes, Blackthorn é dona de mim, e não o contrário. Somos amigos de certa maneira e, portanto, posso tentar explicar a situação... mas suspeito que Blackthorn esteja se sentindo útil até demais hoje.

Sei como é, Effie pensou, seca. *Blackthorn é mesmo muito parecida com seu lorde*. Mas ela não pronunciou as palavras em voz alta.

— É provável que a culpa seja minha — admitiu. — Eu realmente não quero voltar a trabalhar para lady Culver. Toda vez que penso nisso, tenho dificuldade para respirar.

Lorde Blackthorn franziu a testa.

— Isso não parece saudável — comentou. — Ouvi dizer que doenças mortais viajam pelo ar. Será que existe um miasma nos subsolos de Hartfield?

Effie balançou a cabeça.

— Não foi o que eu quis dizer — contestou ela. — Se bem que... acho que *é* bastante abafado lá embaixo. Não, eu quis dizer que... — Ela suspirou. — Eu me sinto aprisionada, sabendo que lady Culver pode virar minha vida de cabeça para baixo a qualquer momento. Não faz sentido, é lógico; eu mesma me candidatei ao emprego há algum tempo e sou paga por isso. Por que me sinto tão mal fazendo exatamente o que prometi fazer? E, por outro lado, se estou tão infeliz, por que fico ainda *mais* infeliz com a ideia de que lady Culver possa me dispensar? Por que não consigo simplesmente ser grata por ter um emprego, senhor Jubilee?

Lorde Blackthorn franziu o cenho com uma preocupação cada vez maior enquanto Effie falava.

— Se todas as suas opções são terríveis — disse ele, devagar —, é um tipo diferente de prisão, não é?

Effie baixou o olhar para as próprias botas. O desgosto tinha deixado seu rosto corado.

— Algumas vezes já pensei em pedir demissão, mesmo que isso significasse que eu poderia morrer de fome. Mas só por um momento, senhor Jubilee. Sempre me lembro, no último instante, de que pensar em passar fome e passar fome *de verdade* são duas coisas bem distintas.

Lorde Blackthorn ficou calado. Por alguma razão, a cadeira na clareira se assomava no silêncio.

— Ser criada é muito horrível, então — concluiu ele afinal. — Lamento ter lhe oferecido a aposta que ofereci, senhorita Euphemia, de ser criada para sempre. Eu não gostaria de ser a causa de sua infelicidade.

Effie cruzou os braços, desconfortável.

— Eu concordei com a aposta — disse a ele. — O senhor não deve se sentir mal por isso.

— Mas a senhorita tinha apenas opções terríveis — insistiu lorde Blackthorn. — Não sou melhor que seus patrões se lhe ofereci apenas *mais* uma opção terrível. — Ele balançou a cabeça. — Realmente precisamos levá-la de volta para a Inglaterra, é o que quero dizer. Sua felicidade depende disso. A senhorita se casará com o senhor Benedict, e tudo ficará melhor.

Havia uma nota estranha em sua voz enquanto ele falava. Effie ergueu o olhar para ele, curiosa. A expressão de lorde Blackthorn era a de quem estava discutindo o assunto com alguém... mas *Effie* não tinha intenção de discutir com ele. No final das contas, ela sabia que precisava retornar a Hartfield para ganhar a aposta. Será que na verdade lorde Blackthorn estava se dirigindo à cadeira diante deles?

Mas o senhor Jubilee tá olhando pra mim, e não pra cadeira, pensou Effie. As feições marcantes dele tinham sido marcadas pela melancolia e pela confusão, e Effie abriu a boca para perguntar o que o havia perturbado tanto, mas, justamente enquanto fazia isso, percebeu que a cadeira tinha desaparecido.

Effie pestanejou.

— Olhe só! — exclamou ela. — Escapamos da Loucura de Blackthorn! Devo ter me convencido do nosso destino, senhor Jubilee.

Lorde Blackthorn sorriu, embora dessa vez alguma coisa parecesse estar faltando em seu olhar.

— Está explicado — disse ele. — Devemos aproveitar, então, enquanto ambos estamos nos sentindo bastante seguros.

Depois disso, não demorou muito para encontrarem o caminho de volta para a Inglaterra. Ainda estava no meio da tarde quando lorde Blackthorn conduziu Effie para fora do labirinto em Hartfield. A visão da mansão fez com que ela sentisse um peso no estômago, mas lembrou a si mesma de que Benedict, pelo menos, estava lá dentro. Com esse pensamento, o peso diminuiu um pouco.

— Bate tão pouco sol no subsolo de Hartfield... — murmurou lorde Blackthorn ao lado dela. — Talvez seja esse o problema. Os humanos não precisam de luz solar para crescer?

— Está pensando nas árvores, senhor Jubilee — comentou Effie, com ternura.

No entanto, não podia negar que era difícil para ela deixar a luz do sol, depois que a havia experimentado.

— Ah! — exclamou lorde Blackthorn de repente. — Seu vestido! — Ele estendeu o embrulho de papel pardo que carregava. — Quase me esqueci dele por completo.

Effie pegou o pacote.

— Hoje também estou esquecida — admitiu ela. — Mas obrigada por tudo, senhor Jubilee. Foi maravilhoso ficar ao ar livre por um tempo. E eu tive uma tarde muito agradável.

Lorde Blackthorn estava parecendo um pouco deprimido nos últimos momentos, mas se iluminou de novo com a declaração dela, e seu sorriso se intensificou.

— O prazer foi todo meu, senhorita Euphemia. Tenha uma boa noite. Vou me assegurar de retornar de imediato no dia em que for ao café da manhã.

Effie teve que se forçar a deixar a companhia dele para voltar andando a Hartfield. Mas cada passo foi ficando um pouco mais fácil que o anterior. *Em menos de cem dias*, ela pensou, *ou estarei casada com Benedict ou passarei o resto da vida varrendo sem parar a sujeira de Blackthorn. De um jeito ou de outro, não ficarei aqui pra sempre.*

Mas, apenas um instante depois de retornar aos corredores escuros e apertados do subsolo, Effie se deparou com a senhora Sedgewick. A governanta ficou boquiaberta ao vê-la e levou a mão ao peito, alarmada.

— Effie! — Ela soltou um arquejo, com um misto de fúria e alívio. — Onde você *esteve*?

Effie a encarou.

— Eu… sinto muito, senhora Sedgewick — disse ela. — Eu pretendia sair por apenas um momento, mas parece que demorei uma ou duas horas a mais do que o previsto.

A senhora Sedgewick pestanejou, confusa, e Effie percebeu que havia falado com a governanta com um sotaque muito mais sofisticado que o habitual.

— Levou uma pancada na cabeça, Effie? — quis saber ela. — Você está desaparecida há dois dias inteiros… e, agora que enfim voltou, finge ser uma dama?

Effie encarou a governanta.

— Não estou entendendo — retrucou. — Não posso ter ficado dois dias fora. Isso simplesmente não é possível.

Entretanto, a expressão da senhora Sedgewick ficou enfurecida de um jeito tão genuíno que Effie soube que a governanta não estava mentindo. Lembrou-se de seu tempo em Hollowvale com uma lenta e profunda sensação de pavor. *Dancei com lorde Blackthorn por um período bastante longo*, pensou. *E todas as histórias dizem que o tempo passa de modo diferente no mundo das fadas.*

— Esta é a toalha de mesa que você deveria remendar? — perguntou a governanta, ríspida. — Não me diga que foi até a cidade com ela, Effie!

A toalha de mesa.

Effie escondeu o rosto com a mão, soltando um gemido.

— Ah, não — murmurou.

Lorde Blackthorn havia deixado a toalha de mesa de renda em cima do pianoforte de lady Hollowvale.

Nove

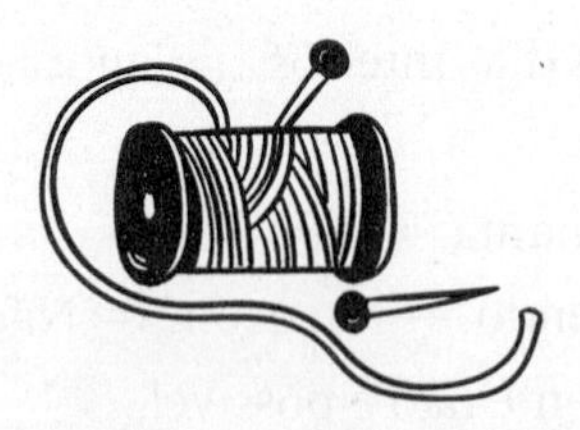

A senhora Sedgewick estava possessa, e com razão.

Effie levou uma bronca daquelas, ainda mais porque não conseguiu explicar à mulher onde estivera. Até desconfiou de que poderia tê-la convencido de sua história se tivesse lhe mostrado o vestido feito de desejos, mas de repente ficou com muito medo de que a governanta ou lady Culver tomassem a peça dela se soubessem de sua existência. Então, passou a maior parte do tempo esperando ser informada de sua demissão, mas, em vez disso, a senhora Sedgewick se exauriu de tanto gritar e disse que a toalha de mesa de renda seria descontada de seu salário anual e que ela passaria todas as noites daquele dia até o fim dos tempos jantando na área de serviço enquanto lavava tudo de cima a baixo.

E, assim, Effie se viu na área de serviço mais tarde, lavando a louça suja.

Ela estava acostumada a ficar irritada quando coisas do tipo aconteciam; dessa vez, porém, não conseguiu trazer à tona nem um pingo de raiva. Em vez disso, tudo o que restou foi um sentimento de fracasso. Que criada em sã consciência poderia esperar que zanzar pelo mundo das fadas fosse acabar bem?

Alguém bateu de leve na guarnição da porta da área de serviço. Effie se encolheu instintivamente, esperando outra reprimenda de mais um empregado de nível mais alto que estivesse zangado, mas era apenas George segurando a comida dela.

— Não acredito que sumiu sem me avisar. — Ele suspirou. — A senhora Sedgewick não me dizia onde você estava. Achei que finalmente tivesse largado esse lugar e fugido.

Effie pegou a tigela das mãos dele com uma expressão preocupada, e deixou-a de lado apenas o tempo suficiente para abraçá-lo com força.

— Eu não pretendia assustá-lo, George — disse ela, tranquila. — Estou péssima por isso, eu juro.

George riu por algum motivo. No meio do caminho, a risada se transformou em uma tosse seca, e ele teve que soltar a irmã para se apoiar no balcão.

— A senhora Sedgewick manda praticar o francês e, em vez disso, você aprimora o inglês! — comentou ele, ofegante. — O que *andou* fazendo nos últimos dois dias, Effie?

Effie franziu a testa.

— Que tosse *feia* — voltou a comentar ela. — Não estou gostando disso.

George acenou com a mão, despreocupado.

— Cookie tá me dando um chá horroroso pra beber — contou ele. — Ela me mandou enfiar cascas de laranja no nariz também, mas não gostei muito da ideia.

Effie baixou o olhar para a comida.

— O meu desaparecimento não deve ter melhorado sua saúde — murmurou ela. — Não quer ir para a cama, George? Eu me sinto pior a cada momento que você passa aqui.

George acenou outra vez.

— Vou dormir melhor agora que você voltou — afirmou ele. — Mas não se acabe de trabalhar na área de serviço, Effie. A senhora Sedgewick nunca demitiria você... Já estamos com pouca gente e todos sabemos que lady Culver não vai contratar uma substituta se você for embora.

Effie franziu os lábios.

— Fiquei me perguntando por que a senhora Sedgewick não me dispensou na hora — confessou ela. — Por um momento, imaginei que fosse porque ela se importava comigo, só que isso faz muito mais sentido.

George deu um tapinha carinhoso no ombro dela.

— Você tem sido uma criada perfeita desde que chegou aqui — declarou ele. — De jeito nenhum ela a dispensaria. Eu diria que você tem o direito de cometer um ou dois erros, Effie, só pra que o restante de nós não se sinta tão inútil em comparação.

Effie deu um sorrisinho para ele. Por um momento, ocorreu-lhe que poderia tentar contar a George sobre sua aposta com lorde Blackthorn, só para que ele soubesse a verdade, mas, como o irmão estava com uma aparência ainda mais abatida do que dois dias atrás, ela temeu que a revelação pudesse piorar seu desânimo.

— Vá para a cama, George — sugeriu a ele, em vez disso. — Conversaremos mais pela manhã.

Ela o pegou pelos ombros e o empurrou para fora da área de serviço.

No entanto, apenas quinze minutos depois de George ter saído, outra pessoa entrou pela porta.

— Pelo jeito você não foi raptada pro mundo das fadas, então — murmurou Lydia. Ela parecia cansada e culpada. — Eu tava achando... Bem, fiquei com medo de ter afugentado você de alguma forma e a convencido a desistir da aposta.

Effie fez uma careta.

— Eu *estava* no mundo das fadas — disse ela. — Mas era para eu ficar lá por uma ou duas horas. Perdi a noção do tempo, exatamente como nos contos de fadas. Tive sorte de não ter perdido um ano inteiro.

Lydia pegou um prato sujo, balançando a cabeça.

— *Fadas* — resmungou ela. — Causam todo tipo de problema, né? Duvido que o lorde Blackthorn tenha avisado que isso poderia acontecer. Ele avisou?

Effie soltou um suspiro profundo.

— Se ele sabia que isso era possível, então sem dúvida esqueceu — replicou ela. — O mais estranho é que ele realmente tem boas intenções, Lydia. Apenas não entende certas coisas, ou... ou então não pensa o suficiente no futuro.

Lydia franziu os lábios.

— Ele não vai ajudar muito na sua aposta então, né? — indagou ela.

Effie sentiu uma pontada de preocupação com a observação.

— Tenho certeza de que ele continuará *tentando* — respondeu sem energia.

— Tentar não vai importar se ele fizer com que você seja demitida — disse Lydia com naturalidade. — Temos que resolver isso por nossa conta. — Effie lhe lançou um olhar surpreso, e Lydia sorriu com arrependimento. — Sinto muito por pensar que você tava zombando de mim, Effie. Você nunca fez isso antes e simplesmente não é esse tipo de pessoa. Eu tava chateada e descontei em você. No fim das contas, porém, somos amigas e temos que cuidar uma da outra.

Effie notou então que Lydia tinha começado a lavar os pratos sujos bem ao lado dela. Uma leve sensação quente de esperança e afeição floresceu em seu peito, fazendo força contra a autodepreciação infeliz que havia se instalado ali.

— A senhora Sedgewick não vai querer deixar você sair de novo — continuou Lydia. — Mas você precisa ir ao café da manhã do senhor Jesson sem que ela fique brava depois. Cookie ainda me deve uns favores, então vou ver se ela não consegue mandar a gente fazer algumas tarefas na cidade no dia. Não sei outra maneira de ajudar, mas posso pelo menos ir com você de novo e lhe dar cobertura.

Lydia permaneceu ali durante o jantar para ajudar Effie na área de serviço. Era um trabalho pesado, mas, no final, Effie estava se sentindo muito mais otimista do que quando tinha retornado.

Estranhamente, quando deitou a cabeça no travesseiro e fechou os olhos, ela não sonhou que dançava com Benedict. Em vez disso, sonhou que estava usando um vestido feito de desejos e que dançava com um lindo feérico em um distante salão de baile no mundo das fadas.

Ao longo dos dias seguintes, a senhora Sedgewick a manteve muito ocupada, como era de se esperar. Effie executava todas as tarefas que lhe eram confiadas com o máximo de energia que conseguia reunir, perfeitamente ciente de que o café da manhã do senhor Jesson se aproximava. Lydia fazia o possível para ajudar como podia; toda a raiva que a outra criada sentia por lady Culver parecia ter sido canalizada para ajudar Effie a ganhar sua aposta.

— É uma espécie de vingança — contou Lydia a Effie, enquanto entrava sorrateiramente no quarto para ajudá-la a tirar os lençóis de uma das camas. — Se pelo menos uma de nós se afastar de Sua Senhoria e viver bem, já vai ter valido a pena.

Essa declaração atingiu Effie feito um soco. Não lhe havia ocorrido que ela estava basicamente fugindo e deixando que os outros empregados se virassem com lady Culver. Mas Lydia tinha um ar tão determinado no momento que ela não conseguiu criar coragem para tocar no assunto. Em vez disso, Effie deixou a observação cozinhar em banho-maria dentro de si, ponderando-a em silêncio.

Enquanto isso, a situação entre o senhor Allen e a senhora Sedgewick parecia piorar a cada dia. Dessa vez, Effie se viu na estranha posição de ouvir os desabafos do mordomo enquanto remendava um rasgo em sua casaca.

— Nunca na vida conheci uma mulher que levasse tudo com tanta intensidade para o lado *pessoal* — revelou ele, bufando. — Parei de pedir qualquer coisa a ela, mesmo quando se trata de assuntos domésticos. Ela sempre diz que está ocupada demais, ou que eu deveria cuidar da questão sozinho, mesmo quando é algo que seria totalmente da alçada dela!

Embora a senhora Sedgewick tivesse sido a causa de uma carga de trabalho excessiva para Effie nos últimos tempos, ela ainda assim não conseguia deixar de sentir certa empatia pela mulher. Como precisava se reportar diretamente a lady Culver — que ainda estava bastante irritada com o incidente no baile —, a governanta vinha suportando todo tipo de pedidos surpresa e furiosos. Por mais despropositada que lady Culver se sentisse, porém, ela nunca ousava assediar o senhor Allen da mesma maneira, considerando que ele se reportava ao marido dela.

— A senhora Sedgewick *está* muito ocupada — disse Effie ao senhor Allen educadamente. — Seria muitíssimo útil ter mais uma criada... ou talvez mais duas.

O senhor Allen franziu a testa.

— Concordo, é óbvio — declarou ele. — Mas quando cheguei a senhora Sedgewick me acusou de tentar roubar as funções dela. *Agora*, fica aborrecida quando me atenho estritamente aos nossos papéis. Não consigo ficar em paz com ela, não importa o que eu faça. Estou ficando muito cansado de tentar.

Effie soltou um suspirou profundo. De alguma forma, o fato de ela sempre acabar fazendo os remendos *também* significava ter que ouvir as angústias de todo mundo. Dessa vez, porém, os lamentos do senhor Allen a tocaram de um jeito peculiar, e ela deu uma pausa na costura.

Lorde Blackthorn comentara que a raiva de lady Culver era uma praga. E havia sido impossível para Effie argumentar com Lydia depois de ela ter se contaminado com essa raiva. Foi só quando as coisas se acalmaram que a amiga recuperou o juízo.

Não temos permissão para ficarmos zangados com lady Culver, Effie pensou. *Por isso estamos sempre descontando uns nos outros, mesmo quando isso não faz sentido.*

— Senhor Allen, não sou a pessoa indicada para responder sobre o humor da senhora Sedgewick. Mas, em geral, já notei que é impossível estar em paz quando *todos* estão sob pressão ao mesmo tempo... e todos nós estamos sob pressão desde muito antes de o senhor chegar. Creio que o senhor não pediria a uma mulher com uma perna quebrada que fosse mais razoável até que a perna estivesse curada. Esse me parece o mesmo caso.

O senhor Allen franziu o cenho. Por um segundo, Effie achou que ele ia responder, mas, em vez disso, o mordomo permaneceu em um silêncio reflexivo até ela terminar com a casaca.

Poucos dias depois, finalmente chegou o dia do café da manhã do senhor Jesson. Cumprindo sua promessa, Lydia convenceu Cookie a mandar as duas fazerem uma tarefa fora de casa no mesmo horário.

— A gente vai ter apenas uma ou duas horas — avisou Lydia a Effie, enquanto voltavam para o quarto a fim de se trocarem. — No nosso tempo, e *não* no tempo feérico. Talvez eu tenha que sair ainda mais cedo pra conseguir fazer as compras.

Lydia ainda estava refletindo sobre o horário quando Effie tirou o vestido de desejos do embrulho. A outra criada arquejou e fixou o olhar na peça, esquecendo-se totalmente de seus pensamentos.

— E eu achando que seu outro vestido era lindo — declarou Lydia. — Ah, este aqui também me lembra muito as suas costuras!

Effie se deteve.

— Lembra? — perguntou. — Mas este é um vestido feito de desejos, Lydia, e foi costurado pelos melhores alfaiates do mundo das fadas. Que raios isso tem a ver com o que eu faço?

Lydia franziu a testa.

— Não sei — admitiu ela. — Foi só a primeira coisa que me veio à cabeça, por algum motivo. Eu tava olhando pro vestido e de repente me peguei pensando naquele bordado que você fez pra mim uns meses atrás.

Effie lançou a Lydia um olhar inexpressivo, que a outra criada deve ter interpretado erroneamente como esquecimento.

— Eu fiquei chateada porque lady Culver gritou comigo e disse à senhora Sedgewick que eu era uma péssima criada — Lydia a lembrou. — Tava me acabando de chorar. Você falou que lady Culver tava só sendo a tirana de sempre e bordou um cardo pequenininho no meu lenço pra me animar.

— Eu me *lembro* disso. Mas desconfio de que não tenha sido meu melhor trabalho. Eu também estava chateada por você, e os pontos provavelmente ficaram irregulares.

Lydia balançou a cabeça devagar.

— Teve um significado — afirmou ela. — Durante muito tempo, sempre que eu começava a sentir que não valia nada, eu pegava meu lenço... e então, como num passe de mágica, lembrava que devia ficar com raiva em vez disso.

Effie fez uma careta.

— Eu não queria deixar você com *raiva*... — começou ela.

— Bem, mas deixou — disse Lydia com naturalidade. — E não foi uma coisa ruim, Effie. Sinto falta daquele lenço. Eu usava o tempo todo, até ficar em frangalhos. Com ele, eu sentia que não era um absurdo achar que todas nós merecemos coisa melhor.

Effie olhou para o vestido em suas mãos. Era sem dúvida superior ao próprio trabalho em todos os sentidos possíveis. Mas, por alguma razão, tanto Lydia quanto lorde Blackthorn tinham demonstrado uma preferência pela costura de Effie.

Parece que gosto não se discute mesmo, Effie pensou, enquanto colocava o vestido.

Assim que Lydia ajudou Effie a prender o cabelo, ouviu uma batida educada e familiar na porta do quarto. Lorde Blackthorn estava esperando lá fora, com sua habitual empolgação incontrolável. Quando seu olhar pousou em Effie, ele alargou o sorriso de um jeito que lhe deu um frio estranho na barriga.

— Bem na hora! — exclamou lorde Blackthorn. — Esta tentativa já está indo bem melhor que a primeira, senhorita Euphemia, não acha?

Uma parte pequena e amarga de Effie queria salientar que ela não havia retornado *na hora* da última vez que havia ido a algum lugar com ele, mas o bom humor do feérico era contagiante, e ela não conseguia ficar com raiva dele de verdade. *Ele tem boas intenções*, Effie lembrou a si mesma. Lorde Blackthorn pegou seu braço com muita delicadeza, e Effie se viu sorrindo de novo ao sentir o perfume de rosas silvestres que preenchia o ar ao redor deles.

— Não saiam ainda! — gritou Lydia do quarto.

Ela vasculhou a gaveta da mesa de cabeceira e correu para pôr uma rosa na mão de Effie. O feitiço de lorde Blackthorn se enroscou obedientemente pelo braço da jovem e subiu até envolver seu pescoço, e ela soltou um suspiro de alívio.

— Obrigada por isso — disse Effie. — Era capaz de eu percorrer o caminho todo até o café da manhã do senhor Jesson e só lá descobrir que ainda era uma criada!

— Que tolice da minha parte! — Lorde Blackthorn suspirou. — Sim, eu também teria esquecido. Muito obrigado, senhorita Lydia.

— *Imaginei* que pudesse ter esquecido — murmurou Lydia baixinho. Mas ela lançou ao feérico um sorriso falso e enrolou a outra rosa em volta do próprio pescoço. — E vejo que também esqueceu da acompanhante mais uma vez. O senhor tem sorte de eu estar com tempo livre.

Lorde Blackthorn pareceu extremamente envergonhado.

— É muita gentileza sua, senhorita Lydia — disse ele. — Tentei conseguir a assistência de lady Mourningwood como acompanhante, mas lady Hollowvale me alertou que as noções de decoro dela são um pouco rígidas demais para um café da manhã casual e sugeriu bastante enfaticamente que eu descartasse a ideia.

Lydia endireitou as costas e segurou com firmeza o outro braço de lorde Blackthorn.

— Quanto menos feéricos melhor, eu acho — retrucou ela. — Com todo o respeito, Vossa Senhoria, as coisas já ficam bastante agitadas quando o *senhor* tá por perto… Não quero nem pensar no que dois feéricos poderiam fazer em um pequeno café da manhã como este. Só lembre que esperamos manter as coisas calmas o suficiente pra que Effie possa ter uma ou duas conversas.

Se Lydia estivesse se dirigindo a qualquer outro feérico, Effie tinha certeza de que estaria brincando com o perigo com uma declaração tão direta, mas lorde Blackthorn apenas assentiu, como se a outra criada o tivesse presenteado com uma sabedoria rara e valiosa.

— Está certíssima! — concordou ele. — Fico feliz que a senhorita Euphemia tenha uma acompanhante tão competente! Vou ficar lhe devendo outro favor, é claro, pelo inconveniente.

Lydia franziu os lábios, e Effie sabia que ela estava pensando em quão imprevisíveis poderiam ser os favores de lorde Blackthorn.

— Tenho certeza de que não será necessário — disse ela.

— Acredito que seja — replicou lorde Blackthorn, com gentileza. — Não posso aceitar presentes, senhorita Lydia. Devo-lhe um favor, com certeza.

Lydia suspirou.

— Um favor, então — murmurou. — Vamos ver se vou fazer uso dele.

Dez

Eles partiram de novo na carruagem de rosas. Dessa vez, ela os levou para a propriedade da família do senhor Herbert Jesson. A terra ali era muito menos cuidada para parecer selvagem e indomada; na verdade, quase cada centímetro do terreno estava coberto de flores com formatos e cores vibrantes, muitas das quais estavam começando a florescer. A pequena propriedade da qual eles se aproximaram tinha aparência pobre e comum quando comparada com a abundância de tulipas vermelhas e amarelas que se espalhavam pelo gramado à frente.

— Muito bem! — disse lorde Blackthorn em um tom de aprovação, enquanto ajudava Effie e Lydia a descerem da carruagem. — Não é nenhuma Blackthorn, mas serve. Pelo menos o senhor Jesson tem uma boa noção de decoração!

— A família do senhor Jesson vende flores — informou Lydia a Effie, do outro lado de lorde Blackthorn. — Principalmente tulipas, é claro... Uma boa tulipa é extremamente cara. Perguntei à senhora Sedgewick, e ela disse que compramos a maior parte de nossas flores de Orange End, bem aqui.

Effie reparou na pequena fila de outras carruagens que haviam se posicionado do lado de fora da mansão.

— Tenho certeza de que o senhor Jesson nunca chutou nenhuma governanta para dentro de um lago — comentou ela. — Mas não ouvi muita coisa sobre ele fora isso.

Lydia pareceu pensativa.

— Não conheço nenhum dos empregados dele — observou ela. — Ele não socializa muito, então nunca encontrei nenhum deles.

Naquele momento, Effie se sentia ainda mais curiosa quanto aos empregados do senhor Jesson do que quanto a Orange End em si, mas, para sua surpresa, embora a porta da frente estivesse aberta, não havia nenhum empregado para recebê-los. Na verdade, a entrada estava vazia, exceto por uma mesa perto da entrada, sobre a qual estavam uma radiante tulipa alaranjada e um bilhete manuscrito.

O café da manhã será servido no jardim logo atrás da casa, dizia, para auxiliar os convidados.

— O senhor Jesson *tem* empregados, não é? — cochichou Effie para Lydia, perplexa.

Lydia franziu a testa.

— Deve ter — respondeu ela. — Não seria possível manter uma casa como Orange End sem criadagem.

Effie se viu inspecionando a entrada em busca de pistas. O chão estava um pouco sujo, mas certamente tinha sido varrido nos últimos dias, pelo menos. A mesa perto da entrada estava limpa, mas não brilhava com a absurda perfeição que lady Culver sempre exigia em Hartfield. A renda sob o bilhete estava visivelmente desgastada nas bordas, de modo que os dedos de Effie coçaram pensando em remendá-la.

— Seríamos dispensadas se deixássemos a entrada nesse estado — murmurou Lydia.

— Seríamos dispensadas por muitas coisas — retrucou Effie.

No entanto, ela não conseguiu deixar de sentir pelo menos uma pontada de desgosto profissional diante daquela leve bagunça. Na verdade, precisou lembrar a si mesma que era uma dama no momento, e não uma criada, para se segurar e não se deter ali e tirar a poeira da mesa com as luvas.

No entanto, o som de risadas distantes os atraiu para dentro da casa, e logo encontraram outra porta nos fundos da mansão que havia sido deixada aberta e levava para o lado de fora.

O jardim dos fundos era uma profusão de tons alaranjados e amarelos. Fileiras bem cuidadas de sebes faziam a área parecer pequena e privada, mas vasos com tulipas haviam sido colocados em cada centímetro livre, de modo que mal existia espaço suficiente para a mesa e as cadeiras que tinham sido dispostas para o café da manhã. Algumas outras damas e cavalheiros já estavam acomodados em seus lugares à mesa, mas ficou evidente que estariam na companhia de um grupo relativamente pequeno.

Effie não precisou procurar Benedict — ela ouviu sua risada vinda do final da mesa e soube de imediato que ele se encontrava lá. Estava sentado junto a uma mulher mais velha cujas feições ela achou que lembravam muito o senhor Jesson. De alguma forma, por incrível que parecesse, havia um assento vago do outro lado de Benedict. Effie soltou o braço de lorde Blackthorn e avançou apressada em sua direção, mas foi logo interceptada pelo senhor Jesson, que havia notado a chegada deles.

— Senhorita Reeves! — disse ele, com uma agradável surpresa na voz. — Fiquei preocupado que não conseguisse vir! Tivemos muita dificuldade ao tentar encontrar o endereço de lorde Blackthorn para enviar um convite.

— Ouso dizer que o correio da Inglaterra não faz entregas no mundo das fadas — disse lorde Blackthorn, com espanto.

A declaração bizarra apenas fez o senhor Jesson concordar com a cabeça.

— É tão óbvio agora que o senhor diz isso — respondeu ele, com um aceno da mão. — Onde eu estava com a cabeça? Mas fico feliz que tenham encontrado o caminho até aqui de toda maneira. Não querem se sentar conosco?

Não havia nenhuma maneira educada de recusar tal convite, é lógico, mas, enquanto Effie havia alimentado a esperança de ocupar o lugar ao lado de Benedict, o senhor Jesson acomodou os três perto dele, bem na cabeceira da mesa, a alguns assentos de onde Effie pretendia ficar. Pior ainda: o senhor Jesson parecia não conseguir desviar o olhar de Effie. O homem começou a conversar com ela assim que se sentaram, aparentemente sem nenhuma lembrança de sua promessa de reapresentá-la a Benedict.

— Sinto-me obrigado a dizer — começou o senhor Jesson, entusiasmado — que está ainda mais encantadora hoje do que eu me lembrava, senhorita Reeves. Ora, há uma espécie de desejo melancólico em torno da senhorita que simplesmente comove a alma! Decerto, não pode me dizer como da última vez que é culpa do seu vestido, uma vez que está usando um novo.

Effie corou com o comentário inesperado.

— Receio que ainda tenha a ver com o meu vestido, senhor Jesson — respondeu. — Embora eu não espere que acredite em mim. — Talvez Effie estivesse se acostumando com o estranho efeito que os feitiços de lorde Blackthorn tinham sobre as pessoas, porque acrescentou: — Estou usando um vestido feito de desejos. Os melhores alfaiates do mundo das fadas o fizeram para mim.

— Começo a suspeitar que a senhorita é modesta demais para o seu próprio bem, senhorita Reeves — observou o senhor Jesson, como se ela não tivesse dito nada minimamente estranho.

— A senhorita Euphemia é sempre *muito* modesta — concordou lorde Blackthorn. — Não deve lhe dar ouvidos, senhor Jesson. Posso assegurar que ela é encantadora independentemente do que esteja vestindo. Ora, a alma dela é feita do tecido mais incrível que já vi!

Effie estava prestes a contrariar o senhor Jesson outra vez, mas, ao ouvir o comentário estranho de lorde Blackthorn, ela se deteve.

— O que quer dizer com isso, senhor Jubilee? — perguntou ela.

Lorde Blackthorn olhou para Effie com curiosidade.

— Sem dúvida a senhorita está ciente, não está? — disse ele. — Ah! Sempre esqueço que os mortais não conseguem enxergar as almas. Que pena, senhorita Euphemia. Sua alma é tão cheia de força, raiva e generosidade... Se pudesse ver por si mesma, tenho certeza de que ficaria menos disposta a se diminuir.

Effie ficou ainda mais corada, e ela se sentiu encolher em sua cadeira de uma maneira nada elegante. Lorde Blackthorn falara bastante sério, como sempre fazia. Ela deveria ter pensado: *Do mesmo jeito que ele também gosta da minha costura horrível e da minha dança horrível.* Mas algo no sorriso suave nos lábios dele ao pronunciar as palavras fez o coração dela palpitar de um jeito que não deveria.

Lydia havia se acomodado na cadeira do outro lado de Effie, no intuito de desempenhar o papel de acompanhante linha-dura, porém, quanto mais lorde Blackthorn falava, mais ela começava a prestar atenção na conversa. Naquele momento, ela olhava de Effie para o feérico com uma expressão muito curiosa.

— Há poucos dias o senhor disse que a raiva era uma praga — murmurou Effie. — Não entendo como isso daria uma alma tão boa, senhor Jubilee.

— Mas estávamos falando da raiva de lady Culver naquele momento, e não da sua! — respondeu lorde Blackthorn, alegre. — As duas não poderiam ser mais diferentes. A raiva de lady Culver é extremamente feia, toda egoísta e caótica. Creio que o padrão possa agradar àqueles de determinada convicção, mas eu mesmo nunca gostei. A *sua* raiva é iluminada e focada, e não fere as pessoas. Em vez disso, acho que preenche os lugares onde elas já foram feridas. — Ele fez uma pausa, pensativo, antes de continuar. — Mas a senhorita Lydia nitidamente se contagiou com a sua raiva, senhorita Euphemia... então suponho que ela *também* seja um pouco como uma praga.

— Eu me contagiei com *o quê*? — sibilou Lydia.

A conversa foi interrompida — e Effie se lembrou um momento depois que o feitiço de Lydia não era forte o suficiente para mascarar a estranheza de seu jeito de falar.

Lydia tapou a boca com a mão, vermelha de vergonha. Effie olhou ao redor preocupada; por sorte, parecia que a maior parte da mesa não havia percebido a explosão da garota. O senhor Jesson, porém, olhava para ela com surpresa e curiosidade.

— Ah, minha nossa — murmurou lorde Blackthorn. — Que desconcertante.

Effie se levantou rapidamente.

— Podemos dar uma volta e ver as flores, senhor Jesson? — perguntou ela, depressa. — Seria uma pena vir até aqui e ficar só à mesa!

O senhor Jesson pestanejou. Ele deu mais uma olhada na direção de Lydia, que ainda estava com a mão sobre a boca. Devagar, ficou de pé.

— É lógico, senhorita Reeves — aceitou ele. — Seria um prazer.

O homem ofereceu o braço gentilmente, e Effie aceitou.

Ela olhou para Lydia e lorde Blackthorn, então baixou a voz.

— Eu quero muito terminar essa conversa mais tarde — disse a eles.

Para a surpresa de Effie, lorde Blackthorn se pôs de pé.

— Acho que vou acompanhá-los em sua caminhada — declarou ele. — Eu também quero ver as flores.

Effie mordeu o lábio.

— Eu esperava falar com o senhor Jesson *a sós* — enfatizou ela, pois suspeitava que qualquer coisa menos direta passaria batido na cabeça de lorde Blackthorn. Ele tinha um jeito próprio de atrapalhar conversas delicadas, e Effie de repente teve dúvidas se conseguiria lidar com o senhor Jesson *e* com o feérico ao mesmo tempo.

Lorde Blackthorn olhou de Effie para o senhor Jesson e franziu a testa.

— Isso... não me parece muito apropriado — insistiu ele. Havia um toque inesperado de teimosia em seu tom que Effie não tinha ouvido antes. — Tenho certeza de que deve existir alguma regra inglesa contra isso.

Effie apenas o encarou, perplexa.

— É totalmente apropriado, desde que estejamos no campo de visão da minha acompanhante — afirmou ela. — E não pretendo me afastar muito.

O senhor Jesson balançou a cabeça.

— Longe de mim querer deixar seu tutor desconfortável, senhorita Reeves — declarou ele. — Por favor, por que não se junta a nós enquanto caminhamos, milorde?

Assim, Effie se viu andando de braços dados com o senhor Jesson por entre as flores, com lorde Blackthorn logo atrás.

— Só hoje percebi — o senhor Jesson se dirigiu a Effie — que eu nunca tinha escutado sua acompanhante falar! Agora que escutei, me parece que ela soa um pouco mais como uma criada do que como uma dama. Mas isso não pode ser verdade, pode?

Effie não conseguiu esconder por completo seu receio.

— Preciso contar com seu cavalheirismo, senhor Jesson — disse ela. — Se eu lhe contar a verdade, o senhor guardará segredo?

O senhor Jesson franziu a testa.

— Eu jamais mancharia a reputação de uma dama de propósito — garantiu ele a Effie. — Tenho certeza de que, qualquer que seja a explicação, ela é sensata. Afinal, seu tutor é um homem respeitável.

Lorde Blackthorn — o tutor em questão — estava no presente momento franzindo a testa para as costas do senhor Jesson de uma maneira preocupante. Effie logo resolveu que deveria adiantar o assunto, antes que o feérico decidisse extravasar qualquer que fosse a frustração que lhe tivesse ocorrido recentemente.

— Lydia é minha criada — explicou Effie depressa. — Mas ela também é minha amiga, e não gosto de ir a eventos como esses sem ela. Eu me sinto muito menos sozinha quando ela está comigo.

Effie percebeu quão verdadeiras eram essas palavras enquanto ainda saíam de sua boca. Por pior que o baile de lady Panovar houvesse terminado, ela tinha certeza de que teria sido cem vezes pior sem a presença reconfortante de Lydia por perto. Lorde Blackthorn era muito sincero, é verdade; mas era absurdamente confuso e imprevisível, e a presença de Lydia ajudara Effie a lembrar que ela tinha amigos — amigos *de verdade* — mesmo quando as pessoas não a confundiam com uma dama.

O cavalheiro lançou a Effie um sorriso compreensivo.

— Bem, isso não é tão terrível assim — concluiu ele. — Sou muito amigo do meu mordomo, o senhor Cotton… Bebemos juntos o tempo todo, sabe. Ele estaria ajudando com o café da manhã se não estivesse doente de cama, com aquela tosse horrível. — Seu sorriso enfraqueceu um pouco. — Entendo por que alguns dos presentes aqui ficariam aborrecidos com a senhorita, é claro. Uma criada não pode ser uma acompanhante apropriada. Espero que as duas sejam mais cuidadosas, senhorita Reeves, no mínimo pelo bem de sua reputação.

Effie soltou um suspiro de alívio.

— Certamente seremos, senhor — assegurou ela. — Obrigada por sua compreensão. Significa muito para mim.

A postura do senhor Jesson voltou a relaxar, e ele observou Effie com um olhar afetuoso.

— Nem imagino como poderia agir de outra forma — disse ele. — É algo estranhíssimo, senhorita Reeves, mas, quando olho para a senhorita, me pego pensando na maneira como esse jardim fica quando está em plena floração. Pode ser pequeno, mas é o meu jardim preferido em todo o mundo. Não existe nada que eu goste mais de fazer do que passear por aqui num belo dia de verão, aproveitando o sol quente e a brisa suave. — Sua voz assumiu um tom sonhador. — Mas seria ótimo ter uma companhia com quem apreciar a paisagem, não é? Ora, se não for muito atrevido da minha parte, eu adoraria recebê-la aqui de novo quando o restante das flores tiver...

O senhor Jesson se deteve com um arquejo de surpresa quando lorde Blackthorn tirou o braço de Effie do seu e se colocou entre eles.

— As flores daqui não são nada parecidas com as de Blackthorn — declarou o feérico. Ele tinha estreitado os olhos verdes para o senhor Jesson; dava para sentir uma fragrância pungente no perfume de rosas silvestres que costumava emanar dele que lembrava mais espinhos implacáveis do que flores suaves. — As rosas de Blackthorn são muito maiores e ficam bem mais altas. Este jardim é tolhido e enclausurado demais... Ora, a senhorita Euphemia ficaria sufocada aqui, tenho certeza!

Effie se viu, por um breve momento, sem palavras. Lorde Blackthorn nunca havia exibido o menor sinal de animosidade na presença dela antes, mas naquele momento ele se mostrava cheio de farpas, com um medo estranho. O ar ao seu redor vibrava; as flores do jardim pareciam se inclinar na direção deles com intenções malévolas. Ela se lembrou de repente das histórias terríveis a respeito de lordes feéricos e seus temperamentos difíceis.

O que o deixou desse jeito?, se perguntou Effie, temerosa.

Deve ter sido o jardim, concluiu. O senhor Jesson tinha sem querer se gabado de suas flores de tal maneira que o lorde deve ter acreditado que as estava comparando às de Blackthorn. Era natural, ela pensou, que o feérico fosse particularmente sensível em relação às terras às quais pertencia!

Effie ousou agarrar o braço de lorde Blackthorn.

— Tenho certeza de que o senhor Jesson não quis insinuar que o jardim dele deveria ser o preferido de *todo mundo* — disse ela depressa. — Só é o favorito dele porque o conhece! Blackthorn é o que *eu* conheço mais, e por isso tem a minha preferência.

A hostilidade gélida de lorde Blackthorn diminuiu ao ouvir as palavras de Effie, e ele lançou um olhar surpreso para ela.

— Tem mesmo? — questionou ele. — Ah! Mas é claro que tem. Blackthorn também tem muita afeição pela senhorita. Eu a levarei para lá outra vez neste verão, e a senhorita terá bastante luz solar para poder crescer de maneira adequada.

O comportamento do feérico havia voltado ao seu estado normal perfeitamente agradável. Effie soltou um suspiro de alívio, pensando em quão perto o coitado do senhor Jesson havia estado de ser vítima de um conto de fadas de advertência.

— São as árvores que precisam de luz solar, senhor Jubilee — lembrou ela. — Não os seres humanos.

— Mas a luz do sol a faz feliz — rebateu o lorde Blackthorn. — E a senhorita precisa disso.

O senhor Jesson havia superado a confusão atordoada que o dominara antes. Naquele momento, ele parecia apenas um pouco perturbado. A docilidade natural que sempre demonstrava havia se reafirmado, e seus ombros relaxaram.

— Desconfio que o tenha insultado de alguma maneira — começou ele. — Não foi minha intenção de jeito nenhum. Receio ter falado sem pensar. Vocês dois devem me perdoar, por favor.

Effie lhe lançou um olhar compassivo.

— Não creio que tenha sido culpa sua, senhor Jesson — garantiu ela. — Foi apenas um mal-entendido. E este vestido não está ajudando nenhum de nós.

O senhor Jesson abriu um pequeno sorriso para Effie.

— Agora me lembro que lhe prometi uma reapresentação a Benedict — lembrou-se ele. — Estou muito envergonhado por isso ter me escapado. Por favor, deixe-me reparar minha falha.

Com isso, Effie olhou com cautela para lorde Blackthorn. O feérico ainda segurava o braço dela — e, por um instante, ela poderia jurar que ele a apertou com mais força. Mas outra emoção vaga passou rápido pelo seu rosto, e ele a soltou bem devagar.

— Eu não gostaria de ser a causa de sua infelicidade, senhorita Euphemia — declarou ele suavemente.

— Não imagino como poderia ser — replicou Effie, desnorteada.

Só depois ela se lembrou de que lorde Blackthorn já tinha dito essas palavras antes, quando eles ficaram presos na Loucura de Blackthorn. *Ah*, pensou. *Ele está falando da aposta de novo. Está preocupado com a possibilidade de ter interferido outra vez, assustando o senhor Jesson a ponto de ele se esquecer da apresentação.*

Effie sorriu para reconfortar o feérico, mas lorde Blackthorn já havia lhe dado as costas, voltando para a mesa. Com passos longos e furiosos, ele se juntou a Lydia, que vinha observando toda a cena com os olhos de lince de uma acompanhante.

Quando Effie encontrou o olhar de Lydia, a outra criada ergueu as sobrancelhas e fez um movimento com a boca para dizer alguma coisa, mas Effie não conseguiu entender as palavras, então deu de ombros, sem ter o que fazer.

Lydia voltou sua atenção para lorde Blackthorn, que havia se acomodado na cadeira ao lado dela em um silêncio triste. Ela franziu os lábios e abriu a boca, como se fosse falar, mas deve ter se lembrado bem a tempo do quase desastre que seu último lapso havia gerado, pois fechou a boca novamente com um estalo.

O cavalheiro pegou Effie pelo braço mais uma vez, para que se dirigissem até o assento do senhor Benedict Ashbrooke.

Benedict já estava observando Effie e o senhor Jesson quando eles se aproximaram; na verdade, Effie percebeu que ele *a* observava com a expressão mais arrebatada que ela já vira. Essa intensidade a deixou um pouco sem fôlego, de modo que mal conseguiu falar quando lhe foi apresentada outra vez.

— Deve se lembrar da senhorita Reeves, é claro — comentou o senhor Jesson.

— Eu me lembro — declarou Benedict.

Ele olhava diretamente nos olhos de Effie enquanto dizia as palavras. Havia uma reverência em sua voz, como se estivesse contemplando uma pintura primorosa em vez de uma mulher. Isso só contribuiu para a falta de compostura de Effie — na verdade, ela se viu ligeiramente escondida atrás do senhor Jesson, incapaz de aguentar todo o peso dos calorosos olhos castanhos de Benedict.

— Devo pedir imensas desculpas pela última vez que conversamos — prosseguiu Benedict. — Infelizmente, fui distraído por questões familiares. Não tive a menor intenção de ser rude. — Ele se levantou e puxou a cadeira vazia ao seu lado, convidando-a com um gesto. — Será que podemos tentar de novo, senhorita Reeves? A organização dos assentos hoje é informal, e sinto a necessidade de recuperar o tempo perdido.

Se o coração de Effie tivesse parado de bater por completo, ela não teria ficado surpresa. Aquele convite era algo saído diretamente de suas fantasias; a expressão no rosto de Benedict a deixou com calor e agitada. Quando estivera parada bem na frente dele como criada, Benedict também tinha se mostrado uma criatura bem diferente, mas seu jeito educadamente aturdido de sempre havia desaparecido, e ele a olhava nos olhos sem a menor hesitação.

— Por favor, diga sim, senhorita Reeves — pediu Benedict, com fervor. — Não sei se poderia suportar se a senhorita negasse.

Effie se sentou na cadeira, corada e, para sua frustração, calada. Pelo canto do olho, viu o senhor Jesson sorrir para ela e pensou que ele devia estar muito orgulhoso por ter feito sua apresentação com tanto êxito desta vez.

— Tome cuidado com a acompanhante dela, senhor Benedict — aconselhou o outro cavalheiro. — Ela é implacável.

Ele deu uma piscadela para Effie, que retribuiu com um aceno discreto em agradecimento. O senhor Jesson então se virou para a mulher mais velha que estava sentada ao lado de Benedict.

— Gostaria de dar uma volta pelo jardim, mãe? — perguntou ele.

— Não consigo pensar em ninguém com quem eu preferisse passear, senhor Jesson — respondeu a mulher.

Um tom gentil e divertido marcava sua voz, sugerindo que ela estava brincando com ele. O senhor Jesson afastou a cadeira dela, e os dois logo partiram, deixando Effie caprichosamente isolada com Benedict, a alguns assentos de distância de quaisquer outros ouvidos curiosos.

— Agora tenho certeza de que não há como eu tê-la encontrado antes, senhorita Reeves — começou Benedict. — A senhorita ofusca com facilidade todas as outras mulheres aqui. Olho para a senhorita e de repente esqueço que estou preso no campo, longe da civilização propriamente dita. Ora, parece que estou de novo na Itália, admirando uma das estátuas de Roma.

Effie engoliu em seco, nervosa. *Tudo isso tem a ver com o vestido*, pensou. *Talvez Benedict desejasse estar de volta à Itália, e eu o lembrei disso.* Lady Hollowvale havia sugerido que Effie usasse o vestido justamente por essa razão, mas, já que Benedict estava de fato olhando para ela, Effie não pôde deixar de notar o vazio de sua adoração.

— O senhor é muito gentil — disse Effie, com voz suave. — Mas é o meu vestido que o faz falar assim. Se eu não o estivesse usando, o senhor me consideraria apenas uma curiosidade passageira, e olhe lá.

— Não consigo me imaginar ignorando-a nem sequer uma vez, senhorita — jurou Benedict a ela. — Por favor... De onde a senhorita veio? Disseram-me que é pupila de lorde Blackthorn, mas não me lembro de tê-lo conhecido antes.

— Talvez se lembrasse caso falasse com ele. — Effie suspirou. — Mas tenho origens muito humildes. Não é nenhuma surpresa que não se lembre de mim.

Benedict estendeu o braço para pegar a mão enluvada de Effie.

— O que quer que tenha acontecido antes — disse ele —, espero que me permita remediar agora, senhorita Reeves. Quero saber tudo sobre a senhorita... de fato, é o meu maior desejo.

Effie olhou para ele com esperança. Não havia como negar o modo como as mãos dela tremiam com o interesse nos olhos dele. Isto, pensou Effie, era tudo o que *ela* havia desejado. Porém, Lady Hollowvale lhe dissera que o vestido serviria apenas para chamar a atenção de Benedict; se ela quisesse que ele a pedisse em casamento usando um vestido normal, então ele teria que se apaixonar por ela por uma razão diferente do vestido.

Preciso aproveitar a atenção dele enquanto a tenho, disse Effie para si mesma. *Mas, da próxima vez que vir Benedict, usarei o traje mais simples que puder encontrar.*

— Nem sei por onde começar — admitiu Effie.

Ela não podia contar a Benedict que vinha trabalhando como criada esse tempo todo; nem podia mencionar que morava em Hartfield, dormindo no subsolo. Se fosse uma dama, talvez pudesse ter falado dos livros que lera e das línguas que conhecia, mas Effie havia apenas tirado a poeira dos livros da biblioteca e não conseguia fingir nem mesmo um sotaque francês falso.

— Conte-me sobre a sua família — sugeriu Benedict. — Começaremos por aí.

Effie respirou fundo. Ele ainda segurava a mão dela. Suspeitava que isso estivesse longe de ser apropriado, mas Lydia não era uma acompanhante de verdade, e tanto ela quanto lorde Blackthorn haviam sumido por ora.

— Tenho três irmãos homens — contou Effie, tímida. — Mas só tenho contato com meu irmão mais velho. Ele sempre cuidou de mim e até me arranjou... — ela se interrompeu antes que pudesse dizer *me arranjou um emprego em Hartfield* — ... arranjou meu primeiro bastidor para bordar — finalizou em vez disso.

— Que inveja — comentou Benedict. — Nunca fui tão próximo dos meus irmãos quanto gostaria, sabe? Ambos são muito mais sérios do que eu e acho que me consideram um pouco estúpido. — Ele sorriu cheio de ironia para ela. — Dizem por aí que sou encantador, mas, se é verdade, então esse encanto não parece funcionar com nenhum dos dois.

Effie apertou a mão dele com um olhar solidário.

— O senhor é *muito* encantador — garantiu ela a Benedict. — Não deve duvidar disso! E tenho certeza de que leva a sério as coisas que considera importantes, mesmo que seus irmãos não percebam isso.

Benedict apenas a encarou.

— Eu... suponho que sim — disse ele devagar. — Sou apaixonado por arte e história. É parte do motivo de ter me demorado tanto em minha viagem pelo continente. Mas Thomas acha tudo isso inútil, e Edmund me acusou de aprender apenas o suficiente para conversar com as damas sobre o assunto.

Effie deu um sorriso fraco.

— Sem dúvida, o senhor sabe mais que o suficiente para me impressionar por anos e anos de conversa — declarou ela. — Não sei quase nada sobre arte *ou* história. Mas tenho certeza de que poderia ouvi-lo falar sem parar a respeito de ambos os assuntos e nunca me cansar, senhor Benedict.

O sorriso no rosto de Benedict tornou-se um pouco menos sonhador e um pouco mais genuíno, e a confiança de Effie cresceu. *Existe mesmo alguma coisa aqui*, pensou ela, aliviada. *Eu não estava imaginando.*

— Eu ficaria feliz em lhe contar tudo sobre Roma, senhorita Reeves — disse Benedict com delicadeza.

E, durante a meia hora seguinte, foi exatamente o que ele fez.

Benedict falou do Panteão e do Coliseu, descrevendo as estruturas colossais com uma admiração persistente. Ele contou a Effie a respeito das coleções particulares que visitara, casualmente repletas de pinturas e esculturas de centenas de anos atrás. Ele mesmo havia tentado aprender a pintar, confessou, mas sua mão sempre foi menos treinada que seu olho, e ele fora forçado a se contentar em aprender tudo o que pudesse sobre os antigos mestres e suas vidas.

Descreveu a Europa de forma tão vívida que Effie descobriu que quase conseguia visualizá-la em sua mente. Por uns lindos minutos, ela se imaginou caminhando por Roma com Benedict, deixando-o explicar todos os pequenos detalhes que havia aprendido com o mesmo brilho nos olhos que demonstrava ali, diante dela. Eles poderiam tomar um café da manhã exatamente assim — mas apenas os dois! —, e depois ela lhe pediria para pintar algo para ela, mesmo que ele achasse o resultado péssimo.

Os devaneios de Effie foram interrompidos de repente, porém, quando uma voz familiar falou atrás dos dois.

— Senhor Benedict? — perguntou a senhorita Buckley. — É o senhor, graças a Deus! Não conheço muitas pessoas aqui, mas lady Culver disse que o senhor sem dúvida me faria companhia caso eu pedisse.

Effie teve certeza de ter visto um lampejo de exasperação no rosto de Benedict, mas ele o escondeu sob um sorriso educado e se virou para a dama. Ao fazer isso, uma expressão estranha tomou conta de seu rosto, e ele pareceu perder a linha de raciocínio.

— Senhorita Buckley, onde foi que arrumou este vestido? — quis saber ele.

Effie seguiu o olhar do cavalheiro. Um instante depois, seu coração pareceu despencar até os dedos dos pés.

A senhorita Buckley estava usando o vestido velho de lady Culver — exatamente o mesmo que a própria Effie tinha bordado.

Onze

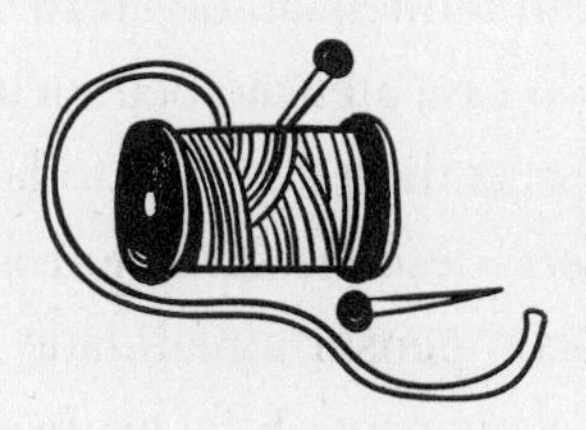

Ver a senhorita Buckley com seu antigo vestido foi um choque tão terrível que Effie não conseguia falar.

Muito pior, óbvio, era o fato de ela estar *mais bonita* com aquele traje do que Effie jamais estivera. Seu cabelo loiro estava preso em um penteado enfeitado com rosas brancas de verdade; sua pele era lisa e aveludada, e sua postura, impecável. Ela usava elegantes luvas brancas, mas, mesmo que suas mãos estivessem nuas, Effie sabia que elas seriam macias e sem calos. A senhorita Buckley realmente pertencia àquele jardim, usando o vestido com folhas e flores.

— Este vestido? — indagou a dama, e Effie se lembrou de que Benedict havia perguntado onde ela o arranjara. — É lindo, não é? Não vai acreditar, senhor Benedict, mas lady Culver me deu. Todo esse bordado deve ter custado uma fortuna, mas ela nem hesitou. Acho que jamais terei uma amiga mais generosa na vida.

Cada palavra transbordava uma sinceridade doce. O estômago de Effie se revirou, nauseado.

Estou com muita raiva, pensou. *Mal consigo respirar.*

A senhorita Buckley se virou para olhar para Effie e sorriu, insegura.

— Tenho certeza de que não é nada comparado a alguns outros — afirmou ela. — Minha nossa, senhorita. Não consigo imaginar onde encontrou seu vestido. Nunca vi nada tão bonito.

A insegurança na voz da senhorita Buckley lembrou a Effie que ela estava usando o melhor vestido que um alfaiate do mundo das fadas poderia fazer. Isso deveria tê-la feito se sentir melhor — na verdade, deveria tê-la vingado. Afinal de contas, a moça obviamente tinha vindo para o café da manhã com a intenção de atrair a atenção de Benedict, mas Effie já havia roubado essa atenção bem debaixo do nariz dela, e a outra mulher tinha compreendido depressa toda a situação.

No entanto, a expressão desconsolada no rosto dela *não* tranquilizou Effie. Nada poderia compensar a realidade medonha de ver outra mulher naquele vestido, ela pensou. Effie ficara acordada muitas noites dedicando-se de corpo e alma a cada ponto; havia gastado bem mais do que seria prudente com o fio de seda que usara para as folhas e flores. Talvez o vestido não tivesse sido costurado com desejos ou feito à mão por duendes, mas era o vestido *dela*. O fato de a senhorita Buckley, entre todas as pessoas, estar usando a peça era uma violação indescritível da alma de Effie.

Ela se levantou apressada da cadeira, fitando o vestido, horrorizada.

— Está tudo bem? — perguntou a senhorita Buckley, curiosa.

A boca de Effie se mexeu sem emitir som por um momento antes que ela fosse capaz de resmungar uma resposta.

— Eu... não me sinto bem — conseguiu dizer. — Com licença.

E então, para sua grande humilhação, ela fugiu.

Havia um salgueiro alto um pouco mais alto do que as sebes bloqueando da vista o café da manhã; suas folhas longas e pendentes já haviam brotado, e Effie se escondeu no meio delas, sentando-se em frente ao tronco. Assim que sentiu a segurança de estar oculta, ela começou a chorar outra vez — e isso, por si só, era um insulto. Sem dúvida, ela havia chorado o suficiente nos últimos tempos para que não esperasse chorar *de novo*.

As lágrimas de Effie, porém, não eram de tristeza; eram de uma raiva tão abominável e absoluta que nada poderia contê-las. Ela começou a entoar com voz rouca:

"Pombinha branca,
O que está fazendo?"

Mas Effie não conseguiu terminar os versos. Ela voltou a pensar na senhorita Buckley usando aquele *vestido*, e sua garganta se fechou de fúria.

— Eu gostaria *mesmo* de saber o que a pombinha branca está fazendo — disse lorde Blackthorn logo atrás dela. — Mas a senhorita está bastante chateada, então terá que ficar para mais tarde.

Effie ergueu os olhos dos próprios braços, que aninhavam seu rosto. Ela não havia percebido a aproximação do feérico; mas é lógico, ela pensou, que a grama e as árvores nunca o denunciariam. Certamente estavam todas do lado dele.

Lorde Blackthorn olhava para ela com nítida preocupação em suas feições marcantes. Se Effie estivesse pensando com mais clareza, poderia ter achado isso estranho, porque, na primeira vez que a pegara chorando na frente do labirinto, ele havia ficado encantado ao encontrar um sujeito para seu experimento sobre virtude. Effie, entretanto, não estava em um estado de espírito funcional, e, assim, a estranheza passou despercebida.

— Não quero falar com ninguém — declarou ela, com a voz engasgada. — Estou muito zangada, senhor Jubilee, e pode ser que desconte em quem estiver mais próximo.

Lorde Blackthorn não parecia nem um pouco preocupado com essa possibilidade, pelo jeito. Ele se sentou ao lado de Effie, ainda a fitando com o olhar aflito.

— Não gosto de vê-la chorar — confessou ele. — Tem algo que eu possa fazer para ajudar?

Effie fechou os olhos e respirou fundo. O perfume de rosas silvestres a invadiu, estranhamente reconfortante. Ela nunca precisava vê-lo para saber quando lorde Blackthorn estava por perto, mas naquele momento estava ainda mais consciente do calor e da presença dele, como se sua mente tivesse começado a acompanhá-lo sem que ela percebesse.

Effie não poderia explicar a lorde Blackthorn todas as razões pelas quais estava com raiva. Eram *muitas*, e ele não entenderia a maioria delas sem dias de explicações adicionais. Em vez disso, ela jogou os braços ao redor dele e apoiou o rosto no seu ombro, soluçando em meio às lágrimas.

Lorde Blackthorn não estranhou nem se afastou, como Effie esperaria que qualquer bom lorde inglês fizesse. Em vez disso, ele a abraçou e passou os dedos compridos pelos cabelos dela. Não havia em seus modos nem sequer um indício da frieza estranha que havia demonstrado antes; ele estava gentil, cuidadoso e acolhedor, mais ou menos como a luz do sol em Blackthorn. A camisa dele era macia contra o rosto de Effie; e, por um instante, ela desejou *estar mesmo* de volta a Blackthorn com ele, longe de qualquer resquício da influência constante e opressiva de lady Culver.

— Eu não tenho poder algum, senhor Jubilee — disse Effie, muito triste. — Eu não tinha certeza até esse exato momento, mas agora tenho. Não sou uma dama... nem sequer sou uma empregada doméstica. Eu não sou *ninguém*.

— Isso não pode ser verdade — retrucou lorde Blackthorn. Uma confusão genuína modulava sua voz. — A senhorita está aqui comigo agora, então tem que ser *alguém*.

Effie balançou a cabeça bem de leve contra ele.

— O senhor não entende — continuou ela —, porque todo mundo é alguém para o senhor. Mas, aqui na Inglaterra, para todos que importam, não sou nada nem ninguém. Sou como o ar, o papel de parede ou a mobília. Sabe como sei disso?

Lorde Blackthorn não respondeu de imediato. Ele abraçou Effie com mais força, e passou vagamente pela cabeça dela que ele estava cada vez mais preocupado. Mas ela não conseguiria conter as palavras nem se quisesse: elas escaparam feito uma onda, como se ele tivesse usado o nome dela para coagi-las.

— Eu sei que não sou ninguém porque... porque não importa o que a senhorita Buckley ou lady Culver façam comigo, e não importa o que tirem de mim, elas nunca enfrentarão quaisquer consequências por isso. Posso explodir de raiva, senhor Jubilee, mas, no final das contas, elas são damas e darão à minha raiva tanta consideração quanto dão ao papel de parede. — Effie engoliu o bolo na garganta antes de prosseguir. — Eu gostaria de não ter essa raiva. Gostaria de *ser* o papel de parede. Eu seria menos infeliz se não tivesse que entender quão injusto é isso tudo. Não tenho poder algum, e essa raiva é tão inútil quanto eu.

— A senhorita *não* é o papel de parede! — A voz de lorde Blackthorn ficou mais aguda. — Não deve dizer coisas tão feias sobre si mesma, senhorita Euphemia. A senhorita é útil para muitas coisas e é importante para muitas pessoas. E... — Ele teve dificuldade de continuar por um momento, como se estivesse buscando um pensamento. — E elas certamente enfrentarão consequências! É natural que isso ocorra.

— Bem, eu nunca vi lady Culver sofrer nenhuma consequência por nada — rebateu Effie com amargura. — Somos sempre nós que enfrentamos as consequências por ela. E a senhorita Buckley! Duvido que ela tenha enfrentado qualquer dificuldade digna de nota em toda a sua vida. — Seu peito estava apertado e tenso, mesmo com os braços reconfortantes de lorde Blackthorn ao seu redor. Suas próximas palavras saíram baixas, cansadas e derrotadas. — Lady Culver deu a ela o meu *vestido*. A senhorita Buckley o está usando neste momento.

Ao ouvir essas palavras, lorde Blackthorn enrijeceu de uma forma tão estranha que Effie se obrigou a erguer os olhos para ele. A preocupação em seus olhos havia se aprofundado.

— Isso é de fato um absurdo — declarou ele suavemente. — Com certeza complicará as coisas, senhorita Euphemia. Não sei se mesmo um vestido feito de desejos pode ser comparado à sua obra-prima.

Effie franziu as sobrancelhas. A raiva ainda ondulava quente e nauseante dentro dela, mas a curiosidade a superou por um momento.

— Não entendo — disse ela. — Meu vestido está longe de ser uma obra-prima, senhor Jubilee. Está desfiado em alguns lugares, e a renda está velha.

Lorde Blackthorn franziu a testa para ela. Em sua expressão, era possível ver uma ideia crescendo lentamente enquanto algo lhe ocorria.

— Será que não *sabe* como sua costura é maravilhosa, senhorita Euphemia?

— Não sei por que o senhor chama minha costura de *maravilhosa*. — Effie suspirou. — Não é maravilhosa, senhor Jubilee, é... adequada. Talvez esteja acima da média para uma criada, mas não sou costureira.

— Mas sua costura *é* muito maravilhosa — afirmou lorde Blackthorn. — Ela é... — ele fez uma pausa, e Effie viu que ele estava procurando palavras diferentes das habituais para usar desta vez — ... é mágica.

Effie quase riu alto, mas lhe ocorreu bem a tempo que os feéricos não podiam mentir. Um calafrio rompeu a fúria dentro dela.

— Isso não é possível, senhor Jubilee — sussurrou ela. — Eu não sou uma maga.

Lorde Blackthorn fez uma careta.

— Mas é claro que a senhorita não saberia — percebeu ele. — Afinal, não consegue nem enxergar uma alma humana! — Ele balançou a cabeça. — É uma maga sim, senhorita Euphemia. Faz magia e, portanto, é uma maga. Existe outra definição da palavra?

Effie engoliu em seco.

— Nunca ouvi falar de um mago que usasse agulha e linha — rebateu ela. — Os únicos magos de que ouvi falar na Inglaterra leem livros, invocam o fogo e quebram maldições!

Lorde Blackthorn pareceu intrigado.

— Mas existem vários tipos de magos por toda a Inglaterra — explicou ele. — Ora, há um homem em Londres que fala com os animais, e uma mulher em Devonshire que ouve pedras preciosas! Por que seria estranho uma criada costurar almas com agulha e linha?

— Costurar... *almas*? — sussurrou Effie.

A insensatez da declaração a fez se sentir zonza.

— Ah, sim. — Lorde Blackthorn suspirou. — A senhorita cria coisas muito lindas com sua raiva, sua infelicidade, suas esperanças e seus sonhos. Os duendes adorariam poder casualmente costurar raiva em vestidos e lenços.

Effie pensou nos muitos comentários estranhos que o feérico havia feito para ela antes e enterrou o rosto no peito dele com um gemido.

— Quando disse que nunca tinha visto uma toalha de mesa mais deplorável... — começou ela.

— Era *mesmo* uma toalha de mesa deplorável! — exclamou lorde Blackthorn, alegre. — A propósito, onde a colocou?

— Ah, *não*! — lamentou Effie. — Tenho costurado minha raiva em *tudo* em Hartfield, senhor Jubilee! Passei-a para Lydia e a senhora Sedgewick, e... e recentemente remendei a casaca do senhor Allen! — Ela soltou o feérico para se empertigar, enxugando o rosto. — Tenho que ir lá e desfazer tudo agora mesmo!

Lorde Blackthorn pestanejou, levantando-se para se juntar a ela.

— Mas por que faria isso? — indagou ele. — É tudo tão deslumbrante!

Effie mexeu a boca sem emitir som por um instante. Lorde Blackthorn nunca havia sido afetado por nenhum de seus vestidos, ela percebeu. Ah, ele fizera *comentários* sobre eles e dissera que ela era encantadora, mas não tinha implorado por sua opinião quando estava vestida com dignidade, nem suspirado com desejo melancólico em sua direção enquanto ela usava o vestido de desejos.

— Eles são apenas arte para o senhor, não são? — perguntou ela. — Meus pontos não mudam em nada o que o senhor sente.

Lorde Blackthorn refletiu.

— Ah — disse ele timidamente. — Entendo suas preocupações agora. Sim, seu trabalho árduo é bastante... contagioso para outros mortais. Não tenho alma humana, e, portanto, as emoções humanas não me afetam.

Effie levou as mãos ao rosto.

— Isso é tudo culpa minha! — gritou ela. — Eu sou a razão de tudo estar tão ruim em Hartfield!

— Não, certamente não! — assegurou-lhe lorde Blackthorn. Ele estendeu as mãos para agarrá-la pelos ombros. — Sua raiva não é feia, senhorita Euphemia… Eu já lhe disse isso, não disse?

Effie se contorceu para se soltar de seu aperto.

— Preciso ir lá desfazer tudo — repetiu ela. — Tenho que ir embora, senhor Jubilee. Precisa me levar de volta neste instante.

Lorde Blackthorn franziu a testa.

— Mas a sua aposta… — começou ele.

— Cuido da minha aposta mais tarde — retrucou Effie, desesperada. — Eu prejudiquei pessoas, e preciso consertar isso o mais rápido possível.

Lorde Blackthorn não pareceu entender nem um pouco aquela ideia, mas a angústia de Effie, *essa sim* o afetava, de tal forma que ele acabou concordando.

— Se está certa disso — disse ele —, então eu a levarei de volta.

Para tristeza de Effie, as previsões de lorde Blackthorn em relação ao antigo vestido de Effie se revelaram lastimavelmente verdadeiras; quando ela retornou ao café da manhã para procurar por Lydia, avistou Benedict conversando com a senhorita Buckley com uma expressão ainda mais atordoada que antes. O estômago de Effie se revirou de um jeito desconfortável enquanto observava a cena. A dama riu, educada, de alguma coisa da conversa deles, e Effie se sentiu envergonhada de seu próprio vestido de desejos.

Vou tirar isto assim que voltar para casa, pensou. *Eu nunca deveria tê-lo usado, mesmo que fosse apenas para chamar a atenção dele. Não sou melhor que um mago cruel brincando com a mente de outra pessoa.*

A senhorita Buckley dirigiu um sorriso aberto para Benedict mais uma vez, e Effie deu as costas para a cena.

Encontrou Lydia perto da mesa do café da manhã, conversando com o senhor Jesson. Essa conversa parecia um pouco mais profissional, o que poderia ter deixado Effie bastante curiosa em outras circunstâncias. Ela, porém, pediu algumas desculpas ao anfitrião e arrastou Lydia para a carruagem.

— Precisamos voltar para Hartfield — explicou Effie, preocupada, assim que eles estavam acomodados em segurança. — Não sei nem como explicar isso, Lydia, mas tenho que desfazer todos os remendos e bordados que fiz para todo mundo.

Lydia balançou a cabeça depressa.

— Não podemos voltar, Effie — contrapôs ela. — Temos que fazer nossas compras, senão Cookie *e* a senhora Sedgewick vão cortar nosso pescoço.

Effie gemeu com o lembrete, mas ela sabia que voltar de mãos vazias só causaria problemas para as duas. *Meus pontos já estão lá há bastante tempo*, ela pensou, cansada. *Vão ter que esperar pelo menos mais algumas horas.*

— Agora, uma vez que estamos aqui — dirigiu-se Lydia a lorde Blackthorn, irritada —, posso perguntar o que exatamente o senhor quis dizer quando falou que eu tinha me *contagiado* com a raiva de Effie?

Lorde Blackthorn suspirou.

— Ainda não entendi por completo a questão — respondeu ele. — Mas a senhorita Euphemia lhe passou a raiva dela há algum tempo, e a senhorita ainda a carrega consigo. Na verdade, acho que basicamente a pegou para si.

Lydia franziu a testa.

— Não sei o que isso significa — admitiu ela. — É perigoso?

Lorde Blackthorn sorriu.

— Desconfio que pode ser muito perigoso para *algumas pessoas* — observou. — Mas não para a senhorita.

Lydia balançou a cabeça.

— Contanto que não vá me prejudicar… — rebateu ela. — Toda essa conversa de fadas tá além da minha compreensão.

Com a ajuda da carruagem, Effie e Lydia puderam terminar as compras muito mais rapidamente do que fariam caso estivessem a pé. Ainda assim, elas só conseguiram voltar para Hartfield quase ao pôr do sol, o que deixou menos tempo para Effie procurar seus projetos de costura do que ela teria preferido. Depois de se despedirem de lorde Blackthorn, esconderem o vestido de Effie e guardarem as compras, não restava quase nada de tempo antes do jantar.

A única pessoa que Effie conseguiu encontrar a tempo foi a governanta, que corria de lado para o outro como sempre. Effie interceptou a governanta nos corredores dos empregados, ao lado da porta de baeta verde que dava para o restante da casa.

— Senhora Sedgewick! — chamou ela, sem fôlego. — Preciso lhe pedir...

— Não estou com disposição para nenhum pedido, Effie! — retrucou a senhora Sedgewick. Seu rosto estava tenso e com olheiras. — Já é ruim o suficiente termos ficado sem duas criadas hoje por causa dos pedidos de última hora de Cookie.

Effie se encolheu, culpada, mas se forçou a se ater ao assunto em questão.

— Eu só ia pedir para conferir seu vestido de novo hoje à noite, depois que eu terminar na área de serviço — disse ela com delicadeza. — Achei que poderia fazer isso como um pedido de desculpas.

A senhora Sedgewick apenas a encarou. Ela pareceu menos tensa, e logo fez uma pausa.

— Isso é... muita gentileza sua, Effie — retrucou ela. — Acho que posso entregá-lo a você depois que terminar de lavar a louça, sim. — A governanta respirou fundo. — Também é bom você dar uma olhada em George. Ele tem estado tão doente que o senhor Allen sugeriu que tirasse o dia para descansar, mesmo que seja quase impossível dar conta de tudo sem ele.

Effie sentiu uma pontada de preocupação.

— Ele não está com febre, está? — perguntou.

— Realmente não sei, Effie — respondeu a senhora Sedgewick, exausta. — Passei o dia todo de pé, e o senhor Allen me garantiu que havia cuidado do assunto. Pode ir lá verificar por si mesma... Ninguém vai reclamar se você estiver no alojamento dos empregados homens ajudando a cuidar de George.

Effie assentiu. Se pudesse, teria corrido para ver o irmão na hora, mas pelo jeito Hartfield ficara com *três* empregados a menos o dia inteiro, e havia tanto trabalho a ser feito que ela não poderia justificar essa atitude.

Por sorte, Lydia foi generosa o suficiente para ajudar mais uma vez na área de serviço naquela noite. Enquanto limpavam, Effie explicou o problema com as costuras e seu plano para desfazer o estrago.

— Bem, você não pode desfazer o bordado do meu lenço — declarou Lydia —, afinal eu desgastei o troço de tanto usar.

— Eu sei. — Effie gemeu. — Sinto muito, Lydia. Eu não sabia mesmo que ele afetaria você desse jeito.

Lydia deu de ombros.

— Não me sinto afetada — argumentou ela. — Mas eu não perceberia mesmo se estivesse, né?

Mesmo assim, ela não pareceu tão preocupada com a revelação quanto Effie esperara.

— Vou ter que pedir que você refaça os remendos por mim — informou Effie a Lydia, com tristeza. — Não *quero* pedir isso, mas, dado que não entendo completamente como tenho feito essas coisas para começo de conversa, não sei se posso costurar o que quer que seja *sem* um pouco de alma.

— Lorde Blackthorn não parece achar que sua costura seja um problema — comentou Lydia.

— O senhor Jubilee também se ofereceu para *se livrar* de todas as outras damas de um baile em meu benefício — retrucou Effie. — Gosto muito dele, Lydia, mas não creio que ele seja muito bom em avaliar problemas.

— Você gosta *mesmo* dele, então — comentou Lydia, com um tom de voz curioso. — Depois de toda aquela conversa sobre como os feéricos podem ser perigosos…

Effie deu um suspiro profundo.

— Posso gostar dele *e* acreditar que ele é perigoso ao mesmo tempo — retrucou ela. — O senhor Jubilee não precisa ter a intenção de fazer coisas ruins para *fazer* coisas ruins. Essa é de longe a parte mais frustrante.

Lydia, porém, ignorou completamente essa resposta.

— Acho que ele também gosta de você — revelou Lydia. — Acho que gosta pra caramba de você, na verdade.

Effie conseguiu esboçar um pequeno sorriso.

— Acho que ele gosta de quase todo mundo — rebateu ela. — Faz parte do charme dele.

— Não creio que lorde Blackthorn goste do senhor Benedict — observou Lydia. — Ele tava me perguntando hoje o que o torna tão cativante. Eu não soube dizer.

Effie balançou a cabeça.

— O senhor Jubilee está sempre tentando entender as coisas humanas — explicou ela. — Isso não significa que ele não *goste* do senhor Benedict.

Lydia pareceu um tanto cética, mas não insistiu no assunto.

Effie apanhou o vestido da senhora Sedgewick a caminho da visita a George. Ela o segurava enquanto se dirigia ao quarto dele, que ficava o mais longe possível de onde as empregadas dormiam. Em circunstâncias normais, Effie não seria autorizada a andar por ali — lorde Culver sempre havia se empenhado muito em manter os empregados homens e mulheres devidamente separados, mesmo antes de lady Culver assumir o comando da casa —, mas ninguém era cruel o suficiente para impedi-la de ir até seu irmão sabendo que ele estava doente. Mesmo assim, ela bateu algumas vezes muito educadamente antes de entrar.

Dava para ver que George não saía da cama havia algum tempo. Talvez fosse apenas a iluminação fraca, mas ele parecia muitíssimo cansado e pálido, com a cabeça apoiada no travesseiro. George conseguiu lhe dar um sorriso torto quando ela entrou, o qual, entretanto, logo foi desfeito por uma tosse forte.

— Veja só — disse ele, ofegante. — Agora tô recebendo visitas. Que sorte a minha.

Effie se sentou ao lado da cama, fitando-o com aflição.

— Você está *péssimo* — soltou ela. — Graças a Deus o senhor Allen forçou você a ficar de cama.

— Não vai ser pra sempre — murmurou George. — Lorde Culver já tava perguntando onde eu tinha ido parar hoje. O senhor Allen falou pra ele que eu seria um incômodo, porque tô tossindo muito alto.

Effie estreitou os olhos.

— Ah, *esse* é o problema? — perguntou ela, sarcástica. — Acho que ninguém gostaria que você estragasse a manhã de lorde Culver tossindo alto demais.

George revirou os olhos.

— O senhor Allen quer que eu melhore — argumentou ele. — Estava apenas sendo profissional. Sabe o que os nobres precisam ouvir pra conseguir o que ele deseja.

— Sei que ele é um bom homem — reconheceu Effie. — Estou chateada porque *lorde Culver* não parece se importar com o que acontece com você. Você trabalha para ele há anos, George.

— É *James* — corrigiu George, com uma risada meio sombria. — E o próximo lacaio será James também se eu bater as botas por causa dessa tosse.

Effie arregalou os olhos.

— Não se atreva a brincar com isso! — exclamou ela. — Você vai ficar de cama e beber tudo o que a Cookie lhe der, e vai melhorar. Eu juro, George, que você vai até colocar aquelas cascas de laranja no nariz se for preciso!

George estreitou os olhos.

— Vai ter que enfiá-las você mesma — debochou ele. — E eu ainda sou maior e mais forte que você.

— Vou pedir ao senhor Allen que segure você — rebateu Effie, fungando. — Mas, por enquanto, acho que vou lá pegar mais um pouco do chá da Cookie.

Effie saiu e seguiu em direção à cozinha. Ela logo percebeu que havia subestimado o odor dos preparos medicinais de Cookie — o chá tinha um cheiro tão ruim que ela precisou mantê-lo a distância enquanto retornava ao quarto de George. Ainda assim, forçou-o a beber duas xícaras inteiras antes de permitir que ele voltasse a dormir.

Effie continuou sentada ao lado da cama de George enquanto desfazia os pontos que ela mesma costurara no vestido da governanta. Por fim, voltou para seu quarto, onde Lydia pegou o traje para refazer os pontos mais importantes com as próprias mãos. Effie fez tudo o que pôde para não ficar pairando sobre o ombro da outra criada, preocupada com a qualidade — e, então, para se distrair, buscou a casaca de lorde Blackthorn e considerou os pontos que ainda lhe devia.

— Ah — soltou Effie de repente. — Foi por isso que o senhor Jubilee quis que eu bordasse a casaca dele, Lydia! Os outros feéricos acham que coisas como a raiva humana são elegantes!

Lydia mordeu o lábio enquanto fazia outro ponto cuidadoso no vestido de seda da senhora Sedgewick.

— Não me surpreenderia nem um pouco se ele só quisesse uma rosa bem grande na casaca — comentou ela. — Mas talvez você esteja certa.

Effie franziu a testa ao reparar no bordado que já havia feito. Ela não conseguia ver nada de *mágico* nele — aos seus olhos, parecia um fio de seda normal. Mas havia um indício de anseio ali quando ela o tocou? Uma sensação de contentamento por causa do baile do qual tinha acabado de participar quando fizera o bordado?

Ela procurou o fio de desejos que lady Hollowvale lhe havia dado e comparou os dois. O carretel brilhava em sua mão com lindos tons furta-cor, prometendo todas as coisas que Effie desejava tão desesperadamente. Naquele fio, ela se via usando vestidos lindos o tempo todo; ela se via andando por Roma de braço dado com Benedict, examinando toda a história fascinante de lá; acima de tudo, ela via as árvores altas de Blackthorn e sentia a luz quente do sol salpicada de sombras em sua pele.

Este último desejo, pensou Effie, era algo que lorde Blackthorn poderia apreciar. Foi esse desejo que ela imaginou — a lembrança de rosas, borboletas e luz solar — enquanto desfazia seu trabalho anterior e voltava a bordá-lo.

Passado um tempo, ela chegou aos pontos novos que devia ao feérico. A essa altura, os pensamentos de Effie haviam se desviado para a lembrança do pianoforte de lady Hollowvale e da alegria infinita no rosto de lorde Blackthorn enquanto dançavam. Seu coração ficou quente, e ela soube de alguma maneira que aquela casaca seria sua obra-prima, mesmo que não tivesse noção real de *como* estava fazendo magia.

— Pronto! — exclamou Lydia, enquanto Effie terminava uma das pétalas da rosa. — Acho que encontrei todos os pontos que você desfez no vestido da senhora Sedgewick. Pode riscar pelo menos uma pessoa da sua lista, Effie.

Ela deixou de lado a casaca de lorde Blackthorn e se virou para analisar o trabalho de Lydia. Não era tão bom quanto o dela costumava ser, mas com certeza não havia *raiva* nele, pelo menos, e era isso que importava.

— Muito obrigada por tudo. — Ela suspirou ao pegar o vestido de volta. — Juro que não sei como teria chegado até aqui sem você, Lydia.

A amiga sorriu de leve.

— Nunca saberemos, né? — brincou ela. — Só promete que vai tratar todas as suas criadas muito bem quando se tornar uma dama.

Effie bufou.

— Não consigo me imaginar agindo de outra forma — declarou ela. — Se algum dia eu ficar como lady Culver, Lydia, dou-lhe total permissão para envenenar o meu chá.

Quando Effie devolveu o vestido à senhora Sedgewick e se enfiou debaixo das cobertas, estava mais uma vez com esperança de que de alguma maneira encontraria uma saída para todos os seus problemas. Afinal, ela havia tido uma conversa substancial com Benedict — e, mesmo que a senhorita Buckley ainda estivesse com seu antigo vestido, Effie tinha provado a si mesma que era capaz de costurar algo ainda melhor se realmente se dedicasse à tarefa.

No entanto, mais do que qualquer outra coisa, ela se viu ansiando pela reação de lorde Blackthorn quando pudesse finalmente presenteá-lo com a magnífica casaca.

Doze

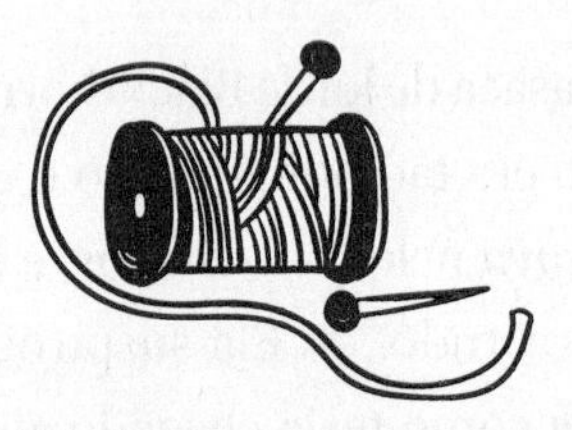

A primeira suspeita de Effie de que algo terrível havia acontecido veio quando a governanta não apareceu para o café da manhã.

— A senhora Sedgewick ainda está na cama — informou-lhe o senhor Allen quando Effie lhe perguntou. — Parece estar muito mal.

Effie pensou em George, que ainda estava indisposto.

— Ela está doente? — perguntou ela, preocupada. — Será que pegou aquela tosse horrível?

O senhor Allen balançou a cabeça.

— Infelizmente não sei dizer — respondeu ele. — Não a ouvi tossir, mas nunca a vi com a aparência tão péssima. Por mais difícil que seja, teremos que prosseguir sem ela por hoje. Talvez convença lorde Culver a chamar um médico, se eu conseguir introduzir o assunto da maneira correta.

— Talvez o lorde Culver devesse lembrar que criados mortos não podem continuar a servi-lo — retrucou Effie.

Um segundo depois, ela percebeu que tinha dito as palavras em voz alta, e não apenas pensado nelas, e empalideceu.

No entanto, o senhor Allen não a repreendeu. Em vez disso, sorriu sem humor.

— Não atribuo a lorde Culver uma inteligência muito abundante — disse ele. — Cabe a nós induzi-lo a fazer o que é melhor para ele e para os outros ao redor.

Effie encarou o mordomo. Aquelas palavras eram de longe as menos profissionais que já tinha ouvido dele. Notou a bainha recém-remendada da casaca dele, entretanto, e arregalou os olhos. *Eu esqueci!*, pensou. *Também contagiei o senhor Allen com a minha raiva!*

— Senhor… — começou Effie lentamente. — Eu precisava dar outra olhada na sua casaca quando tiver um tempinho…

— Senhor Allen! — interrompeu Prudence, a camareira de lady Culver. Ela tinha acabado de descer a escada correndo; em seus olhos viu um lampejo descontrolado que sugeria algo de importância apocalíptica. — Senhor Allen, não consigo tirar a senhora Sedgewick da cama e preciso contar a *alguém*! Lady Culver está furiosíssima com isso, e não sei o que fazer!

Embora tivesse se mostrado um pouco menos profissional que o habitual até ali, naquele momento ele endireitou as costas e forçou o rosto a assumir uma expressão tranquilizadora e estoica.

— E o que exatamente deixou lady Culver tão chateada? — indagou.

Prudence lançou-lhe um olhar desesperado.

— São os vestidos dela, senhor — respondeu ela. — Todos sumiram.

O mordomo franziu a testa.

— Como é? — insistiu ele. — Está querendo dizer que lavamos *todos* os vestidos dela de uma vez? Com certeza ela tem *algo* para vestir, não?

Prudence balançou a cabeça em desespero.

— Não, senhor — contestou ela. — Não está me entendendo, senhor. *Todos* os vestidos dela sumiram… e não foram para a lavanderia! Eles estavam no guarda-roupa dela quando a coloquei na cama, eu juro… e, hoje de manhã, quando entrei para vesti-la, todos haviam desaparecido! O guarda-roupa está vazio. Sua Senhoria ainda está de camisola, mas não consigo encontrar mais nada para ela usar, nem mesmo um penhoar!

Com esta revelação, um pressentimento tenebroso tomou conta de Effie. Tudo isso, ela pensou, era estranho demais para ser coincidência.

O senhor Allen encarou Prudence por um longo instante; esta situação, Effie pensou, finalmente devia ser algo que estava além até mesmo da vasta experiência do estimado mordomo. Após um tempo, ele pigarreou.

— Lady Culver deu alguns de seus vestidos velhos para as criadas no Natal, não foi? — questionou ele. — Por ora, veja se consegue encontrar um desses para ela. Vou reunir os empregados para investigar o guarda--roupa desaparecido. Não consigo imaginar que isto seja nada além de um estranho mal-entendido.

Effie já havia começado a se afastar daquela conversa; naquele momento, ela correu para a escada, sabendo que poderia ser recrutada a qualquer momento para procurar pelo guarda-roupa perdido de lady Culver. Encontrou Lydia na entrada da casa, varrendo o chão.

— Lydia! — chamou Effie, esbaforida. — Por favor, me diga que você não pediu outro favor!

Lydia piscou e parou para encostar a vassoura na parede.

— Por que acha que pedi um? — quis saber ela.

O coração de Effie pesou ainda mais no peito. Por mais que ela quisesse acreditar que Lydia tinha juízo o bastante para não pedir um segundo favor ao feérico, pelo menos faria mais sentido se ela *houvesse* feito isso.

— Todos os vestidos de lady Culver desapareceram no meio da noite — informou Effie. — *Todos* eles, Lydia! Ela não consegue se vestir nem para sair do quarto! Não estou entendendo nada, mas deve ser coisa do senhor Jubilee!

Lydia soltou uma risada chocada, embora tenha tido a decência de cobrir a boca e abafá-la depois de um segundo.

— Ora, ora, não é apropriado? — zombou ela, com apenas um vestígio da alegria que não conseguira esconder. — Lady Culver roubou seu vestido, e agora alguém roubou todas as roupas *dela*! Bem feito pra ela, eu diria!

Effie a encarou com um horror crescente.

Não importa o que a senhorita Buckley ou lady Culver façam comigo, e não importa o que tirem de mim, ela tinha dito a lorde Blackthorn, *elas nunca enfrentarão quaisquer consequências por isso.*

Ele garantira a Effie que as duas mulheres *iam* enfrentar consequências. *É natural que isso ocorra*, dissera o feérico.

— Isso *certamente* foi obra do senhor Jubilee — sussurrou Effie. — Quase implorei para que ele fizesse isso, Lydia! Eu não estava pensando. Por que fui dizer aquilo tudo? Eu *sabia* que ele estava procurando uma oportunidade para ser cruel com pessoas poderosas!

Lydia franziu a testa.

— Não vejo problema — declarou ela. — Lady Culver merece um pouco de crueldade. Eu, pelo menos, não vou perder um segundo me preocupando com ela.

Effie lhe lançou um olhar desesperado.

— Mas a questão é essa, Lydia! — esbravejou ela. — Lady Culver ficará furiosa, é claro, mas, no final, ela vai simplesmente descontar a raiva em *todos nós.*

Lydia fez uma careta.

— Ah, deixe ela tentar — retrucou ela, sombria. — Vou lhe falar uma coisa, Effie, já estou farta de lady Culver, e sei que não sou a única.

Effie gemeu.

— Você só está dizendo isso porque eu a contagiei com a minha raiva, Lydia — argumentou ela. — Se estivesse em seu juízo perfeito, nunca falaria assim. Alguém vai ser demitido e vai ser tudo culpa minha…

— Euphemia! Aí está você! — gritou a voz do senhor Allen vinda da porta atrás delas. — E Lydia também. Preciso de vocês duas lá no subsolo. Pedi a todos os empregados que se reunissem agora mesmo.

Ambas não tinham escolha a não ser segui-lo. Lydia pegou sua vassoura de novo com uma expressão sofrida; Effie acompanhou os passos da amiga sentindo um aperto no estômago.

O senhor Allen não perdeu tempo explicando a situação aos empregados. Perguntou logo se alguém havia levado os vestidos de lady Culver para remendar ou lavar — mas ninguém havia feito nada. Como um general dirigindo suas tropas, o mordomo em seguida ordenou que todos vasculhassem a mansão, cada um deles em uma área específica. Effie foi designada a alguns dos quartos do andar de cima, para onde seguiu obedientemente para iniciar as buscas, embora soubesse que seria em vão.

O que eu faço?, pensou Effie em pânico. *Sem dúvida, se eu invocar o senhor Jubilee, posso convencê-lo a devolver os vestidos...*

— ... absolutamente inacreditável! — soou a voz de lorde Culver vinda do final do corredor. As palavras tinham chegado até Effie enquanto ela passava de um quarto para o outro. — Você deve ser a única mulher estúpida o suficiente para perder todas as roupas de uma vez, Eleanor! Não espere que eu vá pagar para substituir tudo.

— Não preciso que substitua *tudo* — rebateu lady Culver, e Effie ficou surpresa ao ouvir um tom choroso em sua voz. — Eu só preciso de *alguma coisa*. Você não espera mesmo que eu ande por aí de camisola, Thomas!

Effie tomou o rumo do quarto de lady Culver, onde a discussão continuava. Por um breve instante, ocorreu-lhe que não deveria bisbilhotar, mas, então, uma ideia curiosa, quase perversa, tomou conta dela, e ela seguiu andando pelo corredor.

— Não temos dinheiro! — soltou lorde Culver friamente. Effie o via por uma fresta da porta, andando de um lado para o outro no quarto de lady Culver com uma raiva mal contida. — Se precisa comprar alguma coisa, Eleanor, pode fazê-lo com o montante que já lhe dei. É seu dever como minha esposa fazer com que essa verba seja suficiente... na verdade, é a *única* coisa que lhe peço.

Effie abriu a porta do quarto de lady Culver e entrou.

Então ela viu a cena completa. Lorde Culver andava de um lado para o outro na frente da esposa enquanto lhe dava um sermão. Lady Culver estava sentada na beirada da cama, envolta em um roupão que pegara emprestado de uma empregada. Por incrível que pareça, nenhum dos aristocratas prestou atenção em Effie quando ela entrou no quarto, dando continuidade à sua busca desanimada pelo guarda-roupa de lady Culver. Como sempre, ela não foi notada por eles. Uma criada trabalhando, pensou Effie, não poderia bisbilhotar... porque não era uma *pessoa*. A ideia esmagou a pouca culpa que ela talvez ainda pudesse sentir, enquanto os dois continuavam discutindo na sua frente.

— Não *há* mais dinheiro da verba, Thomas! — exclamou lady Culver, suplicante. — Não consigo imaginar onde arranjarei os fundos!

— Creio que isso dependa de uma coisa — replicou lorde Culver, com uma calma repentina e forçada. — Do que você precisa mais, Eleanor? De suas roupas ou de sua camareira? Tenho certeza de que você odiaria ficar sem qualquer uma das duas, mas, se tivesse planejado melhor as coisas em primeiro lugar, não estaríamos tendo essa conversa agora.

O olhar desdenhoso no rosto de lorde Culver teria feito a maioria das pessoas recuar; no caso de Effie, porém, a consequência foi atiçar as brasas de um furioso desprezo. Effie ainda não se importava muito com lady Culver — o fato de gritarem com a patroa não mudava o fato de que ela *também* gritava com os empregados e atirava bules em suas cabeças. Mas o rosto de lorde Culver expressava tudo o que Effie tanto odiava em lady Culver, só que com ainda mais intensidade. Havia em suas feições uma presunçosa superioridade moral, uma sugestão de que ele considerava a pessoa diante de si inerentemente mais tola, mais infantil e menos digna do que ele.

Lady Culver já devia ter se acostumado com essa expressão; ela endireitou os ombros devagar e lançou ao marido um olhar de ódio que refletia a raiva no coração de Effie. A dama se manifestou com uma nova frieza na voz.

— Sou obrigada a lembrá-lo, Thomas, de que você se apropriou de uma parcela significativa de nossos fundos voltados para a casa e destinou para outros fins no ano passado. Já demiti muitas empregadas. Talvez, considerando que deu tanta importância às suas *outras* despesas, agora devesse ficar sem um criado.

Lorde Culver estreitou os olhos. Por um momento, Effie se perguntou se o homem bateria em lady Culver, mas ele deve ter se contido.

— Se temos muitos empregados do sexo masculino — respondeu ele —, então talvez devesse demitir um dos lacaios, Eleanor. Simplesmente terá que viver com um rosto bonito a menos na mansão.

Effie fez uma pausa enquanto abria uma gaveta na penteadeira de lady Culver.

A alfinetada de lorde Culver não teve o efeito planejado. Lady Culver deu um sorriso sem emoção.

— Sábio como sempre, lorde Culver — declarou ela, com um toque sarcástico em suas palavras. — Não sei o que faríamos sem seus conselhos. Teremos então um lacaio a menos. Isso é tudo, ou gostaria de me dizer novamente como sou tola?

Lorde Culver virou-se para a esposa com a mão erguida. Effie não teve muita chance de pensar duas vezes — antes que percebesse o que estava fazendo, ela já havia pulado na direção dele para agarrar o braço dele. Quando ele o desceu, a violência do gesto foi suficiente para derrubá-la. O golpe com que ele claramente pretendia atingir lady Culver errou o alvo; Effie se chocou contra a cama, ainda pendurada no braço dele, enquanto lady Culver berrava de surpresa.

— O que diabos pensa que está fazendo? — rugiu lorde Culver para Effie.

O rosto dele estava vermelho e transtornado; gotas de sua saliva acertavam o rosto de Effie enquanto ele gritava.

Ela deveria estar aterrorizada. Lorde Culver não era um homem *grande* — na verdade, ali, olhando direito para ele, era apenas alguns centímetros mais alto que ela. Mas havia uma energia sutil e terrível em sua postura que todo empregado reconhecia por instinto à primeira vista: era a convicção profundamente arraigada de que ele *merecia* as coisas e que, por consequência, qualquer um que lhe negasse essas coisas *merecia* ser ferido da maneira que preferisse. Homens que achavam merecer as coisas sempre eram capazes dos piores tipos de violência.

Effie, porém, não estava com medo. Em vez disso, ela estava *furiosa*.

— Acho que o senhor deveria se retirar — disse Effie a lorde Culver.

De alguma forma, apesar de sua posição estranha, ela disse isso numa voz baixa e fria.

Os olhos de lorde Culver faiscaram de raiva. A ideia de Effie não ter se acovardado imediatamente perante a ira dele era ainda mais ofensiva do que a ideia de ela ter negado a ele a violência que ele *merecia* desferir. Mas Effie se apoiou no braço do homem para se levantar e o olhou nos olhos. Ela falou mais uma vez, e sua mandíbula tremeu de ódio.

— Se me atacar — acrescentou ela —, esteja certo de que não hesitarei em revidar. Sou uma criada suja e sem educação, senhor, e não tenho classe. Vou gritar, chutar e morder o senhor até que nenhum de nós tenha mais um pingo de dignidade. Seus irmãos certamente virão correndo e verão o senhor rolando no chão com uma empregada feito um porco no chiqueiro.

Lorde Culver puxou o braço para se desvencilhar dela. Por um instante, Effie o viu contemplando a brutalidade que ainda desejava. Mas a raiva que ela irradiava deve tê-lo convencido de que estava falando sério e talvez fosse ainda mais perigosa do que ele, porque ele recuou e cerrou os punhos ao lado do corpo.

— Você está demitida — anunciou ele. — Pegue suas coisas e saia desta casa dentro de uma hora, ou eu mesmo a expulsarei. Não receberá referências nem pagamento.

Effie não ousou permitir que aquelas palavras penetrassem sua névoa de raiva. Ela sabia que, se o fizesse, perderia todas as forças de uma só vez.

— Não pode roubar meu pagamento — protestou ela. — Trabalhei por meses e o senhor me deve por isso.

Lorde Culver curvou os lábios para ela.

— Pode ir reclamar com um juiz — disse ele. — Se algum quiser ouvi-la.

Ele se virou e saiu irado do quarto, batendo a porta atrás de si com toda a violência que não descarregara sobre Effie ou lady Culver.

Effie continuou parada onde estava, olhando para a porta.

Atrás dela, lady Culver empertigou-se lentamente, recuperando a compostura. O silêncio se estendeu entre elas, parecendo infinito, até que Effie enfim se virou para olhá-la. A dona da casa não olhou nos olhos de Effie.

— Você precisa fazer as malas depressa — sugeriu lady Culver. — Deve ir embora antes que ele mude de ideia e volte para pegá-la.

Effie balançou a cabeça, perplexa.

— Isso deve servir como agradecimento, penso eu — disse ela. — Não sei por que estou surpresa.

Lady Culver se retraiu — não de culpa, mas de surpresa. Era óbvio que estivera esperando que Effie desaparecesse calada, como havia sugerido.

— Não pedi que interferisse nos meus assuntos conjugais — retrucou a dama. — Você fez essa escolha por conta própria. Não tenho o poder de protegê-la das consequências.

Effie cerrou os dentes.

— Não pedi que me protegesse de consequência nenhuma — rebateu ela. — Mas esperava um mínimo de gratidão, talvez... No entanto, o erro é todo meu. — O absurdo de tudo de repente a atingiu e ela não pôde deixar de rir. A raiva dentro dela aumentou e ardeu com ainda mais intensidade. — A senhora nem sabe o meu nome — continuou Effie. — *Nunca* soube o meu nome. E, quando eu partir, ainda assim não saberá. Está sozinha em seu mundinho infeliz porque se recusa a enxergar os seres humanos que a cercam. Se não fosse uma pessoa tão horrível, lady Culver, a senhora poderia muito bem ter amigos nessa casa. E a culpa disso é sua.

A expressão de lady Culver esfriou ainda mais.

— Tem razão — disse ela. — Eu não sei o seu nome. E, agora, certamente não me importo em saber.

Uma fraqueza atordoada se abateu sobre Effie, e ela percebeu que não havia mais consequências a serem enfrentadas. Aquilo, ela pensou, já era o pior que podia acontecer. Ela seria jogada na sarjeta sem referências e sem pagamento. Depois que lorde e lady Culver falassem com as demais famílias da região, ela nunca mais seria contratada.

Mesmo assim, havia uma liberdade horrível em tudo isso. Parecia que um peso enorme e sombrio tinha sido arrancado dos ombros de Effie; pela primeira vez em muito tempo, ela conseguia respirar direito. Pensou que pelo menos ninguém cogitaria em descontar o próprio rancor especificamente em seu irmão, pois nenhum deles tampouco sabia o nome *dele*.

— Lamento ter lavado suas roupas — disse Effie a lady Culver. — Lamento ter varrido sua sala de estar e levado chá para a senhora. Mas *não* lamento o que acabei de fazer, por mais abominável que a senhora seja, e essa é realmente a parte mais ridícula. Porque eu sei quão pouco se importa comigo, e fico sem entender por que deveria me importar com a *senhora*. E, ainda assim, eu me importo. — Ela balançou a cabeça. — É o seu lado humano que está ausente, e não o meu. Pelo menos agora eu sei disso.

Effie se virou e saiu do quarto. Então desceu a escada até o cômodo que dividia com Lydia e começou a juntar seus pertences.

Treze

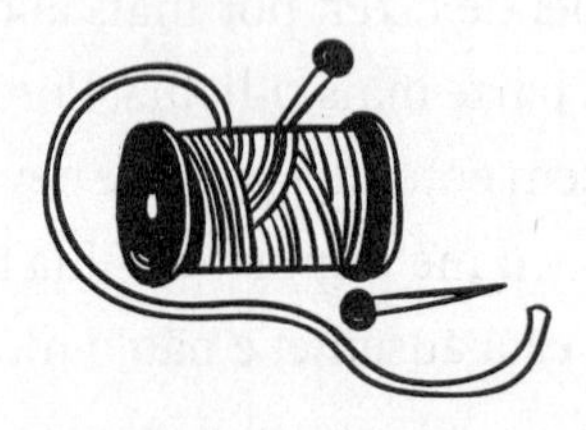

Não demorou muito para Effie juntar seus poucos pertences. Sua bolsa continha apenas o roupão, os dois vestidos das fadas que lorde Blackthorn lhe trouxera, o bastidor de bordar com a casaca dele e o feitiço que ele havia deixado com ela — embora ela tivesse mantido o de Lydia onde estava. Assim que terminou de guardar tudo, pôs a bolsa na cama, respirou fundo, trêmula, e disse:

— Juniper Jubilee, Juniper Jubilee, Juniper Jubilee!

O perfume de rosas silvestres impregnou o quarto de maneira ainda mais instantânea do que na primeira vez que ela invocara o feérico. Effie notou lorde Blackthorn parado logo atrás de si; ela se virou para encará-lo com uma sensação de vazio.

Lorde Blackthorn exibia seu habitual humor alegre, talvez até mais que o normal. Seu sorriso não poderia estar mais iluminado.

— Senhorita Euphemia! — exclamou ele. — Que surpresa agradável! A senhorita só me invocou uma vez antes!

Pela primeira vez, Effie não se sentiu revigorada pela exuberância do feérico. Em vez disso, a raiva dentro dela se agitou e a deixou enjoada. Era inconcebível o fato de ele estar tão satisfeito consigo mesmo enquanto era parcialmente responsável pelas coisas que tinham acontecido com ela.

— O senhor precisa devolver os vestidos de lady Culver — ordenou Effie.

Lorde Blackthorn apenas a encarou. Ficou evidente que não esperava essa reviravolta.

— Preciso? — perguntou ele. — Mas por quê? Ela sofreu as consequências do próprio roubo de forma triplicada. Como aprenderá a não roubar dos outros se eu simplesmente anular a punição?

Effie cerrou os punhos ao lado do corpo.

— Lady Culver não aprenderá *nada* com isso! — declarou ela. — Não adianta puni-la! Ela não tem capacidade de compreender a conexão, porque ela é uma pessoa, mas eu *não* sou uma pessoa, e, portanto, as duas situações não são iguais para ela. O Todo-Poderoso poderia entrar no quarto dela e chicoteá-la, e ainda assim ela perguntaria: *Por que eu?*

Effie fez uma pausa para respirar fundo e se acalmar. Sua fúria se agitava por dentro, sem que ela pudesse fazer nada.

— Lady Culver pode muito bem demitir George para conseguir comprar mais vestidos para si mesma. E ele está doente, senhor Jubilee. Eu não posso aceitar isso. Não vou desfrutar de uma vingança inútil às custas do meu próprio irmão. O senhor precisa devolver os vestidos de lady Culver.

A expressão animada de lorde Blackthorn se desmanchou, e a preocupação lentamente substituiu seu sorriso.

— Mas não posso devolvê-los, senhorita Euphemia — confessou ele. — Eu já os dei para outra pessoa, assim como ela deu *seu* vestido.

Effie fechou os olhos. A raiva dentro dela não podia mais ser contida, por mais que tentasse. Por apenas um momento, ela esqueceu a luz quente do sol em Blackthorn e a maneira como seu coração se aqueceu quando lorde Blackthorn falou de como ela era encantadora e como apreciava sua costura. Todas essas coisas tinham sido expulsas de sua mente pela compreensão incisiva e muito presente de que tanto ela quanto seu irmão poderiam ir parar no olho da rua para adoecer e morrer de fome.

— Vou avisar a senhorita Buckley de que lady Culver está precisando do vestido dela — disse Effie, devagar. — Elas são *grandes* amigas, afinal. Tenho certeza de que ela devolverá o presente, agora que lady Culver precisa dele.

Lorde Blackthorn pigarreou com desconforto. Effie abriu os olhos e viu que a expressão dele tinha se tornado visivelmente ansiosa.

— Sobre a senhorita Buckley... — começou ele.

Effie aguardou, já resignada a esperar pelo pior.

Seus sentimentos devem ter transparecido no rosto, pois a postura de lorde Blackthorn murchou ligeiramente.

— Receio que ela não esteja em condições de receber ninguém — informou o feérico, desanimado. — Eu a coloquei para dormir por cem anos.

Effie havia *pensado* que estava preparada para a resposta dele, mas isso passava tanto dos limites que ela precisou se sentar na beirada da cama e enterrar o rosto nas mãos.

— Lamento muito! — disse lorde Blackthorn.

E era evidente que ele *lamentava* mesmo — um fato que Effie poderia ter achado mais interessante se não estivesse tão infeliz.

— Tenho certeza de que podemos encontrar uma solução, senhorita Euphemia. Um beijo de amor verdadeiro a acordará, é claro... Presumi que ela não tivesse um amor verdadeiro, uma vez que é tão perversa, mas eu poderia pedir a lady Hollowvale que fizesse uma adivinhação...

— Não quero que faça mais *nada*, senhor Jubilee! — vociferou Effie. — Não vê que já fez o bastante? Toda vez que se intrometeu na minha vida, as coisas só pioraram! Suas boas intenções não importam se tudo que o senhor faz causa desastres de todo jeito! — Ela ficou de pé, ainda tremendo com o horror do dia. — O pior, de longe, é que tudo isso é culpa minha. Eu *sabia* o que o senhor era quando concordei com seu acordo. Não existe um único inglês que não saiba que os feéricos causam problemas aonde quer que vão. Estou zangada com o senhor, senhor Jubilee, e estou zangada *comigo mesma*, porque estar zangada com o senhor é ridículo... É como bater o dedo do pé numa mesa e ficar zangada com a mesa!

Lorde Blackthorn piscou rapidamente conforme a voz de Effie foi ficando cada vez mais acalorada. A preocupação em seu rosto se transformou em alarme — e depois em angústia. Ele se encolheu com as últimas palavras de Effie, como se ela o tivesse golpeado, e deu um passo para trás.

— Eu... lamento muito — disse ele em voz baixa.

Por um instante, Effie pensou que fosse dizer algo mais, no entanto, ele se conteve e permaneceu em silêncio.

Ver o sofrimento genuíno no rosto de lorde Blackthorn foi como uma facada no coração de Effie. *É basicamente a verdade*, ela pensou. *Mas eu não precisava ser tão má.* Ela olhou com vergonha para os pés, procurando a coisa certa a dizer.

— Não vou mais ajudá-la, senhorita Euphemia — prometeu lorde Blackthorn, com um tom de voz suave. — Ou melhor... Vejo agora que não *consigo* ajudá-la. Tem razão. — Ele forçou um sorriso, e a expressão de repente pareceu desconfortável para ele. — Com certeza não desejo ser uma mesa.

Esta observação inocente atingiu Effie com uma força especialmente dolorosa. Ela se lembrou das palavras que lhe dissera no dia anterior: *Sou como o ar, o papel de parede ou a mobília.* Era verdade, claro, que lorde Blackthorn tinha trazido desgraças para a vida dela. Ao contrário de todas as outras pessoas importantes que conhecia, porém, ele nunca a havia tratado como se fosse um móvel. Como ela poderia ter insinuado que ele não era humano? Ou melhor, ele obviamente não era humano, mas com certeza era uma *pessoa*.

Effie engoliu em seco para desfazer o nó na garganta.

— Eu não deveria ter falado isso, senhor Jubilee — arrependeu-se ela. — Por favor, poderia esquecer que eu disse...?

Mas, quando ela voltou a erguer o olhar, viu que ele já havia partido.

Effie encontrou Lydia nos corredores dos empregados a caminho da saída. A outra criada lançou a Effie um olhar peculiar ao notar a bolsa pendurada em seu ombro.

— O que tá acontecendo? — perguntou Lydia. — Você conversou com lorde Blackthorn sobre os vestidos?

Effie respirou fundo.

— Conversei. E ele não pode devolvê-los. De qualquer maneira, fui demitida. Lady Culver pode demitir George também, se eu não encontrar um vestido que atenda aos seus padrões. Falando nisso, por acaso sabe me dizer onde fica a casa da senhorita Buckley?

Lydia ficou boquiaberta; a indignação lampejou em seus olhos.

— Mas… *demitida*, Effie? — indagou ela. — Como? Por quê?

Effie tentou ignorar o modo como a palavra a fez se sentir quando Lydia a repetiu mais uma vez.

— Principalmente — respondeu ela — por causa do ego de lorde Culver. Mas vou me preocupar com isso mais tarde, Lydia. Sabe ou não como chegar à casa da senhorita Buckley?

Lydia *sabia* onde ficava a residência da dama, mas se recusou a explicar a Effie como chegar lá até que a amiga lhe contasse toda a história. Quando Effie terminou de relatar os acontecimentos, Lydia estava ainda mais furiosa do que ela.

— Isso tudo é ridículo! — esbravejou Lydia. — Não perca tempo com a senhorita Buckley, Effie! Tudo isso tem que acabar, não entende?

Effie ergueu as mãos.

— Não sei mais o que fazer a respeito! — disse ela. — O que você quer? Vai gritar com lorde Culver agora, Lydia? Ele só vai demitir você também!

— Talvez eu não me importe se ele me demitir — retrucou Lydia. — Sei que você esteve ocupada com lorde Blackthorn, Effie, mas *eu* andei pesquisando. Falei com o senhor Jesson, sabe, depois que ele descobriu que eu era uma criada. Ele tá procurando, no mínimo, por uma governanta e uma criada, porque Orange End não tem empregados suficientes. Perguntou se eu conhecia alguém, e falei que eu mesma ia querer o emprego assim que você se casasse.

Effie pestanejou.

— Eu não fazia ideia! — exclamou ela. — Graças a Deus, Lydia. Ficarei aliviada em saber que pelo menos *você* estará em um lugar melhor.

Lydia estreitou os olhos.

— Bom, não vou deixar o restante do pessoal na mão — disse ela. — Talvez você não queira essa briga, Effie, mas consegue *imaginar* esta casa agora que você tá saindo, eu indo embora e a senhora Sedgewick deprimida demais pra trabalhar...?

— Ela está o quê? — interrompeu Effie, confusa. — Achei que ela estivesse doente.

O semblante de Lydia se entristeceu.

— Fui ver como ela tava, Effie. Ela não tá doente... simplesmente não tem vontade de sair da cama. Começou a chorar só de eu falar sobre a ideia. Disse que preferia morrer a encarar lady Culver outra vez. — Lydia fez uma pausa para refletir. — Sabe o que eu acho, Effie? Talvez você não vá gostar disso, sei lá. Mas acho que a sua raiva era a única coisa que mantinha a senhora Sedgewick de pé. E, agora que isso se foi, não sei se resta muito mais a ela.

Effie assimilou com dor as palavras da amiga . A possibilidade nunca lhe havia passado pela cabeça. A senhora Sedgewick sempre tinha sido a senhora Sedgewick: firme, confiável e um tantinho insuportável. A ideia de que a governanta estivesse prestes a desabar a qualquer momento era uma revelação pavorosa.

Effie respirou fundo.

— Mas que porcaria tudo isso — reclamou. — Só me dê um momento. Preciso pensar.

Sua cabeça latejava de emoção, e seu peito se apertava de tanta raiva. Era tão difícil pensar com toda aquela *fúria*...

— Ah — murmurou Effie. — Que tolice a minha. Tenho raiva mais que suficiente para dar e vender, não tenho?

Ela puxou o lenço — um quadrado de musselina branca que havia adornado com folhas bordadas com fio branco. Então tirou a bolsa do ombro e procurou um dos carretéis de desejos, junto com agulha e linha. E, depois, bem no meio do corredor dos empregados, ela se sentou e começou a bordar um cardo minúsculo no tecido.

Foi um trabalho péssimo, dadas as circunstâncias. Com certeza não valeu o fio que ela estava usando. Mas Effie estava com mais raiva do que jamais estivera na vida; assim como sabia que havia começado uma obra-prima na casaca de lorde Blackthorn, *sabia* que esta também seria uma obra-prima. Ela despejou naquele pequeno cardo toda a sua indignação: a convicção de que ela *não* era uma peça de mobília e de que ninguém *mais* deveria ser tratado como tal. Além disso, imaginou um mundo onde ninguém ousaria tratá-la daquela maneira. Visualizou lorde e lady Culver despojados de seu poder arrogante e hipócrita, forçados a reconhecer que outras pessoas eram importantes e existiam tanto quanto eles. E, enquanto bordava, Effie descobriu que *este* era o desejo mais profundo e fervoroso em seu coração.

Quando terminou, ficou de pé e entregou o lenço a Lydia.

— Dê isto para a senhora Sedgewick — pediu ela. — Não sei bem o que estou fazendo, Lydia, mas talvez ajude.

Uma expressão estranha surgiu nos olhos de Lydia quando ela pegou o lenço de Effie.

— Acho que *vai* ajudar — declarou ela. — Ah, Effie. Tô quase soltando fogo pelas ventas! Você esteve mesmo com tanta raiva assim esse tempo todo?

A pergunta denotava mais admiração que preocupação.

— Imagino que sim — respondeu Effie. — Costurei tanto, Lydia. Acredito que devo ter sentido uma quantidade *imensa* de raiva, considerando que sempre precisava passá-la adiante. — Ela balançou a cabeça. — Não vou me atrever a ficar mais tempo. Talvez retorne aqui com o vestido de lady Culver, se tiver sorte, mas não voltarei como eu mesma, se é que você me entende.

Lydia assentiu lentamente.

— Se acha mesmo que é o melhor a fazer — disse ela. — Não irei embora até ter certeza de que as coisas com George estão resolvidas, Effie.

Se for preciso, vou levá-lo comigo pra residência do senhor Jesson. Ele é um sujeito decente e um pouco molenga. Aposto que não vai reclamar.

Effie deu um abraço apertado em Lydia.

— Imagino que mais cedo ou mais tarde terei que ir para Blackthorn — comentou ela. — Não vejo como terei a chance de me casar com o senhor Benedict sem emprego, casa ou carruagem. Por via das dúvidas, acho que deveria me despedir, agradecer e dizer que você sempre foi uma amiga maravilhosa.

Lydia deu um sorriso fraco.

— Talvez os feéricos não sejam tão ruins assim — sugeriu ela. — Já pensei mais de uma vez que preferiria trabalhar pra lorde Blackthorn a trabalhar pra lady Culver, mesmo que o serviço fosse dez vezes mais puxado. E acho *mesmo* que ele gosta pra caramba de você, Effie.

Effie suspirou.

— Terei que me desculpar com ele — explicou ela. — E eu quero me desculpar. Mas não o invocarei de novo até que tudo esteja resolvido, ou ele pode tentar *consertar* as coisas.

Lydia apertou Effie com força.

— Você devia ir ver o George — sugeriu ela. — O que ele vai pensar quando você sumir de novo?

Effie balançou a cabeça.

— George já está bastante doente — replicou ela. — Não vou preocupá-lo com isso agora. Assim que tiver certeza de que o emprego dele está seguro, virei me despedir... como uma dama, se for preciso. Se de alguma forma eu for levada antes disso, apenas garanta a ele que consegui um trabalho melhor em outro lugar.

Effie soltou a amiga e pôs a bolsa no ombro. Com relutância, Lydia deu-lhe as instruções para chegar à casa da senhorita Buckley.

E então, depois de muitos anos de serviço penoso, Effie finalmente foi embora de Hartfield.

Catorze

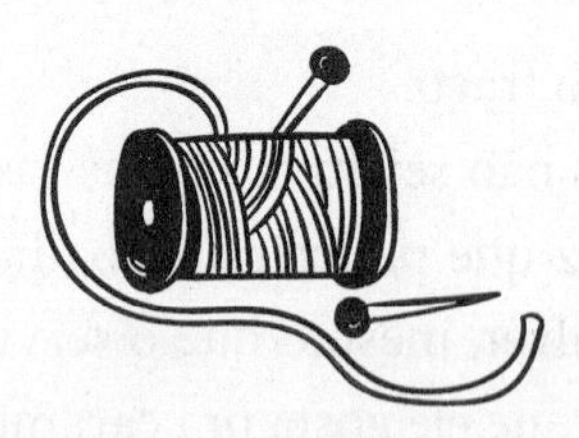

O percurso inteiro até a propriedade da senhorita Buckley foi feito sob frio e chuva, com chão lamacento. Tecnicamente, é claro, a propriedade não era da *senhorita Buckley* — a terra e a mansão pertenciam ao irmão mais velho dela, lorde Wilford. Effie levou quase o dia todo caminhando até a Mansão Holly, o nome da casa. Quando chegou, o sol já havia se posto, e cada centímetro de sua roupa estava miseravelmente encharcado.

Era difícil distinguir a Mansão Holly na escuridão, mas ainda restava luz suficiente para que Effie pudesse vislumbrar alguns de seus detalhes se forçasse a vista. Um detalhe em particular fez com que hesitasse por um instante.

A mansão inteira estava coberta de arbustos espinhosos.

— Porcaria — reclamou Effie.

Ela vasculhou a bolsa encharcada de chuva, esforçando-se para enxergar seu conteúdo no lusco-fusco. Passado um tempo, tirou a rosa amarela que lorde Blackthorn lhe dera e a enrolou no pescoço. Era pouco provável, Effie pensou, que alguém nessa casa fosse receber uma empregada encharcada. Uma *dama* encharcada talvez tivesse mais sorte.

Effie marchou até a porta da mansão, que estava completamente cercada por espinhos e rosas brancas. Ela soltou um suspiro profundo e se dirigiu aos espinhos da mesma maneira como lorde Blackthorn tinha se dirigido à cadeira no centro de seu reino.

— Sei que estão apenas tentando ajudar — começou Effie. — E eu agradeço *de verdade* por isso. Mas preciso entrar... este é o meu objetivo, quero dizer. E sei disso porque está muitíssimo frio aqui e estou encharcada e triste. Poderiam, por favor, me deixar entrar?

Effie não estivera muito convicta de que isso funcionaria, mas, para sua surpresa, os espinhos da porta se afastaram devagar, reorganizando-se em ambos os lados da escada. Ela piscou, perplexa, e deu um passo à frente.

— Obrigada — agradeceu aos arbustos. — Foi muito gentil de sua parte.

Talvez fosse apenas sua imaginação, mas Effie achou que as rosas desabrocharam um pouco mais com isso, como se estivessem satisfeitas.

Com firmeza, ela bateu na porta.

Em algum lugar lá dentro, um cachorrinho começou a latir alto. Ouviu passos se aproximando.

— Quem é? — gritou a voz de um velho atrás da porta. — É o médico? Não pode entrar pela porta da frente, está toda bloqueada com espinhos. Terá que dar a volta pela entrada dos empregados, infelizmente!

Effie estremeceu e esfregou os braços.

— Os arbustos saíram da porta! — informou ela. — Embora eu não saiba por quanto tempo! Posso entrar, por favor?

A porta se abriu de supetão. Um mordomo idoso estava de pé, olhando para Effie enquanto segurava uma vela. Ele havia pegado no colo um cachorrinho da raça pug, que se contorcia e gania com impaciência.

— Minha nossa! — exclamou ele. — Uma dama? A esta hora da noite? Mas não pode entrar, senhorita. Esta casa está amaldiçoada, e não há como saber se isso vai contaminá-la!

Effie franziu a testa.

— Acho que eu e os arbustos temos um acordo — informou ela. — Estou aqui para tentar *remover* a maldição dessa casa, na verdade. Eu soube que a senhorita Buckley caiu num sono profundo, mas não o restante da história. O que mais está acontecendo, senhor?

O mordomo apenas a encarou, atônito, mas, devagar, se afastou e permitiu que ela entrasse.

— Não é só a senhorita Buckley — revelou ele. — Toda a família dela também está dormindo, embora nenhum de nós pareça ter sido afetado. Tentamos acordá-los, mas nada funcionou!

Effie mordeu o lábio. Lorde Blackthorn também tinha triplicado sua punição para lady Culver, de modo que essa reviravolta nos acontecimentos não deveria tê-la surpreendido.

— Por acaso há *três* membros da família da senhorita Buckley nesta casa? — supôs ela.

— Sim, correto — confirmou o mordomo. Ele fechou a porta atrás dela e deixou o pug voltar para o chão, mas os ganidos lamentosos seguiram sem trégua. — A senhorita conhece lorde Wilford, então?

Effie parou na entrada, ainda tremendo, enquanto tirava as botas de cano baixo.

— Nunca nem vi — retrucou ela. — Posso lhe pedir uma xícara de chá quente e algo seco para vestir, senhor…?

— Senhor Fudge — completou o mordomo rapidamente.

Effie assentiu.

— Meu nome é Euphemia Reeves — acrescentou ela, afinal não queria ser rude.

O senhor Fudge assentiu.

— Posso providenciar essas duas coisas — disse ele. — Por favor, venha para a sala de estar. E, hã… por favor, não ligue para o Caesar. — O mordomo apontou para o pug, que ainda choramingava baixinho. — Ele vai se acalmar de novo mais cedo ou mais tarde, tenho certeza.

Effie ficou *muito* aliviada ao descobrir que havia uma lareira na sala de estar. Ela se acomodou em uma cadeira ao lado do fogo, esfregando as mãos. Por fim, o senhor Fudge voltou com um cobertor pesado e um bule de chá de camomila. Effie bebeu três xícaras cheias antes de seus membros descongelarem o suficiente para que ela pudesse se mexer de novo. Mesmo assim, manteve o cobertor firme em volta dos ombros quando se levantou e se dirigiu ao senhor Fudge.

— Onde está a senhorita Buckley? — perguntou ela.

O mordomo levou Effie para o andar de cima e a acompanhou até um quarto. Era menor que a maioria dos quartos de família que ela já vira, embora ainda fosse muito maior que o cômodo no subsolo onde ela e Lydia dormiam. Arbustos espinhosos também rastejavam pelas paredes ali, intercalados com grandes rosas brancas. Os galhos ficavam mais grossos em torno de uma cama de solteiro, onde a senhorita Buckley dormia. Ao se aproximar, Effie viu que a dama usava o antigo vestido de Effie e ainda estava com o cabelo preso com rosas, como estivera no café da manhã. Os arbustos pareciam ter crescido a partir dessas flores cortadas até tomarem conta da casa.

— A senhorita Buckley adormeceu em uma das salas de chá — explicou o mordomo, enquanto fechava a porta atrás deles. — Nós a trouxemos para a cama, mas então as flores começaram a crescer, e todo o *restante* da família adormeceu também. Tem mesmo alguma ideia de como tratá-la, senhorita Reeves?

Um gemido alto soou do lado de fora da porta, seguido por arranhões insistentes. Effie franziu a testa.

— Talvez o senhor devesse deixar o cachorro entrar — sugeriu. — Ele parece muito angustiado.

O senhor Fudge suspirou.

— Caesar anda fora de si desde que isso tudo começou — retrucou ele. — Tivemos que mantê-lo fora do quarto da senhorita Buckley para que ele não se machucasse nos espinhos.

Effie assentiu, quase descartando totalmente essa declaração… mas, então, se deteve.

— Por acaso Caesar é o cachorro da senhorita Buckley? — indagou.

O mordomo deu um sorriso torto.

— Tecnicamente é o cachorro de lorde Wilford — contou ele. — Mas se apaixonou pela senhorita Buckley desde a primeira vez que ela o pegou no colo.

Effie fitou a dama. *Não é possível que seja tão simples*, pensou.

No entanto, não fazia mal testar a teoria, afinal. Assim, Effie voltou até a porta e a abriu. Caesar entrou feito um raio, mas ela apanhou o pug bem a tempo, levando-o em direção à cama.

O senhor Fudge ficou observando com o cenho franzido enquanto Effie acomodava cuidadosamente o cachorro bem ao lado do lindo rosto adormecido da dama. Caesar choramingou mais uma vez e, então, esticou a língua e deu uma longa e desolada lambida no rosto da dama.

A moça se mexeu em seu sono.

— Mas como...?! — exclamou o senhor Fudge.

— Um feérico me contou que um beijo de amor verdadeiro poderia acordar a senhorita Buckley — informou Effie. — Não consigo pensar em um amor mais verdadeiro ou mais incondicional que o de um cachorro.

A senhorita Buckley murmurou alguma coisa ainda dormindo. Os gemidos de Caesar se transformaram em curiosidade, e ele cutucou a bochecha dela com o nariz enrugado. Então a lambeu de novo — e, então, a dama bocejou e se sentou na cama.

— Minha nossa! — Ela suspirou. — Por quanto tempo eu dormi? — Caesar latiu e se enfiou, alegre, por baixo do braço dela. A senhorita Buckley coçou distraidamente as orelhas dele e encarou os outros ocupantes do quarto. — Ó céus! Eu não sabia que tinha companhia!

O senhor Fudge soltou um sonoro suspiro de alívio.

— Graças a Deus! — exclamou ele. — Está dormindo há mais de um dia, senhorita!

A senhorita Buckley piscou para as espessas roseiras, que naquele momento começaram a se encolher, amuadas, desaparecendo de volta para sabe-se lá onde.

— Ainda devo estar sonhando — comentou ela. — Isso é extraordinariamente estranho.

Effie olhou para o mordomo.

— O senhor se importa de nos dar um pouco de privacidade? — perguntou ela.

O mordomo assentiu com relutância. Ele saiu pela porta, deixando as duas em silêncio.

— Não está sonhando, senhorita Buckley — contou Effie, com desânimo. — A senhorita foi amaldiçoada por seres feéricos. Seu cachorro lambeu seu rosto e quebrou a maldição. *Espero* que isso seja suficiente para quebrar a maldição sobre o restante da sua família também. Não sei se Caesar ama algum deles o bastante para acordá-los.

A senhorita Buckley arregalou os olhos.

— Amaldiçoada por seres feéricos? — repetiu ela. — É verdade? Já ouvi falar de pessoas sendo amaldiçoadas antes, é lógico, mas nunca vi acontecer! O que eu poderia ter feito para irritar um feérico? — Ela franziu a testa ao reconhecer Effie. — A senhorita estava no café da manhã, não estava? Foi a dama que vi conversando com o senhor Benedict.

Effie desviou o olhar.

— Eu estava — confirmou ela. — E não posso dizer que a tenho em alta estima, senhorita Buckley, seja isso culpa sua ou não. Mas *não* sou uma feérica, e cem anos de sono me parecem um tipo ridículo de punição. — Ela respirou fundo. — O vestido que aceitou de lady Culver foi roubado, e foi basicamente por isso que a senhorita foi amaldiçoada. Se me entregá-lo agora, eu o devolverei a ela, e acredito que não será mais incomodada por nenhum feérico.

Uma tristeza inesperada atravessou o rosto da senhorita Buckley, e ela abraçou o cachorro com mais força.

— Eu devia ter percebido que tinha a ver com o vestido — comentou ela. — Foi a única razão pela qual o senhor Benedict demonstrou algum interesse por mim, não foi? — Ela baixou o olhar, incapaz de encontrar os olhos de Effie. — Não sei o que farei se ele não se casar comigo. Tenho tão poucas perspectivas, senhorita. Seja qual for o feérico de quem este vestido foi roubado... acha que ele seria misericordioso o suficiente para me deixar ficar com ele só mais um tempinho?

Effie a encarou.

— Quer ficar com o vestido até o senhor Benedict se casar com a senhorita? — indagou ela devagar. — Não quer saber se ele realmente se importa com a sua pessoa primeiro?

— Mas é nítido que ele *não* se importa comigo — rebateu a moça. — Posso viver com isso... Deus sabe que ele provavelmente passou bastante tempo em Veneza com mulheres com as quais não se importava nem um pouco. Serei uma boa esposa para ele, pelo menos. Tudo o que desejo é não me casar com um velho que meu irmão venha a escolher por desespero!

Effie comprimiu os lábios.

— Ainda bem que seu cachorro a ama tanto, senhorita Buckley — declarou ela —, porque essa é a coisa mais odiosa que já ouvi, e não consigo imaginar mais *ninguém* amando uma mulher capaz de expressar tal sentimento. Também tive um vestido mágico, mas jamais teria aceitado um pedido de casamento enquanto o vestisse! — Ela balançou a cabeça. — Não precisa ludibriar um homem para que se case com a senhorita com um vestido mágico, nem precisa se casar com um velho. A senhorita tem *muitas* outras opções ao alcance, mas se recusa a vê-las. Poderia abandonar sua vida confortável e se tornar uma governanta... ou até mesmo uma camareira muito adequada.

A dama recuou.

— Uma camareira... Quer dizer, uma *criada*? — repetiu ela, incrédula.

— Ah, sim — disse Effie. — Uma criada. Isso é muito terrível, senhorita Buckley? As criadas não são *muito bem* tratadas na sua casa? Elas são, na verdade, tão maltratadas que a senhorita prefere se casar com um velho desdentado a se tornar uma?

A senhorita Buckley ficou em silêncio. No fundo, Effie não achava que suas palavras tivessem sido assimiladas. Acreditava que a moça estivesse preocupada com a possibilidade de *a própria* Effie ser uma feérica e de qualquer contrariedade poder levá-la a ser amaldiçoada mais uma vez.

— Me entregue o vestido — ordenou Effie, seca. — Vou perder totalmente a paciência com a senhorita se eu ficar aqui mais um segundo.

— Ela fez uma pausa. — E cuide muito bem desse cachorro, senhorita Buckley. Ele é de longe uma criatura bem mais bondosa que a senhorita.

Effie esperou na sala de estar enquanto a senhorita Buckley trocava de roupa. Ao fazer isso, ouviu o restante da família se movimentando, fazendo exigências repentinas e em voz alta aos empregados. Passado um tempo, o senhor Fudge desceu com o vestido. A expressão que ele dirigia a Effie estava entre o medo e a gratidão, e ela suspeitava que a dama tivesse convencido todos os *outros* de que Effie também era um ser feérico.

Não sou uma feérica, pensou Effie. *Mas, ao que parece, sou uma maga, o que imagino ser algo próximo o bastante pra não fazer diferença.*

Effie pegou o vestido e olhou para o mordomo com tristeza. A ideia de devolvê-lo a lady Culver fazia seu estômago revirar, mas George precisava muito mais de seu trabalho do que Effie precisava do vestido.

Contudo, esperanças e anseios sussurraram para ela através dos pontos bordados... então Effie cerrou a mandíbula com teimosia. *Pelo menos*, ela pensou, *não vou entregar os meus sonhos a lady Culver.*

— Pode me emprestar uma tesoura para bordado, senhor Fudge? — perguntou Effie ao mordomo.

O mordomo foi muito rápido em atender àquele pedido. Ele logo voltou com a tesoura, depois se encostou cautelosamente na parede, fingindo não observar enquanto ela desfazia o bordado do vestido.

Havia apenas alguns pontos, Effie descobriu, imbuídos de um significado especial. Ali, já sabendo o que procurar, era capaz de sentir aqueles breves momentos de melancolia ao percorrer o tecido com os dedos. Foram esses pontos que Effie desfez, um por um, até que a única coisa que restasse fosse um vestido bastante usado, com uma quantidade meticulosa de bordados normais.

— Por favor, senhorita Reeves... — chamou o senhor Fudge enquanto ela dava uma boa olhada no próprio trabalho. — Podemos lhe oferecer mais alguma coisa, qualquer coisa? Não gostaríamos que pensasse que nossa hospitalidade deixou a desejar.

Effie suspirou. Não suportava olhar mais um segundo para o vestido normal e sem graça em seu colo.

— Eu aceitaria uma carruagem de volta para Hartfield — respondeu. — Não gosto da ideia de voltar andando na chuva.

— É ló-lógico — gaguejou o mordomo. — Sim, vamos providenciar uma carruagem para a senhorita imediatamente. Será difícil na lama, é claro, mas espero que perdoe o transtorno.

— Não vou amaldiçoá-lo, senhor Fudge — informou Effie ao mordomo, com frieza. — Desconfio que trabalhar nessa casa já seja maldição suficiente. Mas eu ficaria muito grata pela carruagem, pois foi um longo dia e ainda tenho muito o que fazer.

O fato de terem *realmente* providenciado uma carruagem para Effie, mesmo em uma noite escura e chuvosa, era um sinal do temor que a família devia estar nutrindo. Se ela fosse mesmo uma dama, teria dado uma gorjeta generosa ao cocheiro pelo incômodo, mas ela apenas *parecia* uma dama. Na verdade, era uma criada comum, sem lugar para morar, sem referências e sem um centavo no bolso.

Em vez disso, Effie agradeceu profusamente ao cocheiro quando ele a deixou diante de Hartfield. Então caminhou pela lama até a porta da frente e bateu.

Quinze

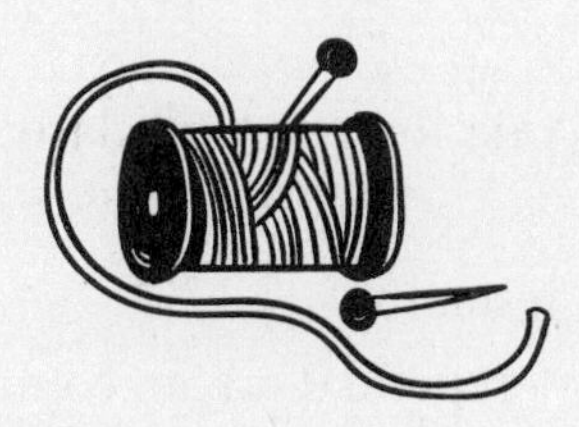

Effie precisou bater mais algumas vezes; já havia passado bastante da hora em que qualquer visitante respeitável poderia ser esperado. De todo modo, depois de um tempo, o senhor Allen abriu a porta.

— Senhorita — cumprimentou ele, com um toque de irritação. — O sol já se pôs. Posso saber o que é tão importante?

Effie não soube reagir... Não estava acostumada a ser tratada de forma tão ríspida pelo mordomo. Ela tossiu de surpresa.

— Eu... sinto muito — lamentou. — Fiquei sabendo das dificuldades de lady Culver. Trouxe um vestido sobressalente que ela pode usar.

Um lampejo de alívio indescritível atravessou o rosto do mordomo.

— Verdade? — indagou ele. — Bem, por favor, entre, senhorita... O tempo está horrível lá fora. Vamos acomodá-la em algum lugar quente e seco enquanto levo seu presente para lady Culver. Tem um cartão de visita?

Effie forçou um sorriso.

— Infelizmente não — respondeu ela. — Eu não esperava fazer visitas hoje.

O senhor Allen a conduziu para dentro e fechou a porta atrás dela.

— Avisarei a senhora da sua chegada, então — informou ele. — Sua visita é muito inusitada... mas, bem, estas são circunstâncias muito inusitadas. Tenho certeza de que ela desejará agradecer pessoalmente por sua atenção. — Ele fez uma pausa. — Posso saber seu nome, senhorita?

Effie hesitou. Não havia nenhuma maneira razoável de evitar dar seu nome ao mordomo. Mas sem dúvida ele o reconheceria, mesmo que não *a* reconhecesse, certo?

O silêncio se estendeu entre eles. Assim que começou a ficar desconfortável, Effie suspirou.

— Meu nome é Euphemia Reeves — declarou ela. — O senhor Benedict me conhece.

O mordomo franziu a testa.

— Euphemia Reeves? — repetiu devagar, como se não tivesse certeza de ter ouvido direito.

Ela fez o possível para manter a compostura.

— Sim — respondeu ela. — Este é o meu nome.

O senhor Allen a fitou com muita atenção. *Por favor, não deixe que ele cause problemas*, pediu Effie em pensamento para a rosa em seu pescoço. A flor tremia com nervosismo sob o olhar do mordomo.

— Que curioso — comentou finalmente o senhor Allen. — Temos aqui uma criada com esse nome. Quais são as chances de algo assim acontecer?

Seus olhos, no entanto, ficaram desfocados, e ele pareceu desconsiderar o assunto.

A rosa no pescoço de Effie voltou a relaxar, e um pouco da tensão se esvaiu dos seus ombros.

Ele conduziu Effie ao Salão Azul e pegou o vestido com ela para que pudesse levá-lo a lady Culver; pouco depois, Lydia apareceu com mais um bule de chá, e Effie se viu numa posição verdadeiramente bizarra. A outra criada não parecia reconhecê-la, apesar de com certeza estar esperando seu retorno. Na verdade, Lydia fazia o possível para fingir não ver Effie enquanto arrumava a mesa à sua frente.

— Lydia? — sussurrou Effie.

Lydia tomou um susto. Ela encarou Effie com os olhos arregalados.

— Hum. Eu... não falo *anglêsss* — tentou ela, com o pior sotaque francês que Effie já tinha ouvido.

Effie mal conteve uma risada.

— Sou a Effie, Lydia — declarou ela. — Estou usando meu feitiço. Mas... Ah! Você não está usando o seu. Esse deve ser o problema. — A rosa em seu pescoço começou a vibrar de novo, mas Effie estendeu a mão para acalmá-la com os dedos. — Como você me vê agora?

Lydia franziu a testa enquanto Effie falava. Ela semicerrou os olhos e tentou se concentrar com mais atenção.

— Você... parece uma dama — disse ela, incerta. — Mas isso não faz sentido. Você nem tá usando um vestido bonito. Eu simplesmente *sinto* que você deve ser uma dama, de alguma forma.

Effie assentiu.

— Suponho que o feitiço não mude a minha *aparência*, então — murmurou ela, depois estremeceu e tossiu. — Argh... Acho que vou precisar desse chá. Já bebi quase um bule inteiro hoje à noite, mas a caminhada foi *terrível.*

Lydia serviu uma xícara para Effie, e ela tomou um gole, agradecida, deixando o calor acalmar sua garganta.

— Eu dei o lenço pra senhora Sedgewick — contou Lydia a ela. — Ainda não sei se ajudou, mas acho que vai dar certo. Você vai ver George antes de partir?

— Vou, sim — respondeu Effie. — Duvido que alguém consiga me impedir.

A porta do Salão Azul se abriu em seguida, e Lydia se afastou, fingindo mais uma vez ser invisível. Benedict entrou, andando um pouco mais rápido que o normal; ele estava vestido de forma mais casual que no baile ou no café da manhã, com o lenço de pescoço afrouxado e o botão superior do colete aberto. Seus calorosos olhos castanhos pousaram em Effie, e ele franziu a testa com uma preocupação repentina.

— Senhorita Reeves — disse ele. — Meu Deus, a senhorita parece péssima! Por favor, não me diga que veio até aqui *andando* para salvar lady Culver de seus infortúnios.

Effie corou com a observação, mas havia apenas choque e interesse no tom de Benedict, e não desaprovação.

— Na verdade, caminhei até a residência da senhorita Buckley antes de vir — explicou ela. — Não foi a decisão mais inteligente. Mas lorde Wilford teve a gentileza de providenciar uma carruagem para que eu chegasse aqui.

— Mas lorde Blackthorn tem uma carruagem! — exclamou Benedict. — Por que ele a deixaria sair na chuva? E... Ah. Sua acompanhante está ausente?

Ele parecia constrangido, percebendo como a situação era inapropriada.

Effie baixou o olhar.

— Tive um desentendimento com lorde Blackthorn — admitiu ela. — Tenho certeza de que é temporário. Mas, por conta disso, não foi possível pegar emprestada a carruagem dele. Minha acompanhante está ocupada com outras coisas, então tive que sair desacompanhada hoje.

Ela se esforçou muito para não olhar para Lydia enquanto dizia isso, ciente da grande ironia da situação.

— Isso é terrível — declarou Benedict. — Nunca ouvi falar de um tutor agindo de maneira tão inadequada. Ora, sinto-me tentado a desafiá-lo, senhorita Reeves!

Effie se engasgou com o chá. Teve que pigarrear algumas vezes antes de conseguir voltar a falar.

— Acho que seria melhor não fazer isso — contrapôs ela. — De verdade, imploro que nem tente. Lorde Blackthorn é quase sempre muito gentil, mas duvido que alguém aqui pudesse vencê-lo num duelo.

Ouviu passos no corredor, e, antes que Benedict conseguisse responder, lady Culver entrou no salão. Ela estava usando o antigo vestido de Effie; seu cabelo tinha sido arrumado às pressas, e ela sorria de um jeito que sugeria que seus problemas haviam desaparecido inesperadamente com a chuva.

— Senhorita Reeves! — cumprimentou ela. — Não tenho palavras para expressar como estou comovida. A senhorita e Mary tramaram essa ideia juntas, por acaso?

Effie sabia que devia responder, mas o sorriso iluminado e beatífico no rosto de lady Culver a surpreendeu tanto que ela não conseguiu encontrar as palavras. Lady Culver nunca — nem uma vez em toda a sua vida — havia *sorrido* para ela.

— Lady Culver — cumprimentou Benedict respeitosamente, preenchendo o silêncio repentino. — Fui informado de que a senhorita Reeves caminhou na chuva para pegar de volta este vestido com a senhorita Buckley. Ela acabou de chegar aqui de carruagem, mas, como pode ver, está encharcada e desacompanhada! Seu tutor praticamente a abandonou!

A boca de lady Culver se escancarou de espanto.

— Ora, isso é inadmissível! — afirmou ela, e havia raiva genuína em sua voz. — Nunca ouvi nada parecido! — Ela estreitou os olhos para Effie. — Os homens são mesmo horríveis, não são?

Benedict abriu a boca para protestar, e lady Culver gesticulou para ele.

— Com exceção deste, é claro.

De alguma forma, Effie encontrou forças para falar.

— Sim — concordou ela devagar. — Tudo isso é verdade. Fui deixada na chuva, lady Culver, sem carruagem. Disseram-me que eu tinha apenas uma hora para sair de casa. Tenho certeza de que a pessoa que me mandou embora não se importa nem um pouco com o que acontece comigo… Na verdade, desconfio que ela não se importaria muito se eu tivesse morrido.

Lady Culver balançou a cabeça, incrédula.

— Isso é um absurdo — comentou ela. — Estou indignada por você. Pode ter certeza de que todos que conheço ficarão sabendo disso. Uma dama não deve ser tratada dessa maneira, nunca.

— Talvez — interveio Benedict — a senhorita Reeves possa ficar *conosco* por um tempo, lady Culver. Afinal, não poderíamos abandoná-la na chuva. Se não houver outro quarto preparado, ela poderá ocupar o meu. E eu dormirei em alguma cama qualquer.

Lady Culver zombou da ideia.

— É *lógico* que não vamos abandoná-la na chuva, Benedict — disse ela. — Mas tenho certeza de que os empregados podem preparar um quarto...

— Isso é absolutamente desnecessário — interrompeu Effie. — Por favor, por favor, não peça nada aos empregados. É muito trabalho.

Ela quis dizer isso da maneira mais literal, é claro, pois sabia muito bem como era trabalhoso tornar habitável um cômodo que havia permanecido sem uso por tanto tempo.

Lydia se aproximou de lady Culver e murmurou algo baixinho para ela. A dama assentiu, e a criada desapareceu do Salão Azul.

— Os criados já começaram a preparar um quarto — informou lady Culver. — Por isso, não há como voltar atrás. Ficará conosco até que seu tutor recupere o juízo, senhorita Reeves. E tenho *certeza* de que ele o fará! Será incapaz de aparecer diante de pessoas educadas sem ser lembrado de sua grosseria por todos que ouvirem falar disso.

Effie não respondeu. Como *poderia*? Ela não conseguia deixar de sentir que de alguma maneira havia entrado no mundo das fadas e encontrado uma imagem espelhada da verdadeira lady Culver. Era exatamente como a senhorita Buckley dissera: a generosidade instantânea e instintiva de lady Culver era mesmo um espetáculo. Se Effie não tivesse trabalhado para a mulher por tanto tempo e ouvido tantas palavras amargas e mordazes dela, poderia ter ficado imediatamente encantada por seus modos, convencida de que acabara de fazer uma amiga de virtude impecável para toda a vida.

Outra tosse subiu pela garganta de Effie; ela a soltou com nervosismo, engolindo mais chá para aliviá-la. Benedict estendeu a mão para tocar seu ombro, preocupado.

— Precisa mesmo repousar, senhorita Reeves — sugeriu ele. — Começo a me preocupar com a sua saúde. Minha cama já foi aquecida, ficarei com o outro quarto quando estiver pronto.

— Obrigada — agradeceu Effie em voz baixa. — Estou... assoberbada, devo dizer. Não consigo encontrar palavras para descrever como me sinto sobre tudo isso.

Benedict subiu para retirar alguns dos pertences pessoais de seu quarto. Enquanto isso, lady Culver ficou com Effie, tomando uma xícara de chá.

— Anime-se, senhorita Reeves — soltou ela, num tom encorajador. — Nem tudo está perdido. Eu mesma quase estive na sua posição no passado. Agora olhe para mim: tenho um casamento feliz e um título muito respeitável.

Casamento feliz?, Effie se perguntou. Mas não se atreveu a dizer as palavras em voz alta.

— Preciso admitir, lady Culver — comentou ela —, que não entendo como pode me abrigar em sua casa com tanta facilidade.

Lady Culver suspirou.

— A senhorita me lembra muito eu mesma — replicou ela. — Suponho que, de alguma forma, sinto como se estivesse ajudando outra versão de mim.

Effie assentiu sem emoção. A explicação foi mais reveladora do que lady Culver provavelmente pretendia que fosse. *Ela só me trata como se eu fosse alguém porque acha que sou como ela*, pensou Effie. *O mesmo deve acontecer com todos os nobres, imagino.*

Passado um tempo, Benedict voltou para avisar que havia desocupado o quarto. Ele e lady Culver conduziram Effie ao andar de cima e a acomodaram em uma cama macia e quente com tijolos aquecidos aos pés. Lady Culver ficou observando a uma distância apropriada enquanto Benedict sorria para Effie e estendia a mão para pentear seu cabelo para trás.

— Estou feliz que tenha batido à nossa porta, senhorita Reeves — disse ele. — Eu ficaria com o coração partido se algo lhe acontecesse.

Effie sorriu de volta para ele, involuntariamente.

— Estou surpresa que o senhor não tenha me esquecido no exato momento em que saí de sua vista — admitiu ela.

Benedict franziu a testa.

— Como poderia? — perguntou ele. — Devo lhe contar uma coisa... Pode parecer inacreditável, mas vou dizer mesmo assim. — Ele fez uma pausa para organizar os pensamentos. — Nunca antes eu havia sentido que alguém tivesse me visto de verdade. Não quero dizer que sou invisível, não é isso; mas, quando as pessoas me veem, não sou *eu* quem elas estão vendo. — Ele sorriu com melancolia para Effie. — Foi muito maravilhoso ser visto pela primeira vez. Sempre guardarei esse sentimento comigo.

Effie sentiu uma pontada de anseio no coração com as palavras dele.

— Benedict — chamou lady Culver. Sua voz continha uma sugestão de reprovação afetuosa. — Pare de ser inapropriado e deixe a dama descansar, por favor.

O sorriso de Benedict mostrou desalento. Ele inclinou a cabeça para Effie.

— Boa noite, senhorita Reeves — disse ele.

Então ele e lady Culver deixaram Effie dormir. E, por mais que sua mente girasse com todos os acontecimentos do dia, mesmo assim ela caiu no sono, exausta.

Dezesseis

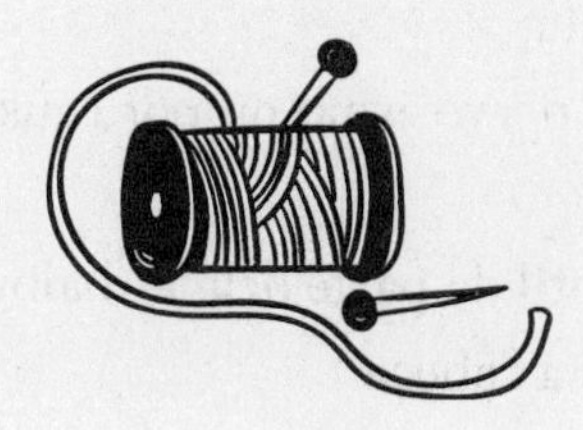

Na manhã seguinte, Effie acordou cedo em uma névoa febril, perguntando-se por que Lydia ainda não a acordara para cuidar das lareiras.

Sua cama era mais macia e quente do que deveria ser. O quarto era maior e menos claustrofóbico. A forte luz do sol vazava pelas extremidades das cortinas, informando-a de que ela havia dormido muito além do esperado.

Enquanto Effie ia se lembrando de sua estranha situação, alguém bateu educadamente à porta do quarto. Ela piscou, confusa, antes de perceber que a pessoa do outro lado estava esperando por sua resposta.

— Hã… — murmurou ela. — Pode entrar!

Lady Culver entrou com delicadeza, vestida com um roupão emprestado. Ela sorriu para Effie.

— Espero que tenha descansado um pouco — comentou ela.

Effie se encolheu instintivamente nos travesseiros, embora não houvesse nenhum indício de animosidade nas feições de lady Culver.

— Acho que descansei, sim — replicou ela. — Desculpe-me.

Lady Culver balançou a cabeça.

— Benedict estava certo — continuou ela. — Não parece bem, senhorita Reeves. É melhor que descanse o máximo possível. Pedi aos empregados que lhe trouxessem comida logo, em vez de fazê-la comer conosco. — Ela se sentou na beirada da cama de Effie, observando-a com curiosidade. — Fui visitar Mary essa manhã para agradecê-la por ter devolvido o vestido. Perguntei como vocês duas se conheceram, mas ela não falou muita coisa, exceto que *se conheciam* e que não diria uma palavra contra a senhorita.

Effie tossiu — se por nervosismo ou por causa da garganta doendo, ela não saberia dizer.

— Isso é... muito gentil da parte dela — balbuciou.

Lady Culver inclinou a cabeça.

— Por acaso tem mais alguma coisa que eu possa conseguir para você, querida? Sempre fico bastante entediada quando sou forçada a ficar de cama.

Desde que se conhecia por gente, Effie nunca havia sido *forçada* a ficar de cama antes. Pessoalmente, ela achava que jamais ousaria reclamar quando lhe dissessem para descansar o quanto quisesse.

— Não consigo pensar em nada — admitiu Effie. — Embora seja generoso de sua parte perguntar.

Effie estendeu a mão para esfregar a garganta, como que para eliminar a dor dentro dela, mas, ao fazê-lo, seus dedos esbarraram na rosa ali, e ela puxou a mão de volta. Logo depois, um pensamento alarmante surgiu em sua mente.

Já passei muitas horas como uma dama, ela refletiu. *Quantos pontos será que devo ao senhor Jubilee?*

— Na verdade, tenho um projeto de bordado que gostaria de terminar — lembrou-se Effie de repente. — Estou certa de que o trouxe comigo.

Lady Culver fez que sim com a cabeça.

— A criada guardou suas coisas em algum lugar — respondeu ela. — Vou pedir a ela que encontre seu bordado. — Ela fez uma pausa. — Benedict deseja vê-la. Eu venho tentando contê-lo por causa da sua saúde, mas ele está muito impaciente quanto a isso. Vou ser sincera: nunca o vi demonstrar tanta afeição por uma mulher. Mas gostaria de lhe garantir que pode dispensá-lo sem nenhum problema, se esse for o seu desejo.

Um arrepio quente se espalhou por Effie com a observação. Apesar de tudo, ela percebeu, havia chamado a atenção de Benedict, afinal. Mas a sugestão de lady Culver a fez franzir a testa.

— E… a senhora *gostaria* que eu o dispensasse, lady Culver? — perguntou ela lentamente. — Sei que prometeu ajudar a senhorita Buckley a cair nas graças dele.

Lady Culver pestanejou.

— Ah — disse ela. — Vejo que as duas conversam *mesmo*. Bem, senhorita Reeves… a verdade é que sempre pensei que Benedict fosse incapaz de sossegar. E ele deixou claro até agora que não tem nenhum interesse por Mary. Eu não acho mesmo que ela será feliz com ele. — Ela refletiu por um instante. — Em geral, eu a aconselharia a ficar longe de Benedict para o próprio bem. Mas ele é um homem tão diferente perto da senhorita que começo a me perguntar se conseguiria conter as tendências menos disciplinadas dele. *Nesse* caso… suponho que todas as partes envolvidas poderiam se beneficiar com a afeição repentina dele.

Esta era, Effie percebeu, a maneira de lady Culver lhe dar sua bênção. A ideia em si era inimaginável.

Não consigo acreditar que esta seja a mesma mulher que fez da minha vida um tormento, pensou Effie. *Houve um tempo em que preferiria me esconder no mundo das fadas para sempre a encará-la outra vez.*

A verdade, porém, era que Effie ainda tinha uma aposta a ganhar, e a aprovação tácita de lady Culver era certamente necessária se Effie desejasse ver Benedict enquanto estivesse hospedada em Hartfield.

— Então, eu não gostaria de dispensar o senhor Benedict — declarou Effie. — Contanto que a senhora não tenha objeções. Ele é uma excelente companhia, e gosto de conversar com ele.

Lady Culver assentiu.

— Vou dizer a ele que poderá visitá-la, então... desde que eu esteja presente, é lógico. Avise-me se ele se tornar um incômodo, e eu o mandarei embora imediatamente.

— Obrigada, lady Culver — disse Effie. — Sua bondade não tem limites.

Ela precisou manter o olhar fixo no travesseiro ao pronunciar essas palavras, mas elas pareceram ter o efeito pretendido, pois lady Culver irradiou alegria durante todo o restante da conversa, até o momento em que enfim se retirou.

Lydia apareceu pouco depois, trazendo consigo o café da manhã e a casaca de lorde Blackthorn. Ela fez uma careta ao ver Effie.

— Você não parece bem — comentou ela. — Com o tempo que passou com George e aquela caminhada na chuva, acho que deve ter pegado o que quer que ele tenha.

Effie abaixou a cabeça e franziu a testa. Seu corpo estava quente e corado, e a coceira em sua garganta tinha rapidamente descido e tomado seu peito.

— Estou recebendo os cuidados mais solícitos possíveis — declarou ela. — Se *estiver* doente, então não poderia pedir acomodações melhores. Mas como está George, Lydia? Eu quero vê-lo, mas estão me vigiando muito de perto!

Lydia não respondeu na hora. Effie olhou para o rosto dela e viu que estava apreensiva.

— Lydia — repetiu Effie. — Como está George?

Lydia suspirou.

— Ele não tá *bem*, obviamente — respondeu ela. — Mas estamos todos fazendo o possível pra que ele não precise trabalhar. Você devia se concentrar em si mesma por enquanto. Prometo que aviso se ele piorar. — Ela colocou o bastidor na mesa ao lado da cama, fitando-o com preocupação. — Ainda pretende terminar isso, mesmo doente?

Effie ergueu a mão para abafar outra tosse.

— Bordar é uma das poucas coisas que *consigo* fazer estando de cama — argumentou ela. — E realmente preciso. Estou muito atrasada nos pontos… porém, o mais importante é que não invocarei lorde Blackthorn até que tenha elaborado um pedido de desculpas adequado para ele. Decidi que vou terminar a casaca dele de uma forma ou de outra.

Lydia assentiu.

— Vou pegar o chá especial da Cookie pra você. Ela tá preparando a mistura pro George o dia todo, então um bule a mais não será um problema. — Ela deu um sorriso fraco. — Mas acho que você não vai querer colocar cascas de laranja no nariz.

Effie engasgou com uma risada.

— Se eu piorar muito, acho que terei que colocar — cedeu ela. — Até porque falei para George que ele também deveria.

Lydia tinha trabalho a fazer, é óbvio — tinha mais trabalho do que nunca, na verdade, uma vez que Effie fora despedida. Effie ficou sozinha com seus bordados durante um tempo. Depois que terminou o café da manhã, porém, ela não retomou imediatamente aos pontos. Em vez disso, fitou a casaca com seriedade, pensando no que deveria bordar nela.

Até agora, Effie vinha bordando seus próprios desejos na peça. E isso fora bom o bastante quando a casaca significava apenas um pagamento. Mas as coisas que ela tinha dito a lorde Blackthorn haviam sido precipitadas e egocêntricas, e Effie sabia que deveria lhe fazer um pedido de desculpas melhor que alguns de seus maiores desejos.

Eu devia pensar nos possíveis desejos do senhor Jubilee, Effie pensou. *Devia bordar os desejos dele nessa casaca, em vez dos meus.*

Mas o que lorde Blackthorn desejaria? Effie mordeu o lábio, pensando no assunto. A resposta óbvia era que ele desejava ser virtuoso, pelo menos de acordo com sua própria definição da palavra. Effie, porém, não tinha a audácia de tentar bordar virtude; só conseguia bordar coisas que ela mesma tinha em abundância, e parecia muito arrogante presumir que possuía virtudes em abundância.

No entanto, lembrou-se do que lady Hollowvale dissera sobre lorde Blackthorn: que o que feérico desejava mesmo era simplesmente *crescer*. Effie sabia que havia crescido bastante, sobretudo nos últimos dias. Ela havia deixado Hartfield e *escolhido* realizar algo por conta própria, e não porque tinham lhe mandado fazer. Havia falado o que pensava a várias pessoas poderosas, ainda que as consequências tivessem sido desastrosas. E havia escolhido fazer magia de propósito, e não por acidente, embora mal entendesse como aquilo funcionava.

Effie pegou a agulha e recomeçou a bordar.

Dessa vez, ela se imaginou como uma árvore, sentindo a luz do sol em suas folhas, desejando crescer cada vez mais na esperança de poder tocar o próprio sol. Ela pensou em como devia ser difícil sentir constantemente que *quase* havia alcançado seu objetivo e ser informada de que, de alguma maneira, vinha crescendo na direção errada o tempo todo.

Mas o senhor pode crescer, pensou Effie. *Já cresceu, na verdade. Só não percebeu isso porque está o tempo todo olhando para o céu, e não para suas raízes.*

Lorde Blackthorn já era uma aberração da melhor espécie. Talvez ele não tivesse ajudado Effie tanto quanto esperava, mas havia tido a *intenção* de ajudá-la, e isso não era pouca coisa. Ele havia se esforçado muito para entendê-la — e, embora talvez tivesse fracassado em ajudá-la a conseguir um marido, ainda trouxera esperança, felicidade e conforto para sua vida, exatamente quando ela mais precisava. *A senhorita é alguém*, ele dissera a ela.

Foi esse mesmíssimo sentimento que Effie enrolou na agulha ao bordar. *O senhor não é uma mesa*, pensou. *O senhor também é alguém. E está crescendo mais depressa do que pensa.*

Effie logo perdeu a noção do tempo enquanto trabalhava. Bordar era cansativo, mas estranhamente terapêutico. Na verdade, ela quase ficou desapontada quando lady Culver voltou com Benedict, forçando-a a deixar o bordado de lado.

— Eu trouxe um livro para a senhorita — disse Benedict a Effie, depois de se acomodar ao lado da cama dela. — Achei que gostaria de ler mais sobre os mestres italianos. Não há imagens, claro, mas este é um dos livros que me inspiraram a querer ver a arte deles, para começo de conversa.

Effie apenas o encarou. Havia uma expressão ávida no rosto de Benedict que a lembrou do cachorrinho da senhorita Buckley. Era nítido que Benedict tinha esperança de que Effie houvesse decidido compartilhar sua paixão pelas artes. O pensamento aqueceu seu coração; era óbvio que ele tinha poucas pessoas com quem conversar sobre o assunto da maneira como gostaria e que depositara certa confiança nela ao mencioná-lo mais uma vez.

Infelizmente, Effie tinha certeza absoluta de que sua habilidade de leitura não estava à altura do livro que ele tinha em mãos.

— Receio estar um pouco cansada para ler um livro desse tipo — declarou ela em voz suave. — Mas, se estiver se sentindo muito generoso, senhor Benedict, poderia lê-lo *para* mim, talvez?

Essa sugestão fez Benedict abrir um sorriso tão largo que Effie o sentiu até os dedos dos pés.

— Não consigo pensar em maneira melhor de passar a tarde — retrucou ele.

Havia certa atmosfera sonhadora na cena como um todo; Effie não conseguiu conter o sono algumas vezes, enquanto Benedict lia para ela em sua voz baixa e expressiva. De vez em quando, ela recuperava os sentidos o suficiente para fazer perguntas sobre o conteúdo, às quais ele respondia com maestria e entusiasmo.

Ela ficou muito envergonhada quando acordou mais tarde, tendo adormecido em algum ponto no meio do capítulo quatro. Mas Benedict voltou naquela noite, depois do jantar, para lhe desejar boa-noite, e Effie soube, pelos seus modos, que ele não tinha ficado chateado com ela.

Mesmo assim, a febre piorou e a tosse ficou mais forte. Ela só conseguiu terminar mais cem pontos naquela noite, antes de dormir. Pela manhã, Effie descobriu que mal conseguia falar, porque sua garganta estava dolorida demais. A ideia de que em breve poderia não ser sequer capaz de chamar lorde Blackthorn a incomodava, então ela continuou bordando durante o café da manhã, sabendo que se sentiria muito mais leve e descansaria bem mais tranquila depois que pedisse desculpas a ele e lhe entregasse a casaca pronta.

Desejo a sua felicidade, pensou Effie desta vez. *E desejo a felicidade de Blackthorn também, pois ela é muito importante para o senhor.*

Na verdade, Effie vinha se concentrando tanto no trabalho que se viu abruptamente perdida quando ficou sem ter o que fazer.

A rosa na parte de trás da casaca estava completa; ela havia acrescentado até um caule rastejante e algumas folhas extravagantes para torná-lo menos austero. O fio feito de desejos reluzia e mudava de cor, tão cheio de esperanças e sonhos profundos que eles não conseguiam ser contidos. Effie tinha tanta certeza de que era a melhor coisa que já havia bordado que quase chorou diante da visão.

Ela cortou o excesso de linho com cuidado, consciente de suas mãos trêmulas. Uma vozinha em sua cabeça insistia que ela deveria arrematar os contornos irregulares com pontos adequados antes de chamar o feérico, mas Effie sabia que seria improvável que tivesse forças para isso até que se recuperasse. *Posso terminar o acabamento mais tarde*, ela pensou. *Já esperei tempo o bastante para me desculpar.*

Effie olhou ao redor do quarto vazio e então limpou a garganta o melhor que pôde.

— Juniper Jubilee! — tentou dizer ela. As palavras saíram num sussurro rouco, junto de uma tosse. — Juniper Jubilee! Juniper Jubilee!

Por um momento, nada aconteceu, e Effie se preocupou com a possibilidade de não ter falado alto o suficiente. Ou pior — e se lorde Blackthorn tivesse ficado ofendido demais para retornar?

Logo, porém, o perfume de rosas silvestres pairou ao seu redor. Effie se perguntou se o aroma estava um pouco mais discreto que o habitual, mas era difícil dizer, considerando que seu nariz e sua garganta estavam muito prejudicados.

— Senhorita Euphemia. — Lorde Blackthorn falou baixinho do outro lado da cama, e ela se virou para olhá-lo. Não havia muita alegria em sua voz no momento. Na verdade, ele parecia triste, ansioso e um pouco abatido. A rosa em seu pescoço havia se fechado quase totalmente em um botão apertado, e seus olhos verdes como folhas não estavam fixos nos dela.

Effie sentiu uma pontada no coração.

— Senhor Jubilee — disse ela, tossindo. — Eu... sinto muito. Eu disse coisas horríveis ao senhor. Gostaria de voltar atrás se pudesse, mas sei que não posso.

Lorde Blackthorn ergueu os olhos enquanto ela falava, e Effie viu um traço de alarme dentro deles.

— Não parece bem — comentou ele. — Tem recebido o suficiente de luz solar?

Effie sorriu, apática.

— Faz alguns dias que estou doente, de cama — respondeu ela com a voz rouca. — Mas não foi por isso que o chamei. Preciso me desculpar, senhor Jubilee. Não vou falar de mais nada. O senhor sempre foi absolutamente gentil comigo e sempre fez o melhor que pôde. O senhor não é uma mesa, entende?

Lorde Blackthorn conseguiu esboçar um sorriso cansado.

— Mas sou *eu* que preciso me desculpar — disse ele em voz suave. — A senhorita estava com muita raiva. E fiquei surpreso... mas não deveria. Tive tempo para pensar e conversei com lady Hollowvale. A senhorita *estava* certa em ficar com raiva, é o que quero dizer. Como poderia não estar? Fez um acordo perigoso, e tornei esse acordo mais difícil. A senhorita tem muito a perder... e eu não tenho nada a perder. Por que o fato de eu ter boas *intenções* deveria importar se sou sempre a causa de problemas terríveis para a senhorita?

Effie pestanejou devagar. Aquelas provavelmente tinham sido as palavras mais sensatas que já tinha ouvido o feérico proferir, por isso foi difícil para ela decidir se de fato *concordava* ou não com elas.

— Eu acreditava mesmo que estava tudo bem — admitiu lorde Blackthorn. — Mas, como a senhorita ficou com raiva, percebi que *não* está tudo bem. Lady Hollowvale me falou que não considero as consequências de minhas ações, que preciso pensar no que acontecerá *amanhã* e no dia seguinte. E, assim, tentei pensar no futuro pela primeira vez.

O feérico pegou um lenço e, ao fazê-lo, Effie viu que alguém havia bordado nele, de forma muito desajeitada, as palavras *Pense no amanhã*.

Effie deu uma risada em meio à tosse. A revelação a tocou profundamente, embora fosse um pouco despropositada.

— Isso é muito inteligente da sua parte, senhor Jubilee — afirmou ela.

Lorde Blackthorn esboçou um sorriso.

— Espero que seja suficiente — comentou ele. — Mas precisa me avisar se eu a aborrecer de novo. Não desejo tornar sua vida mais difícil.

Effie estendeu a mão para pegar a dele.

— Eu vou avisar — prometeu. — Mas também precisa aceitar meu pedido de desculpas, senhor Jubilee. Mesmo que eu tivesse alguma justificativa, fui mais dura do que deveria. E importa, *sim*, que tenha boas intenções. O senhor se esforçou muito para resolver os meus problemas. Não consigo imaginar alguém como lady Culver descendo até o subsolo e perguntando como poderia me ajudar.

Lorde Blackthorn fechou os dedos em torno dos dela. A rosa em seu pescoço se abriu um pouquinho, como se movida por esperança.

— Eu queria me desculpar da maneira apropriada — disse Effie. — Sei que não posso lhe dar um presente de verdade, então terminei sua casaca mais cedo. Prometo que farei o acabamento assim que me sentir melhor.

Ela desdobrou a peça que estava no colo e a mostrou ao feérico. Lorde Blackthorn a fitou por um longo momento, e ela não foi capaz de interpretar sua reação, mas, quando ele soltou a mão dela para pegar a casaca, seus olhos faiscaram de assombro.

— Nunca vi nada parecido — sussurrou ele. — Ora… acho que deve ser a coisa mais linda que já vi.

Effie corou de orgulho e embaraço.

— Torci para que o senhor gostasse — revelou ela timidamente. — Queria que soubesse que o considero muito, senhor Jubilee. Por mais que tenha causado problemas, o senhor também tornou minha vida muito melhor com sua presença. Gosto da sua companhia, do seu bom humor e da sua recusa em desistir. Não sei se isso é o que o senhor chamaria de virtuoso, mas é importante para *mim*.

Lorde Blackthorn piscou para Effie como se ela tivesse dado uma pancada na cabeça dele. Na verdade, por mais absorto que estivesse pela casaca, ele ficou totalmente perturbado com a declaração de Effie.

— Ah — soltou ele. — Eu… eu também lhe tenho muita estima, senhorita Euphemia. Na verdade, sempre tive.

Effie sorriu novamente.

— Eu sei — retrucou ela. — O senhor já disse isso. E o senhor nunca mente.

Lorde Blackthorn hesitou. A rosa em seu pescoço havia desabrochado de novo, mas ainda parecia que estava com dificuldade para dizer alguma coisa.

Uma batida educada na porta os interrompeu.

— Senhorita Reeves? — A voz de Benedict soou. — Eu esperava ter uma conversa… hã… a sós com a senhorita. Entendo se preferir de outra maneira.

A sós?, Effie se perguntou. Isso sem dúvida era inapropriado. Havia um número limitado de circunstâncias sob as quais um homem poderia falar sozinho com uma mulher. Mas ela não era uma dama *de verdade*, então respondeu:

— Pode entrar. Embora eu não esteja… hã… exatamente a sós.

Benedict abriu a porta. Estava vestido com um capricho surpreendente para um homem que ainda estava em casa; usava o belo colete dourado que ela já o tinha visto usar antes, e o lenço de pescoço estava arrumado de uma maneira mais elegante que a habitual. Ele olhou de Effie para lorde Blackthorn, e Effie viu seu olhar se anuviar um pouco.

— Ah! — exclamou Benedict, com um toque de irritação confusa. — Que atrevimento da sua parte, senhor! Imagino que finalmente tenha se sentido envergonhado o bastante para vir buscar sua pupila.

Lorde Blackthorn só fez piscar.

— Não entendi muito bem o que quis dizer — retrucou ele.

Effie sabia que o feérico não estava acostumado a provocar uma reação dessas, dada a frequência com que as pessoas ignoravam as complexidades de sua existência.

— Bem, não precisa se preocupar, de qualquer maneira — informou Benedict enquanto caminhava em direção à cama. — Eu o chamaria para um duelo, mas a senhorita Reeves deixou claro que se opõe. Em vez disso, vou tirá-la de suas mãos.

Benedict pegou a mão de Effie e se ajoelhou ao lado da cama.

— Estas são as palavras que eu pretendia dizer, em todo caso — disse a ela, sério. — Duvido que algum dia eu encontre outra mulher que combine tão perfeitamente comigo. Começo a me preocupar com a possibilidade de que, se não fizer um pedido, a senhorita desapareça. — Ele encontrou os olhos dela, e o coração de Effie palpitou com a afeição declarada que viu em seu olhar. — Por favor, diga que aceita se casar comigo, senhorita Reeves.

Effie moveu a boca sem emitir som por um momento. Por fim, ela encontrou fiapo de voz rouca.

— Eu... eu adoraria me casar com o senhor — respondeu ela. — Mas... — Uma lembrança terrível da insistência da senhorita Buckley voltou à sua mente, e Effie sentiu uma pontada de medo. Como poderia se casar com um homem enquanto ele a considerava melhor do que ela era de fato? — Não sou uma dama — admitiu ela. — Não tenho dinheiro nem posição social.

Benedict balançou a cabeça.

— Não estou interessado nem em dinheiro nem em posição social — rebateu ele. — Eu me apaixonei pela senhorita por outros motivos... e continuei apaixonado, mesmo quando apareceu na nossa porta sem um tutor nem um centavo no bolso. Sei que minha vida será muito monótona e parada daqui em diante, agora que devo sossegar e ficar na Inglaterra... mas acho que conseguiria suportar tudo isso se a senhorita estivesse ao meu lado.

Effie sorriu feliz, e, por um momento, nem mesmo seus pulmões doloridos pareceram incomodá-la.

— Então me casarei com o senhor — afirmou ela. — Com a única condição de que me conceda a dança que me prometeu.

Benedict riu de alívio.

— Aceito essa condição, senhorita Reeves — replicou ele. — Pode ter certeza de que terá um anel no dedo no exato momento em que eu puder levá-la a um baile digno. — Benedict olhou para lorde Blackthorn. — A menos, é lógico, que seu tutor se oponha. — Seu tom deixava evidente que ele estava preparado para contestar, caso lorde Blackthorn dificultasse as coisas.

Lorde Blackthorn aparentava, se é que era possível, estar ainda mais perplexo que Effie com a reviravolta. Ele olhou de Effie para Benedict, piscando muito rapidamente.

— Bem, eu... — Ele franziu a testa e segurou com mais força a casaca que tinha nas mãos. — Isto é, eu... Claro. Minha maior preocupação é a felicidade da senhorita Euphemia. Ela pode se casar ou não com quem quiser.

O feérico soou menos assertivo do que Effie esperava. Ela queria muito perguntar a ele qual era o problema, mas não podia fazê-lo com Benedict no quarto.

— Temos que garantir que a senhorita descanse, então — afirmou Benedict, com um olhar carinhoso que roubou a atenção de Effie. — Informarei lady Culver de que temos um casamento para planejar.

Dezessete

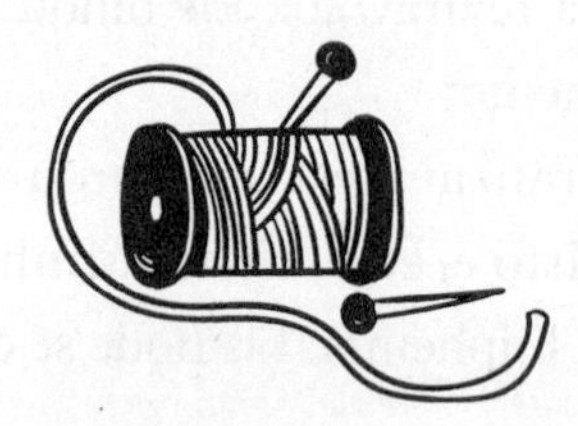

Effie não teve oportunidade de falar de novo com lorde Blackthorn. As horas seguintes foram um turbilhão de sorrisos e felicitações; ela ficou especialmente desconcertada quando recebeu uma visita paternal de lorde Culver, que lhe deu um tapinha na mão e lhe agradeceu por tornar seu irmão mais novo quase respeitável. Em meio a todo o caos, lorde Blackthorn de repente sumiu.

Mais tarde, porém, a indisposição de Effie a sobrepujou, e lady Culver enxotou o restante da família para lhe dar um pouco de espaço.

— Eu *estou* feliz que Benedict tenha feito o pedido — declarou lady Culver, com um suspiro. — Mas que irresponsabilidade agitá-la enquanto ainda está doente! Teremos que chamar um médico para a senhorita depois dessa proeza dele.

Effie tentou responder, mas dessa vez tossiu tanto que ficou com falta de ar. Lady Culver alisou o cabelo de Effie, colocando-o para trás, e a acomodou na cama.

— Não se preocupe, querida — assegurou a outra mulher. — Cuidarei de todos os preparativos. Eu já esperava ter que organizar o casamento de Benedict, de toda forma. Por ora, cuide da sua saúde.

Lady Culver então saiu do quarto, mas devia ter solicitado ajuda extra, porque Lydia logo apareceu em seu lugar, trazendo mais tijolos quentes para a cama de Effie.

— Não tô gostando de nada disso — soltou Lydia a Effie, séria, enquanto colocava os tijolos no lugar. — Acima de tudo, achei que você fosse sensata demais pra se casar com aquele engomadinho, Effie.

— O que...? — Effie começou a tossir de novo. — O que está querendo dizer?

Lydia bateu em seu braço.

— Pare de falar — ordenou ela. — Nunca vi você e George tão mal. É melhor poupar o fôlego antes que eu vá buscar aquelas cascas de laranja. — Ela fez uma pausa. — Eu *quis dizer* que você ficou tão obcecada pelo senhor Benedict que deixou de enxergar o óbvio. Mas isso não é da minha conta, eu acho. Você vai fazer o que a deixa feliz.

Lydia fechou as cortinas, preparando o quarto para a noite.

— Lorde Blackthorn me contou que você pode ficar com o feitiço, porque ganhou sua aposta. Você é uma dama agora, Effie. Lady Culver já tá falando que precisaremos de um baile de noivado.

Effie empalideceu.

— Eu...

Lydia lhe lançou um olhar de advertência, e Effie voltou a fechar a boca, encolhendo-se contra o travesseiro.

Eu pedi uma dança, pensou Effie. *Mas não quis dizer que deveríamos ter outro baile em Hartfield! Lydia deve estar furiosa comigo, uma vez que há poucos empregados.*

O restante das palavras de Lydia finalmente penetrou em sua mente, e Effie arregalou os olhos.

— Lorde Blackthorn foi embora? — ela conseguiu dizer, sem fôlego.

Lydia revirou os olhos.

— É lógico que foi — respondeu ela. — Você ganhou a aposta, ele conseguiu a casaca e você tá prestes a se casar. Eu também não ficaria por aqui se fosse ele.

— Não terminei a casaca dele — murmurou Effie baixinho. — O bordado está sem acabamento.

Lydia deu de ombros.

— Também achei estranho — admitiu ela. — Mas lorde Blackthorn disse que pretendia ser sempre uma pessoa inacabada, por isso gostou do lembrete.

A outra criada serviu para Effie uma xícara de chá com cheiro horrível.

— Beba. Dias difíceis estão por vir, Effie. A senhora Sedgewick tá recuperada e se tornou um dragão em forma de gente. — Lydia sorriu de um jeito estranho. — Espero que não esteja muito apegada a esse baile de noivado. Gosto de pensar que conheço você, então presumo que não esteja.

Effie assentiu lentamente para confirmar.

— Ótimo! — exclamou Lydia. — Porque ele pode não acontecer. Teremos que ver o nível de sensatez da família no dia.

Lydia saiu muito antes de Effie ter fôlego para perguntar o que exatamente ela queria dizer.

Os dias seguintes foram *mesmo* difíceis, mas apenas porque Effie não era capaz de diferenciá-los muito bem. Ela acordava tonta e péssima, mal conseguindo respirar e sem saber que horas eram. Em certo momento, teve a vaga consciência de um homem parado ao lado de sua cama, falando de maneira autoritária; ele verificou seu pulso e examinou sua boca, e ela percebeu que devia ser o médico que lady Culver havia chamado.

— ... difícil dizer — informou ele a lady Culver enquanto Effie fechava os olhos de novo. — Já vi alguns casos dessa tosse em particular... principalmente entre empregados, na verdade, mas ela pode ter contraído de um deles.

— Com isso o senhor quer dizer que não estaríamos nesse caos se algum empregado tivesse sido mais responsável — concluiu lady Culver com óbvia irritação. — Bem, trataremos disso, de qualquer maneira. O que o senhor recomenda?

Contudo, Effie não ouviu o que o médico recomendou. Em vez disso, abriu os olhos e percebeu que já era noite novamente e que, de alguma maneira, ela havia dormido o dia inteiro.

Foi o perfume de rosas que a acordou, ela entendeu um momento depois, pois lorde Blackthorn tinha se sentado na beirada da cama para segurar sua mão.

Effie mal conseguia enxergar o verde dos olhos dele na escuridão. Mas o calor dos seus dedos era como a luz do sol, e ela agarrou a mão dele.

— O senhor está aqui — murmurou ela, vagamente. — Estou tão feliz que esteja aqui.

Lorde Blackthorn apertou a mão dela.

— Estou, claro — disse ele com delicadeza. — Ando preocupado com sua saúde. Perguntei a Blackthorn o que deveria fazer. Ela lhe desejou melhoras. Espero que isto seja suficiente.

Effie não entendeu direito o que o feérico quis dizer, mas ele logo colocou uma xícara de chá quente em sua mão, e ela baixou o olhar para a bebida, confusa. O chá era escuro e pungente, e não tinha o cheiro de nada que Cookie tivesse preparado antes. Em vez disso, cheirava a folhas molhadas, raízes profundas e musgos verdes escorregadios.

Era óbvio que lorde Blackthorn queria que ela bebesse o conteúdo da xícara, mas Effie franziu a testa, preocupada.

— Mas George... — murmurou ela. — Ele está pior que eu, acho que...

— O senhor Reeves está se recuperando — informou lorde Blackthorn. Um tom estranho transbordava de sua voz. — É possível que eu tenha esquecido outra xícara de chá ao lado da cama dele. E, bem, seu irmão pode tê-la confundido com o chá *dele*. Não posso culpá-lo por isso, afinal fui eu quem a deixou lá.

Effie piscou para conter as lágrimas que brotaram de repente. Ela estivera convencida de que lorde Blackthorn havia ficado ofendido ou chateado por algo que ela havia feito — ou então que ele havia desaparecido para sempre depois que o acordo deles estava concluído —, mas, na verdade, ele estava procurando uma maneira de ajudar a ela e a seu irmão.

— Como posso retribuir? — sussurrou ela.

Lorde Blackthorn apertou de novo a mão dela em volta da xícara. Seus dedos permaneceram sobre os dela.

— Aceitarei a sua felicidade, senhorita Euphemia — declarou ele. — Hum… não quero dizer que desejo *possuir* sua felicidade. Mas eu gostaria que a senhorita *fosse* feliz. Espero que seja um preço justo a pagar.

Effie piscou os olhos com as pálpebras pesadas.

— Não me parece um acordo muito justo — murmurou. — Eu não quero tapear o senhor.

Lorde Blackthorn desviou o olhar dela.

— É um preço justo para *mim* — afirmou ele. — Considero a sua felicidade muito valiosa, na verdade. Portanto, bastará.

Effie levou a xícara aos lábios e engoliu o máximo que pôde do chá. O sabor era forte, mas não desagradável; na verdade, tinha gosto de madeira e rosas. Foi um alívio instantâneo para sua garganta dolorida, e ela relaxou com um suspiro.

O calor do chá tomou conta de seu corpo, e ela logo se viu piscando de novo, cansada.

— Está chateado com alguma coisa, senhor Jubilee? — perguntou ela, com pensamentos confusos.

Lorde Blackthorn apenas a encarou.

— Que pergunta estranha — comentou ele. — Por que eu deveria estar chateado? Certamente não estou… — Ele se interrompeu e franziu a testa. — Quero dizer, estou bastante…

O feérico caiu em um silêncio desconfortável.

Ele não pode mentir, pensou Effie. *Está chateado com alguma coisa.*

No entanto, a mente dela ia ficando cada vez mais distante, e não conseguia se concentrar muito bem no problema. Queria perguntar se havia algo que pudesse fazer para ajudar.

Mas o calor vaporoso do chá a dominou, e ela caiu num sono muito profundo e reparador.

Effie acordou na manhã seguinte sentindo-se quase normal. A primeira coisa que fez foi sair da cama que ela tinha passado a associar àquela doença terrível. Pôs o vestido e tocou uma campainha, com um pouco de culpa, esperando que Lydia fosse a criada a atender.

Por sorte, Lydia *de fato* apareceu logo — e com um bom humor jamais visto antes. Effie ficou bastante confusa, uma vez que os criados deviam estar mais sobrecarregados do que nunca, mas ela estava preocupada demais com o irmão para perder tempo perguntando sobre isso.

— George também deve estar melhor esta manhã, não é? — perguntou Effie, esperançosa.

Lydia cantarolava alegremente enquanto tirava os lençóis molhados de suor da cama de Effie.

— George tá *muito* bem — contou ela. — Ainda não tá indo pra cima e pra baixo por aí… mas não vejo por que ele se esforçaria, de qualquer jeito, mesmo que pudesse. Esta manhã lady Culver pediu ao senhor Allen que o dispensasse.

Effie arregalou os olhos.

— O quê? — questionou. — Mas lady Culver está com o vestido! Ela não *precisa* demitir mais empregados! E, certamente, o senhor Allen informou a ela que não podemos dar conta de tudo mesmo que seja com apenas um criado a menos…

— Não se preocupe com isso — tranquilizou-a Lydia. Havia um toque de alegria em seu tom. — Estamos todos de saco cheio de Sua Senhoria, Effie. Muitos de nós já estávamos falando sobre fazer alguma coisa… mas agora ela foi lá e terminou de cavar a própria cova. Depois que ela dispensou George, os últimos resistentes caíram em si. Todo mundo está com tanta raiva, Effie, que você não tem ideia… e isso é *maravilhoso.*

Effie apenas a encarava.

— Mas… o que isso *significa*, Lydia? — indagou ela. — Ficar com raiva não vai mudar o fato de ela ter tanto poder sobre nós.

Lydia riu.

— Eu juro — prosseguiu ela — que vou garantir que você esteja presente quando acontecer. Mas tenho certeza de que vai querer ver George, e acho que pode fazer isso agora. Sei que lorde Culver *disse* que você deveria ir embora e nunca mais voltar, mas estão todos tão chateados com a família no momento que concordaram em fazer vista grossa caso você queira visitar seu irmão.

As palavras diminuíram outra pressão terrível que Effie vinha carregando no peito, e ela suspirou de alívio.

— Estou surpresa que a senhora Sedgewick tenha permitido isso — admitiu ela. — Nunca a vi flexibilizar as regras, ainda mais quando alguém da família pediu algo especificamente.

Lydia bufou.

— Ela tá flexibilizando muitas regras nos últimos tempos — informou ela. — Você não vai acreditar, Effie... é como se ela fosse ainda mais senhora Sedgewick do que o normal, só que direcionou todo o jeitinho dela pra família. Sendo bem sincera, eu até que *gosto* dessa versão dela.

Lydia saiu para verificar se o corredor estava livre antes de conduzir Effie escada abaixo em direção à porta de baeta verde. No momento em que entraram nos corredores dos criados, Effie removeu cuidadosamente o feitiço do pescoço. Depois de usá-lo por tantos dias, ela achava sua ausência muito esquisita.

Mais esquisita ainda era a atmosfera geral no subsolo. Effie estava acostumada a se sentir presa e atormentada nos corredores estreitos; naquele dia, porém, todos os empregados por quem passavam exibiam uma expressão animada. Effie ficou surpresa quando passaram pela camareira de lady Culver, Prudence, que acenou para elas. Em geral, Prudence não teria dado a mínima para Effie *ou* Lydia, pois era uma criada pessoal e, portanto, muito mais refinada que elas; mas, dessa vez, Prudence dirigiu a cada uma delas um sorriso enigmático, e seus olhos faiscaram com camaradagem, como se todas as três compartilhassem algum tipo de segredo empolgante.

Effie percebeu um momento depois que, quando Lydia dissera que todos estavam com raiva, ela de fato se referia a *todos*.

— Até Prudence está aborrecida? — perguntou Effie em voz baixa a Lydia. — Mas nunca remendei nenhuma das roupas dela... e lady Culver a trata melhor que todos nós!

Lydia deu de ombros.

— Prudence era uma das últimas resistentes — explicou ela. — Mas, depois da demissão de George, todos sabem que podem ser os próximos. E se Prudence ficar doente? Lady Culver provavelmente não se lembrará de quanto gosta da camareira se ela ficar de cama e fora da vista por muito tempo.

Effie arregalou os olhos.

— E o senhor Allen? — indagou ela.

Lydia nem precisou responder a essa pergunta, pois, ao passarem pelo salão dos empregados, Effie viu a governanta e o mordomo sentados à mesa lá dentro. Enquanto ela observava, o senhor Allen disse algo que fez a senhora Sedgewick *dar risada.*

Effie parou para olhar.

— Meu Deus! — exclamou ela. — Eles estão se dando bem?

— Feito melhores amigos — confirmou Lydia. — Estamos todos do mesmo lado agora, Effie. Vínhamos brigando uns com os outros por achar que não podíamos fazer nada quanto a nossos problemas *reais*... mas não é mais assim. O senhor Allen disse pra senhora Sedgewick que nos ajudaria a elaborar um plano. Por ter trabalhado na cidade, ele já ouviu todo tipo de histórias sobre empregados revoltados e os problemas que eles causam. Ela tem sido gentil com ele desde então, dizendo como somos sortudos por ter um profissional como ele entre nós.

O senhor Allen avistou Effie então, por cima do ombro da governanta. O sorriso do mordomo se alargou por um instante, e ele deu uma *piscadinha* para ela.

— Sinto como se tivesse entrado no mundo das fadas outra vez — comentou Effie, em um tom baixo. — Todo mundo está tão diferente, Lydia. Está quase *agradável* aqui embaixo. Não entendo como isso é possível... Pensei que minha praga tivesse deixado todo mundo com raiva demais para ser simpático.

— Ah, estamos com raiva — assegurou Lydia. — Mas estamos todos com raiva ao mesmo tempo e voltados para o mesmo alvo! É engraçado como isso torna tudo mais agradável, né? — Ela sorriu para Effie, serena. — De qualquer forma, não se engane; em breve seremos bastante desagradáveis com *algumas* pessoas. Mas, agora, vamos ver George.

Ao chegarem à porta de George, Effie bateu de leve.

— George? — perguntou ela. — Sou eu, Effie. Você está minimamente decente?

— Tô completamente vestido! — gritou George de dentro. Sua voz tinha um tom forte e alegre. — Entra!

Effie abriu a porta — e ficou sem reação.

George estava mesmo acordado e vestido. Parecia cheio de saúde, na verdade, mas havia se acomodado preguiçosamente na cama com uma expressão despreocupada no rosto. Segurava um dos livros da biblioteca de lorde Culver, embora Effie soubesse que ele tinha o mesmo nível de educação que ela.

— Você parece... muito bem! — balbuciou Effie. — Quando Lydia me contou que havia sido demitido, pensei que estaria... hum...

— Irritado? — indagou George. — Sabe, eu devia estar mesmo. Mas eu não ia ficar por aqui de qualquer maneira, depois do que aconteceu com você e lorde Culver. Imagine só! Servir aquele pavão sempre pensando em como ele quase atacou você! — Ele balançou a cabeça. — Vou com Lydia pedir emprego ao senhor Jesson. Vou me oferecer pra fazer o trabalho de uma criada e receber o salário de uma criada, se for necessário. Até lá, não preciso fazer nada que não queira.

Effie conseguiu dar um sorriso ao ouvir isso. Ela se afastou da porta e se jogou na cama para abraçar o irmão.

— Estou tão feliz que esteja se sentindo melhor! — disse ela.

George deu um tapinha carinhoso na cabeça dela.

— Lydia disse que você também conseguiu um emprego melhor! Que bom pra você, Effie... esse seu sotaque já tá dando frutos! Vou ficar triste por não ver você com tanta frequência, mas acho bom mandar cartas, pelo menos.

O sorriso de Effie se tornou constrangido. O *que* ela escreveria nas cartas para George quando se casasse? Precisaria mentir para ele sobre sua vida de agora em diante? Com certeza ele jamais acreditaria.

— Vou mandar cartas, é claro — prometeu Effie, embora ainda não tivesse certeza do que exatamente elas iam conter. De repente, ficou muito ciente de que esta poderia ser a última vez que veria seu irmão em muito tempo. — Por que não me conta o que tem lido?

George olhou para o livro na mão.

— Ah, isto? — perguntou ele. — É algo sobre a queda de Roma, eu acho. Não consigo ler metade das palavras, mas é divertido tentar mesmo assim.

O semblante de Effie se iluminou.

— Tenho aprendido muito sobre Roma ultimamente — compartilhou ela, entusiasmada. — O meu... novo empregador gosta muito do assunto e fala a respeito disso com frequência.

George passou o braço em volta dos ombros dela.

— Conte tudo ao seu irmão mais velho — sugeriu ele. — Afinal, temos tempo.

Lydia logo teve que deixá-los, por conta da quantidade de trabalho na casa, mas Effie e George conversaram por mais uma hora, pelo menos. Effie sabia que não deveria se demorar tanto — sem dúvida alguém da família procuraria pela dama que havia desaparecido do quarto —, mas o tempo com o irmão era um bem tão raro que ela não podia desperdiçá-lo.

Mais tarde, porém, ela se convenceu a deixá-lo com seu livro, com um último abraço bem apertado.

Effie pôs o feitiço de volta cuidadosamente ao sair dos corredores dos empregados, cruzando a porta de baeta verde. Ela começou a retornar para o quarto, mas, no meio do caminho, ouviu vozes tensas que chegavam até ela pela entrada. Effie parou ao lado da porta do subsolo, ocultada pelo corredor.

— ... uma *pequena* festa de noivado, Benedict — dizia lady Culver. — Não temos verba para mais que isso. Tive que comprar um vestido melhor para o evento, e já estamos bastante apertados.

Lady Culver estava parada não muito longe da porta, com os braços cruzados e a expressão sombria pelo desgosto. Usava o antigo vestido de Effie de novo, uma vez que não ainda tinha mais nada disponível no guarda-roupa.

Benedict tinha acabado de chegar da rua; enquanto Effie observava, ele descalçou com cuidado as botas enlameadas à porta mais uma vez. O cabelo estava embaraçado de um jeito atraente, e as bochechas estavam coradas pelo ar fresco da primavera; olhando para ele, ocorreu-lhe que muito em breve ele seria seu *marido*. O pensamento despertou uma onda de emoções estranhas e conflitantes dentro de Effie, e ela parou para analisá-las, aturdida.

— Não entendo — rebateu Benedict. — Thomas concordou…

— Thomas não cuida das nossas finanças! — retrucou lady Culver abruptamente. — Ele diz sim para tudo o que lhe agrada, Benedict, e, depois, pede a *mim* que dê um jeito de fazer acontecer. Estou lhe dizendo, não importa o que Thomas lhe disse, que não temos os recursos.

Benedict franziu a testa, oscilando entre a confusão e a preocupação.

— Tenho certeza de que alguma coisa pode ser feita — insistiu ele. — Não pode ser *tão* ruim assim.

Os olhos de lady Culver faiscaram de raiva.

— Isso é bem típico de você — sibilou ela. — Tem ideia de quanto nos custou sua excursãozinha pela Europa, Benedict? Mesmo assim, quando nos avisou que tinha ido até Roma em vez de voltar para casa, Thomas *insistiu* em lhe enviar mais dinheiro. Você achou que o dinheiro apareceria do nada? Porque com certeza não foi o que aconteceu. Ele veio da manutenção da nossa casa, Benedict. Veio dos nossos empregados, do meu guarda-roupa e dos jardineiros! Tive que dispensar bons criados para compensar seu desvio de rota!

O coração de Effie congelou no peito. Ela olhou para o rosto de Benedict, esperando ver algum indício de que lady Culver estivesse exagerando. Mas a expressão do seu futuro marido não era nem de surpresa nem de arrependimento — era, em vez disso, vagamente aborrecida.

— Eu estava muito perto de ver coisas com que sonhava desde criança — justificou Benedict. — E nós dois sabemos que nunca mais terei a chance de chegar tão perto. Agora que estou em casa, Thomas espera que eu me case, sossegue e ignore qualquer sugestão de aventura até o dia da minha morte. E farei isso, pois é meu dever... mas não vou me desculpar por ter realizado esse único sonho antes!

Lady Culver ergueu as mãos.

— Você teve sua aventura, Benedict — disse ela. — Mas pagamos muito caro por ela, de fato, e, por isso, você não terá o baile de noivado que almejava. Se pretende sossegar, como Thomas espera, então é melhor começar *agora*. Você terá um baile, mas será modesto. Deus sabe que terei que organizar tudo por conta própria, como sempre.

Benedict balançou a cabeça, incrédulo.

— Como quiser — retrucou ele. — Mas *você* terá que explicar a situação para Euphemia. Não farei isso por você.

Lady Culver suspirou.

— Aquela menina já está feliz demais por não ter a reputação arruinada, Benedict — declarou ela. — O tutor a abandonou, e ela está hospedada em uma casa com um pretendente sem ninguém para acompanhá-la, exceto a cunhada dele. Eu adoraria dar a ela uma festa decente antes de ela se mudar com você para o chalé. Mas me contento em saber que a história dela tem um final relativamente feliz. — Ela se virou na direção da escada. — Agora, se me der licença... já enviei os convites, então não tenho muito tempo a perder.

Effie a observou subir em um silêncio chocado.

Benedict balançou a cabeça mais uma vez, passando os dedos pelos cabelos. A conversa não o havia estressado tanto quanto a lady Culver, entretanto, e, assim, ele logo afastou a decepção e começou a subir a escada também.

Effie sabia que ele estava indo para o quarto *dela*. Por mais abalada que estivesse com o diálogo que entreouvira, ela sabia que não havia como adiar o óbvio — ele logo encontraria o quarto vazio e começaria a procurá-la pela casa.

— Benedict — chamou ela.

A voz dela ainda estava um pouco rouca, mas Benedict se virou ao ouvi-la chamando. Seu rosto se abriu em um sorriso quando a avistou, e ele rapidamente cruzou a distância entre os dois, pegando as mãos de Effie.

— Aí está a senhorita! — exclamou Benedict. — Praticamente curada! Admito que estava cético, mas aquele médico fez por merecer seus honorários!

Effie o encarou. Por mais que desejasse com todas as forças, não conseguia expulsar a lembrança da indiferença de Benedict quando lady Culver lhe contara que havia demitido pessoas para compensar o rombo provocado por suas viagens. A expressão sonhadora no rosto dele ao descrever obras de arte antigas; o som suave e baixo de sua voz ao ler para ela sobre os mestres italianos; a agradável fantasia que ela tivera de caminhar pelas ruas de Roma com ele — tudo isso estava irrevogavelmente maculado. Ela não conseguia deixar de pensar no jeito cansado como se arrastava para fora da cama todas as manhãs, temendo mais um dia de vida em Hartfield. Effie se lembrava da maneira esbaforida como todos haviam tentado dar conta da falta de mão de obra de lady Culver... e da tosse que seu irmão tinha contraído por não conseguir dormir o suficiente.

Benedict franziu a testa para ela com uma preocupação repentina e pousou as mãos com suavidade nos ombros dela.

— Talvez não esteja *tão* bem assim — ponderou ele, preocupado. — Está um pouco pálida. Venha... vamos levá-la de volta para a cama.

Effie se libertou de seu toque antes que pudesse se conter.

— A sua viagem para Roma... — começou ela com a voz rouca. — Tem ideia de como os empregados daqui sofreram por causa disso, Benedict?

Ele não reagiu, confuso. Isso obviamente não estava em nenhum lugar na lista das coisas que esperava ouvir de Effie.

— Entendo sua preocupação — disse ele devagar. — Mas não deve dar ouvidos a lady Culver. Ela entra nesse estado de espírito, Euphemia, em que culpa tudo e todos, menos ela mesma. Não sou a única pessoa da família que gastou uma boa quantia de dinheiro. Thomas com frequência se esbalda com importações caras da França. Edmund tem... bom, não vamos falar do que ele tem, pois seria falta de educação. Digamos apenas que ele comprou uma infinidade de presentes para uma viúva. E lady Culver, é claro... ela deve comprar vestidos novos o tempo todo. Deve ser um tormento terrível para ela usar a mesma coisa todos os dias.

Effie respirou fundo, tentando se acalmar, mas havia uma raiva dentro dela que não seria renegada, por mais que tentasse.

— *Ciranda, cirandinha* — murmurou ela para si mesma. — *Vamos todos cirandar...*

— Hã? — disse Benedict. — Me desculpe, não consigo compreendê-la. O que estava dizendo?

Effie explodiu.

— Todos vocês são culpados! — gritou ela. — Todos vocês, Benedict! Que diferença faz para quem foi demitido o fato de todos os outros membros da família também gastarem demais? Cada vez que um de vocês cometeu um erro com as finanças, foram os *empregados* que pagaram o preço, e não vocês. — Ela puxou o ar, trêmula. — Se tivesse demonstrado um pingo de remorso, então talvez fosse diferente... mas está evidente que pensar em nós não vale um segundo do seu tempo!

Benedict deu um passo para trás, perplexo. A confusão em seu rosto estava misturada com alarme; a situação saíra tão rapidamente de seu controle que ele não sabia o que fazer.

Effie engoliu em seco.

— Não posso me casar com um homem que se importa tão pouco comigo — declarou ela. — Não posso *amar* um homem assim.

Benedict ficou boquiaberto com a declaração dela.

— Não entendo nada do que está falando — começou ele, cauteloso. — Mas, Euphemia, a senhorita ficará arruinada se cancelar esse casamento...

— Não haverá casamento — anunciou Effie, ríspida. — Eu disse que teria que dançar comigo antes de eu aceitar sua proposta, senhor Benedict. Nós não dançamos; e, agora, nunca dançaremos. — Ela balançou a cabeça. — Vou pegar minhas coisas e ir embora. Tenho um lugar me esperando em Blackthorn, embora seja dolorosamente modesto. Pelo menos lá terei um patrão que respeito.

Effie subiu a escada e correu para o seu quarto. Ela ouviu os passos de Benedict atrás de si, mas se trancou dentro do cômodo e se apoiou na porta.

— Juniper Jubilee! — exclamou ela, rapidamente, ofegante. — Juniper Jubilee! Juniper Jubilee! Desisti da nossa aposta! O senhor precisa me levar para Blackthorn agora mesmo!

Effie esperou ansiosa que o perfume de rosas silvestres invadisse o ambiente... mas o ar permaneceu bolorento e *normal*, como se a desafiasse, e nenhum feérico apareceu para levá-la.

Lorde Blackthorn não a tinha escutado — ou então simplesmente não viria.

Dezoito

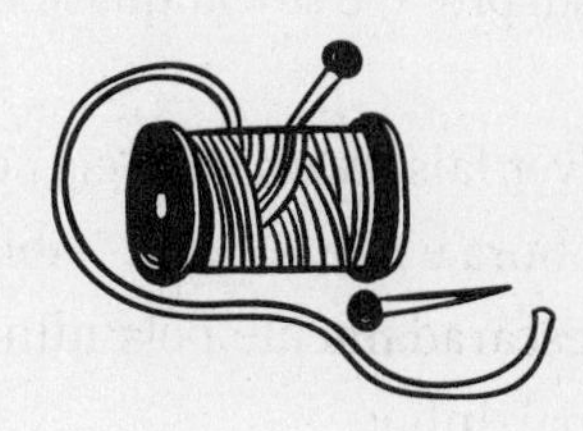

— Euphemia.

A voz de Benedict veio do outro lado da porta do quarto, ao mesmo tempo sofrida e dolorosamente racional.

— Não sei o que aconteceu — prosseguiu ele. — Mas, seja o que for, tenho certeza de que podemos conversar sobre o assunto.

Effie fechou os olhos. *Como posso discutir o fato de que o senhor e sua família fizeram minha família e eu trabalharmos quase até a morte por causa de Roma, de vestidos e de importados franceses sofisticados?*, perguntou-se ela. *Como eu poderia me conformar com esse tipo de crueldade indiferente?*

Sob nenhuma circunstância ela poderia se imaginar tendo uma conversa *racional* com Benedict sobre o assunto.

Effie buscou o feitiço em seu pescoço e o soltou com cuidado.

Benedict pestanejou quando ela abriu a porta. Sua testa se franziu, e ele olhou para além de Effie em busca da mulher que estivera perseguindo.

— Desculpe-me — disse ele com seriedade. — Preciso falar com Euphemia.

Effie balançou a cabeça para ele.

— Euphemia não deseja falar com o *senhor* — informou ela. — Mas pode continuar tentando, se quiser, senhor Benedict.

Ela passou por ele e chegou ao corredor, tão invisível quanto o papel de parede. Atrás dela, Benedict entrou no quarto, chamando seu nome enquanto a procurava.

— Você!

A voz fria e raivosa de lorde Culver cuspiu a palavra mais adiante no corredor. Effie se virou, surpresa, e se viu quase arrastada por um forte puxão em seu braço.

Os olhos de lorde Culver faiscavam para ela com fúria.

— Eu disse para ir embora e não voltar — sibilou ele. — Agora a encontro se esgueirando descaradamente pela minha casa! O que... veio roubar de mim, seu animalzinho?

Effie tentou se soltar, mas não conseguiu aliviar o beliscão forte dos dedos dele em seu braço.

— Voltei para pegar as *minhas* coisas — replicou Effie com veemência. — Agora me deixe ir e nunca mais me verá.

— As suas coisas? — zombou lorde Culver. — Por acaso as escondeu em um dos quartos de hóspedes, então?

Effie corou. Não havia *nenhuma* maneira razoável de explicar sua presença no andar superior. Na melhor das hipóteses, ela estava prestes a ser espancada; na pior, lorde Culver poderia muito bem chamar um juiz para prendê-la por roubo. Se conseguisse ficar um momento sozinha, talvez pudesse pôr o feitiço de volta apenas pelo tempo suficiente para escapar...

— Lorde Culver. — A voz do mordomo soou atrás de Effie, no alto da escada. — Receio precisar de sua atenção imediata lá embaixo.

Tanto Effie quanto lorde Culver se viraram para olhar para o mordomo, surpresos. Na verdade, era raro o senhor Allen se aventurar nos andares superiores sem ser solicitado; ele certamente nunca havia ousado interromper o dono da casa antes, por nenhum motivo.

Lorde Culver franziu a testa, embora mantivesse a mão fechada com teimosia em torno do braço de Effie. Ela sentiu que o primeiro instinto dele seria atacar verbalmente o mordomo, mas deve ter percebido que o senhor Allen nunca o incomodaria dessa maneira por algo que não fosse uma emergência.

— O que está acontecendo? — perguntou ele, em vez disso.

O mordomo falou diretamente com lorde Culver, mas olhou para Effie ao fazê-lo.

— Lady Culver acaba de informar aos empregados que eles têm apenas uma semana para planejar outro baile — disse ele. — Para ir direto ao ponto, lorde Culver: seus criados se demitiram.

Lorde Culver largou o braço de Effie na mesma hora.

— O quê? — indagou. — Não está falando de *todos* eles, está?

O senhor Allen manteve o rosto admiravelmente profissional e inalterado.

— Receio que sim, senhor — respondeu ele. — Eles estão fazendo as malas para ir embora enquanto conversamos.

Effie ficou de queixo caído; por apenas um segundo, ela achou ter visto um lampejo de diversão no rosto do mordomo.

Lorde Culver balançou a cabeça.

— Se eles querem ir embora, então deixe-os ir! — declarou ele. — Encontraremos novos empregados.

O senhor Allen pigarreou de leve.

— Sobre isso, senhor — disse ele. — Os convites para o baile já foram enviados. É possível, creio eu, que o senhor substitua toda a mão de obra doméstica dentro de uma semana, embora isso seja improvável caso se espalhe entre os moradores locais a notícia de que todo o pessoal se demitiu ao mesmo tempo. No entanto, com certeza é impossível contratar todos os novos empregados *e* planejar um baile.

Lorde Culver ficou apenas piscando rapidamente — e Effie percebeu que ele estava perdido.

Ela aproveitou a oportunidade para se afastar dele e buscar seu feitiço. Infelizmente, logo o avistou no chão, esmagado sob os pés de lorde Culver. Effie fez uma careta e abafou um palavrão bastante deselegante.

— Os empregados apresentaram uma lista de exigências — informou o homem a lorde Culver, prestativo. — É possível que ainda sejam convencidos a ficar. Mas eu não recomendaria que Sua Senhoria esperasse a saída deles. Talvez ainda possamos impedir que a notícia se espalhe, mas isso será muito difícil assim que um único deles partir. Não é preciso muito para que os boatos se espalhem entre outras casas de família, senhor.

Com isso, lorde Culver recuperou o decoro, franzindo a testa com desgosto.

— Não vou negociar com *empregados* — recusou-se ele. — Vá pedir a lady Culver que se reúna com eles.

O senhor Allen balançou a cabeça.

— Uma das exigências deles é não se reunirem com lady Culver — explicou ele, com um tom de desculpas exagerado na voz. — Longe de mim querer falar mal da família, senhor, mas ela provocou uma bagunça terrível. Nunca vi uma crise dessas em todos os meus anos como mordomo.

Lorde Culver mexeu a boca sem emitir som por um momento. Por fim, indagou:

— Por que o *senhor* não atende às demandas deles, então?

O mordomo pestanejou.

— Eu? — perguntou. — Mas, senhor, não tenho autoridade sobre o orçamento familiar. Não tenho como tratar dos interesses deles.

— Bem, estou evidentemente precisando de um administrador — retrucou lorde Culver —, considerando que não posso contar com minha esposa para fazer o único trabalho que peço a ela! — Ele se empertigou, furioso, e respirou fundo. — Acaba de ser promovido, senhor Allen. O senhor é um profissional: confio que saberá negociar em meu nome.

O senhor Allen inclinou a cabeça com respeito.

— Como quiser, senhor — replicou ele. — Resolverei tudo assim que puder. Mas vou precisar da sua assinatura em breve, tenho certeza.

— Vá em frente e dê um jeito nisso — ordenou lorde Culver depressa. — Assinarei tudo o que conseguir negociar.

Ele se voltou para Effie com uma fúria renovada nos olhos, e ela soube no mesmo instante que ele pretendia descontar nela seus novos problemas. Mas o senhor Allen o interrompeu mais uma vez.

— Se me permite, senhor, este é um péssimo momento para punir uma de suas ex-criadas — sugeriu o mordomo. — Isso tornará as coisas muito mais difíceis, eu lhe asseguro. Se entregar a senhorita Euphemia aos meus cuidados, garantirei que ela seja cuidadosamente revistada e expulsa da casa.

Lorde Culver fitou Effie com desprezo, visivelmente dividido entre a praticidade e a frustração.

— Este é o meu conselho profissional como seu administrador, senhor — declarou o mordomo, solene.

Lorde Culver empurrou Effie para o mordomo.

— Tire-a da minha frente — esbravejou ele. — Se ela aparecer aqui de novo, o senhor deverá contê-la até que possa ser presa.

O senhor Allen pegou Effie pelo ombro. Ele acenou com deferência para lorde Culver, mas apertou o ombro de Effie de forma tranquilizadora, de um jeito que o dono da casa não pudesse ver.

— É claro, lorde Culver — disse ele. — Por favor, não se preocupe demais com a situação. Resolverei tudo da maneira mais apropriada, de modo que o senhor não precise se preocupar.

Lorde Culver saiu andando pelo corredor. Ao passar por Effie como um furacão, ela avistou Benedict parado na porta de seu quarto, olhando para ela e para o senhor Allen.

— Senhorita Euphemia? — repetiu Benedict devagar, como se não tivesse certeza de ter ouvido o nome corretamente.

Effie balançou a cabeça para ele, soltando um suspiro.

— Meu nome é Francesca — afirmou ela.

Então deu as costas para Benedict e desceu a escada com o senhor Allen, sem olhar para trás.

— Então foi isso que Lydia quis dizer quando contou que vocês todos estavam planejando alguma coisa — comentou Effie com o senhor Allen, assim que chegaram em segurança ao salão dos empregados. O mordomo a tinha feito se sentar e lhe servido uma generosa taça de conhaque francês, que ela bebeu com trêmula gratidão. — Mas a noiva do senhor Benedict cancelou o compromisso. Não há mais necessidade de um baile de noivado. Isso não será um problema?

O homem balançou a cabeça.

— Os convites foram enviados — respondeu ele. — Já é ruim o bastante que a noiva do senhor Benedict o tenha abandonado; se todos os empregados também partirem de repente, imediatamente a instabilidade financeira de lorde Culver se tornará motivo de especulação. É verdade que ele atravessa momentos turbulentos, é claro… mas ficará desesperado para não deixar que as pessoas *saibam* que isso é verdade.

Effie soltou um longo suspiro. Ela olhou para as próprias mãos, segurando a taça de conhaque.

— Não consigo acreditar que lorde Culver simplesmente lhe delegou toda a autoridade dele assim, sem mais nem menos — disse ela.

O senhor Allen deu de ombros.

— Admito que não esperava essa reviravolta — confessou ele. — Mas isso torna as coisas um pouco mais simples.

— O senhor culpou lady Culver — afirmou Effie em voz baixa. — Mas toda a família tem gastado demais. Ela continua sendo uma mulher terrível, mas eles apenas lhe repassaram o trabalho sujo e fingiram não ser responsáveis por todos esses problemas.

O senhor Allen assentiu, cansado.

— Tudo isso é verdade — concordou ele. — Mas um homem como lorde Culver não muda seus hábitos quando confrontado com os próprios fracassos. É muito mais fácil lhe dizer que a culpa é majoritariamente da esposa e só um pouco dele. Ele não ouvirá lady Culver quando ela falar que ele não pode reduzir ainda mais o orçamento doméstico, mas é provável que ouça seu administrador.

Effie tomou outro longo e triste gole de conhaque.

— Isso é absurdamente injusto — comentou. — Ele vai descontar nela, senhor Allen.

— O mundo é injusto, Effie — devolveu ele. — Mas é muito mais injusto para os empregados que lady Culver jogou na rua do que para ela. Optei por priorizá-los da melhor maneira possível com as ferramentas de que disponho. Escrevo cartas com regularidade para a tia dela. Se as coisas se tornarem mesmo intoleráveis, vou encorajá-la a fugir de volta para casa.

Effie apoiou o queixo nos braços.

— Mas as coisas não estão totalmente resolvidas em Hartfield, estão? — perguntou ela.

— Não estão — concordou o senhor Allen. — Lorde Culver tentará a todo momento retroceder aos seus velhos hábitos. Mas faremos nosso melhor para nos prepararmos para essa possibilidade. Se ele não mudar, então de fato perderá toda a criadagem *e* a reputação. — Ele sorriu, sem humor. — Lorde Culver está muito acostumado a conseguir o que quer, mas, agora, pela primeira vez, recuou. Os empregados daqui sabem que ele não é todo-poderoso. Por enquanto, isso bastará.

— Ah! Ora, veja, se não é Effie! — exclamou a senhora Sedgewick, entrando no salão dos empregados com um alegre *plec-plec* dos saltos de madeira, sorrindo para Effie e para o senhor Allen. — Fiquei *muito* preocupada com você, mocinha — disse com seriedade. Ela olhou para o mordomo. — E então? Conseguiu mesmo uma referência para Effie, senhor Allen?

Ele sorriu, tímido.

— Consegui um emprego como administrador da casa — contou. — Incumbiram-me de fazer todos os problemas de lorde Culver desaparecerem pelos meios que forem necessários. E, com isso, de certa forma, consegui a referência para a senhorita Euphemia.

Effie olhou pasma para a governanta, que se mostrava uma pessoa totalmente diferente. Seu ritmo era menos apressado e mais confiante. Suas costas estavam mais eretas, e só então Effie percebeu que a governanta já andara curvada antes. O restante das palavras dela se assentou, e Effie corou.

— Não me diga que a senhora causou todo esse incômodo só para me conseguir uma referência — disse Effie.

A senhora Sedgewick sorriu com tristeza.

— Não, não foi *só* para conseguir sua referência — admitiu. — Mas com certeza estava na nossa lista de queixas. Se o senhor Allen estiver mesmo autorizado a fazer o que achar adequado, então sem dúvida você terá uma ótima referência para conseguir emprego em outro lugar…

— Não preciso de referência — declarou Effie. — Eu… eu não *acho* que precise, de qualquer forma. Já prometi trabalhar para outra pessoa. Mas estou verdadeiramente comovida por ter pensado em mim, senhora Sedgewick.

A governanta fungou.

— Foi um absurdo o que a família fez com você, Effie — lamentou ela. — Provavelmente é melhor que vá para algum lugar mais respeitoso. Mas nós, que ainda estamos aqui, não pretendemos tolerar nenhum absurdo *a mais*. Sei que eu não pretendo. — Ela fez uma careta diante da ideia. — Vou lhe dizer, Effie, que estive no meu limite durante o ano passado inteiro. Quase desistira por completo antes de Lydia vir me ver. Mas tive uma revelação… algo como uma inspiração divina! Percebi como todos nós merecíamos coisa melhor que isso! Teria sido uma pena se eu simplesmente houvesse me deixado definhar de desgosto, em vez de tomar uma atitude.

Effie esboçou um pequeno sorriso.

— Fico feliz que tenha encontrado sua raiva, senhora Sedgewick — disse ela, com suavidade.

O senhor Allen pegou mais duas taças e as encheu com uma generosa quantidade de conhaque.

— Acredito que isso merece um brinde — informou às duas, cheio de pompa. — Devemos comemorar nossas pequenas vitórias, pois haverá muitas batalhas pela frente para todos nós, tenho certeza.

A senhora Sedgewick pegou uma taça e brindou com as outras duas.

— Às pequenas vitórias! — declarou. — A qualquer vitória, na verdade! É a primeira que tive na vida.

Ele sorriu calorosamente, e os três beberam o conhaque com prazer.

Em pouco tempo, todos os outros empregados foram aparecendo no salão, bastante curiosos quanto aos resultados de sua pequena rebelião. Effie observou mais algumas taças de conhaque serem distribuídas, mas, enquanto aproveitava a oportunidade para parabenizar seus colegas, havia outro assunto afligindo sua mente.

— Eu realmente preciso ir, George — disse ela ao irmão, ao lhe dar um último abraço. — Estou muito orgulhosa de todos vocês, mas tenho uma promessa a cumprir.

Ele ergueu a taça de conhaque e deu uma piscadinha para ela.

— Espero que seu novo empregador seja melhor que este — declarou.

Effie não conseguiu conter um sorriso.

— Ele é imensuravelmente melhor em todos os sentidos — afirmou ela. — Acredito que ficarei feliz só de vê-lo outra vez, na verdade.

George se inclinou para beijá-la no topo da cabeça.

— Lamento ter recomendado você pra Hartfield — disse ele. — Nós dois fomos muito maltratados, Effie. Mas estou contente por você ter sentido raiva o suficiente pra conseguir escapar.

Effie corou.

— Sempre senti raiva *demais*, George — admitiu ela. — O que quero dizer com isso é que... será sempre uma alegria compartilhá-la, toda vez que você precisar.

George riu e a deixou ir.

Effie ainda conseguia ouvir os sons de comemoração ao se dirigir para o corredor. Para sua surpresa, Lydia logo se juntou a ela.

— Já arrumei suas coisas — afirmou Lydia, com um toque de presunção. — Algo me dizia que você iria embora em breve.

Effie a encarou, pasma.

— Jura? — perguntou ela. — Mas por quê?

Lydia revirou os olhos.

— Eu *torcia* para que você fosse embora logo — confessou ela. — Vai invocar lorde Blackthorn, né?

Effie comprimiu os lábios.

— Tentei invocá-lo mais cedo — respondeu ela. — Ele não respondeu, Lydia. Mas tenho uma aposta a pagar e não vou deixá-lo voltar atrás! Conheço o caminho para Blackthorn e irei andando até lá.

Lydia assentiu com sabedoria.

— Vamos pegar sua bolsa, então — disse ela. — Tenho certeza de que vai precisar, no mínimo, do seu bastidor de bordar.

Elas foram apanhar os poucos pertences de Effie. Depois disso, Lydia acompanhou a amiga aos fundos da casa, até a beira do labirinto.

— Este é o caminho pra Blackthorn? — questionou Lydia, surpresa.

— Estamos no quintal do senhor Jubilee — retrucou Effie, cheia de cerimônia. — Então não tem como ele ficar surpreso quando eu aparecer para visitá-lo. — Ela pôs a bolsa no ombro. — Se não nos falarmos de novo, Lydia, provavelmente será porque estarei presa tentando varrer uma entrada no meio de uma floresta por toda a eternidade. Mas posso pensar em perspectivas muito piores, para ser honesta.

Lydia bufou.

— Tenho certeza de que não será o caso — disse ela. — Mas, se por acaso for, você deve lembrar a lorde Blackthorn que sem querer contaminou uma casa inteira com a sua raiva na última vez que foi maltratada.

Effie endireitou os ombros.

— É verdade — reconheceu ela. — E, quer saber, Lydia? Eu faria tudo de novo, se tivesse oportunidade.

Por um momento, a declaração fez com que ela se sentisse não uma criada, mas uma poderosa maga que ninguém correria o risco de contrariar.

Não, pensou ela. *Eu sou uma criada e uma maga poderosa. Não há nada de errado em ser uma criada.*

Enquanto Lydia observava, Effie rodopiou triunfante três vezes no mesmo lugar, no sentido anti-horário, e então, só porque podia, rodopiou mais algumas vezes, desfrutando dos últimos raios do pôr do sol e do ar fresco no rosto.

Só quando ficou completamente tonta é que Effie cambaleou de costas para dentro do labirinto de sebe, agarrando a bolsa e pensando com fervor no feérico que desejava ver.

Dezenove

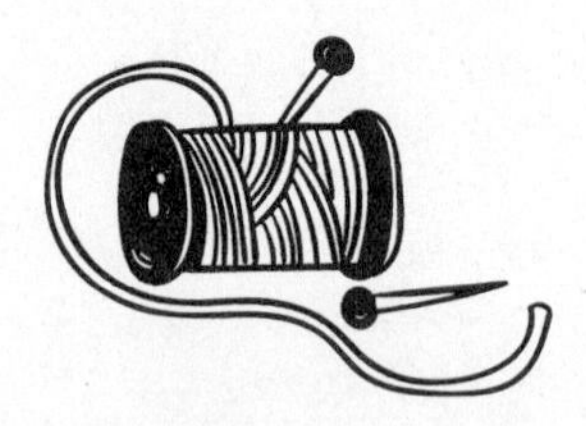

Effie soube o exato segundo em que atravessou a fronteira para o reino de Blackthorn propriamente dito. O ar ao seu redor ficou pesado com o cheiro de coisas selvagens e madeira, e a luz avermelhada do pôr do sol que se derramava por seus ombros tornou-se instável e se revezava com as sombras.

Ela se virou de frente, acalmando o ritmo assustado de seu coração na marra. Uma coisa era Effie declarar para Lydia que exigiria de lorde Blackthorn o cumprimento de sua aposta — mas, ali, vagando pelo mundo das fadas sozinha, sua confiança começava a fraquejar.

A realidade da situação sufocava sua certeza. Afinal, Effie estava ali para realizar algo bastante arrogante. Ela ainda não sabia nem como formular sua explicação para lorde Blackthorn. E se ele não *quisesse* aceitar? Isso, Effie pensou, seria humilhante. Ela não tinha ideia do que faria nesse caso.

Effie passou pela entrada de Blackthorn, onde os vaga-lumes haviam começado a enxamear na escuridão. O ar ainda estava frio, e ela cruzou os braços sobre o peito com um arrepio.

— Estou procurando o senhor Jubilee — disse ela ao reino. — Temos assuntos pendentes, sabe?

Effie não sabia se Blackthorn a tinha escutado. Mas seguiu caminhando mesmo assim, atenta para evitar tropeçar sob a luz tremulante dos insetos. Seus pensamentos continuavam se desviando para o que ela tinha ido fazer ali, mas seu coração ia ficando cada vez mais amedrontado — e, por isso, talvez ela não devesse ter ficado surpresa quando olhou para cima e viu que havia entrado em uma clareira na floresta com nada além de uma única e grande cadeira no centro.

Effie tomou fôlego.

— Não preciso de cadeira, obrigada — disse ela a Blackthorn. — Sei que posso parecer incerta, mas *não* estou. Um pouco ansiosa, é verdade, mas é natural ficar ansiosa numa situação como esta. Gostaria de ver o senhor Jubilee, se não se importa.

No entanto, no momento em que Effie pronunciava essas palavras, um vulto escuro se moveu sobre a enorme cadeira — e uma voz familiar se manifestou, perplexa.

— Senhorita Euphemia? — perguntou lorde Blackthorn. — Minha nossa. O que está fazendo na Loucura de Blackthorn?

Effie tomou um susto e deixou escapar um gritinho. Alguns vaga-lumes se afastaram dela e, à luz deles, ela viu a silhueta alta de lorde Blackthorn, totalmente delineada sobre a cadeira. Ele ainda usava a casaca quase pronta, mas havia afrouxado os botões do colete, e seu cabelo preto estava uma bagunça, como se ele tivesse passado os dedos pelos fios muitas vezes.

O coração de Effie ficou tranquilo na hora, saudoso e cheio de anseio, e ela teve certeza de que havia tomado a decisão certa.

— Creio que Blackthorn achou que eu precisava me sentar e pensar — admitiu ela. — Ou então... Bem, talvez tenha me levado aonde eu queria ir. Eu estava procurando o senhor. Queria desesperadamente vê-lo. — Ela fez uma pausa, no entanto, diante de um pensamento repentino. — Mas o que o *senhor* está fazendo aqui?

Lorde Blackthorn soltou um gemido sofrido.

— Estou preso na Loucura de Blackthorn desde a última vez que vi a senhorita — contou ele. — Venho discutindo com Blackthorn há vários dias feéricos. Mas, toda vez que tento sair, ela simplesmente me manda de volta para cá!

O feérico se forçou a ficar de pé, sem firmeza.

— Mas a senhorita está aqui por um motivo, é claro. Aconteceu alguma coisa ruim? Sei que nem sempre sou de grande ajuda, senhorita Euphemia, e receio já ter me *destornado* um lorde, mas farei o melhor que puder para ser virtuoso, ainda assim.

Effie sorriu timidamente.

— Então, é o senhor Jubilee de verdade — disse ela. — Acho que isso é ainda melhor. Mas precisa ter muito cuidado com o que promete. *Estou* com um problema, e o senhor com certeza poderia me ajudar se assim o desejasse.

Ele se deteve, e Effie teve a impressão de que ele piscara para ela.

— Ah, minha nossa! — exclamou ele. — Que problema é esse? Deve ser algo e tanto para a senhorita ter vindo até aqui.

Effie cruzou a distância entre eles, pisando com cuidado sobre raízes e troncos. Por fim, ela chegou perto o suficiente para enxergar direito o feérico em meio a todos os pequenos vaga-lumes. Os traços marcantes de suas feições já não a perturbavam; em vez disso, Effie descobriu que tinha passado a sentir um grande carinho por aquelas maçãs do rosto protuberantes, pelas orelhas pontudas e pelos olhos verdes muito vívidos. A luz bruxuleante dos vaga-lumes ao redor dos dois o fazia parecer ainda mais sobrenatural do que de costume; mas, ainda assim, havia uma suavidade em seu olhar que fazia com que ela se sentisse acolhida e estimada.

— Fui muito idiota — admitiu Effie. — Desde o início, tinha certeza de estar apaixonada pelo senhor Benedict. Mas eu *não* estava. Eu… — Ela baixou o olhar, envergonhada, procurando as palavras certas. — Eu estava apaixonada pelo jeito como ele fazia eu me sentir. Porque ele era rico, importante e *alguém*; e porque, por um instante, pensei que ele me enxergasse como uma pessoa. Naquele dia, consegui pegar emprestada a importância dele para mim... e o que eu realmente queria era pegá-la emprestada de novo.

O feérico parecia hesitar.

— *Não* está apaixonada pelo senhor Benedict? — perguntou ele, incerto. — Mas a senhorita disse que estava. Eu a ouvi dizer as palavras.

Effie se retraiu.

— Os humanos podem mentir, senhor Jubilee — explicou ela. — Somos ainda melhores em mentir para *nós mesmos*, para o nosso azar. — Ela respirou fundo outra vez. — Não estou querendo dizer que não senti absolutamente nada pelo senhor Benedict. Ele tem muitas qualidades bastante cativantes. E talvez eu estivesse certa ao pensar que poderia acabar me apaixonando por ele, sob as circunstâncias apropriadas... mas agora percebo que nunca o conheci de verdade. Eu tinha uma impressão muito limitada de quem ele era. E, hoje que o conheço melhor, posso dizer com certeza que não o amo. Nem um pouco.

Ele levou um momento para assimilar tudo. Effie suspeitava que a parte da mentira fosse muito difícil para ele, em particular, e sentiu uma onda de compaixão.

— Se eu me casasse com o senhor Benedict — prosseguiu ela —, perderia minha aposta. O senhor disse que os acordos com os feéricos devem sempre ser cumpridos à risca. Tive cento e um dias para me casar com o homem que amo. Como não o amo, e, na verdade, não acho que *conseguiria* amá-lo, estou agora enfrentando um novo problema.

O senhor Jubilee soltou um suspiro profundo.

— Ah — disse ele. — Entendo. Bem... teremos que encontrar um homem a quem possa amar. Não tenha medo, senhorita Euphemia: ainda nos resta algum tempo. — Ele fez o possível para soar confiante, mas havia um pouco de tristeza em seu tom, o que Effie nunca tinha ouvido antes.

Ela pegou sua mão. Ao fazê-lo, ficou surpresa ao sentir a pele quente dele diretamente contra a dela; suas luvas deviam ter tido o mesmo destino dos botões do colete enquanto ele estivera preso e frustrado na Loucura de Blackthorn.

O feérico baixou o olhar para a mão dela. Devagar — hesitante —, ele entrelaçou os dedos nos dela.

— Senhor Juniper Jubilee — disse Effie com delicadeza —, eu ficaria muito agradecida se o senhor se casasse comigo.

O feérico piscou muito devagar, como se não tivesse certeza de ter ouvido as palavras corretamente. Effie não conseguiu se segurar; o choque absoluto no rosto dele a fez explodir numa gargalhada nervosa.

— Eu... o senhor não precisa, é claro! — completou Effie. — Mas tenho *certeza* de que estou apaixonada pelo senhor. E, assim, se não quiser a inconveniência de procurar outro homem, o senhor mesmo poderia facilmente me ajudar a ganhar a aposta.

Ele apertou a mão dela e passou a falar com muito cuidado, com um pouco de tremor na voz.

— Eu... gosto muito da senhorita — declarou ele. — Preciso admitir... desconfio que fiquei preso na Loucura de Blackthorn porque estava chateado com a ideia de a senhorita se casar com o senhor Benedict. Mas eu... não tenho certeza se sei o que é o amor. Talvez fosse melhor encontrar algum humano que tenha mais prática nisso do que eu. Afinal, mal comecei a entender um pouquinho sobre a virtude, que dirá sobre o *amor*.

Effie sorriu, insegura.

— Talvez ajude se eu lhe contar por que estou apaixonada pelo senhor — sugeriu ela. — Pois tenho certeza de que agora estou; é parte do motivo para eu ter percebido que o que sentia antes não poderia ter sido amor. — Ela engoliu em seco, nervosa. — O senhor Benedict me tratou como alguém por apenas um instante, mas o senhor sempre tratou a mim e a todos os outros empregados como se fôssemos alguém, mesmo podendo ter nos ignorado sem problemas. Não posso dizer que sempre tenha sido estritamente em nosso benefício... mas é uma de suas melhores qualidades. O senhor está sempre disposto a ajudar os outros e a enxergar o lado bom de cada situação. E está determinado a se aprimorar, todos os dias. Eu o admiro, senhor Jubilee. E, quanto mais tempo passava com o senhor, mais eu percebia que queria desesperadamente ficar ao seu lado para ver como continua a crescer dia após dia.

Ela sorriu, aflita, antes de continuar.

— De certa maneira, creio eu... o senhor se tornou ainda mais *alguém* para mim do que qualquer outra pessoa. Gostaria que fosse feliz e alcançasse todos os seus objetivos. E é por isso que... bem, se não me ama também, não tem problema. Vou resolver minha aposta de outra maneira. Mas ainda espero que o senhor mais cedo ou mais tarde aprenda a amar outra pessoa. Porque acho que merece muito ser amado.

O senhor Jubilee puxou a mão de Effie para apertá-la contra o próprio peito. Effie ousou erguer o olhar para ele e viu que havia lágrimas em seus olhos verdes brilhantes.

— A senhorita é muito alguém para mim — afirmou ele. — Receio que ainda não seja virtuoso o suficiente para permitir mais uma vez que se case com outra pessoa. Se não sou capaz de amar, então simplesmente *aprenderei* a amar. E, até lá, a senhorita sempre terá a coisa mais próxima do amor que eu puder lhe dar.

O coração de Effie saltitou no peito. Ela atirou os braços em volta do pescoço dele e o agarrou com força. O senhor Jubilee a abraçou e suspirou com o mesmo tipo de alívio profundo e sincero que Effie sentia.

— Talvez o senhor não seja mais um lorde — disse Effie. — Mas vou lhe bordar tantas coisas lindas que todos os outros feéricos sempre sentirão uma inveja imensa, senhor Jubilee.

Ele sorriu contra o cabelo dela.

— Não ligo se vão ter ou não inveja — declarou ele. — Desconfio que nenhum deles jamais entenderá as coisas que realmente importam para mim, de qualquer forma.

Eles ficaram empoleirados na cadeira da Loucura de Blackthorn por um bom tempo, observando os vaga-lumes flutuarem na brisa. E, quando o senhor Jubilee a abraçou, Effie apoiou a cabeça no ombro dele e percebeu que havia mesmo descoberto um conto de fadas em que uma criada podia ter um final feliz.

Epílogo

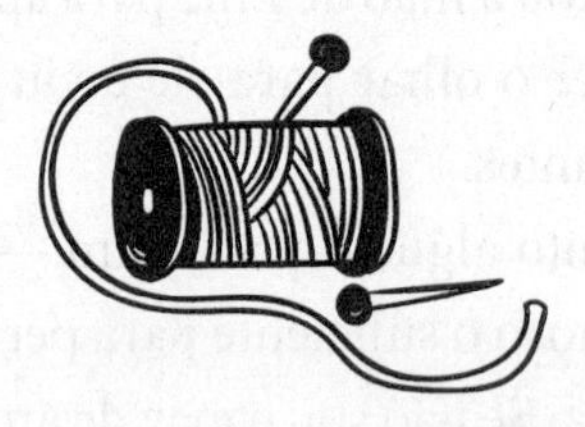

O correio da Inglaterra não fazia entregas em Blackthorn. Mas, de alguma maneira, uns convites de casamento muito discretos conseguiram chegar às mãos certas.

Não se poderia qualificar o casamento como muito elegante ou muito suntuoso, em especial porque aconteceu no meio de uma floresta no mundo das fadas, mas todos os membros da família de Effie deram um jeito de comparecer, assim como Lydia e várias borboletas curiosas. Apesar de tudo, Effie não conseguia imaginar um momento mais feliz na vida.

A família de Effie estava muito confusa com todo o acontecido, como era de se esperar. George passou a maior parte da cerimônia tentando dar uma espiada nas orelhas do senhor Jubilee, e a mãe de Effie tinha certeza de que o casamento não passava de um sonho muito agradável. Mas Lydia e lady Hollowvale choraram o suficiente por todos eles juntos — na verdade, as duas foram forçadas a compartilhar um lenço, uma vez que Lydia havia esquecido o dela.

E, ainda que o senhor Jubilee estivesse convencido de que o amor seria difícil para ele, Effie logo decidiu que ele era um aprendiz tão exímio que não fazia tanta diferença. Na verdade, como ela lhe dizia muitas vezes, suspeitava de que ele tivesse amor *em abundância*, da mesma forma como ela própria tinha raiva *em abundância*.

É claro que Hartfield continuou a ter problemas graves. E talvez fosse lindo dizer que os empregados sempre conseguiram se manter firmes e que acabaram forçando os patrões a aprender a ter o mínimo de respeito pela criadagem. Entretanto, por mais implacáveis que o senhor Allen e a senhora Sedgewick fossem, houve algumas baixas tristes ao longo do caminho, como acontece em todas as guerras dignas. Pelo menos, eles nunca mais foram dominados pela magnitude de seus problemas — e, como os empregados de Hartfield haviam aprendido a lutar lado a lado em vez de cada um por si, tiveram muito mais sucesso do que qualquer outra criadagem em conflito na Inglaterra poderia ter esperado.

E talvez o senhor Benedict, pelo menos, tenha aprendido com o passar do tempo a ter algum senso de responsabilidade para com os outros. Ou talvez não. Em todo caso, muitas vezes os ricos e poderosos possuem um espaço demasiadamente grande dedicado à narração das suas histórias; por isso, não é necessário nos aprofundarmos mais na vida dele ou dos outros Ashbrooke.

O destino da senhorita Buckley permanece igualmente desnecessário para nossa história, mas o leitor ficará satisfeito em saber que o cachorro Caesar viveu uma vida longa e muito feliz, cheia de amor, petiscos e dias excelentes correndo atrás de esquilos. A respeito disso, pode-se dizer que pelo menos uma criatura recebeu exatamente o que merecia.

O senhor Jesson, por sua vez, estava tão desesperado por ajuda doméstica e era tão incompetente para encontrá-la que logo contratou Lydia como governanta, em vez de como criada. Por sorte, ela mostrou uma clemência incomum ao usar a disposição facilmente intimidada do comerciante de flores apenas para melhorar as condições dele, e não para tirar vantagem. Ela contratou George como lacaio quase de imediato — e, embora o trabalho de cuidar de uma casa tivesse as dificuldades de sempre, o pequeno grupo de criados em Orange End ria e bebia com frequência junto do senhor Jesson, e nenhum deles jamais sentiu necessidade de sair do emprego. Além disso, todos eram incentivados a desfrutar a luz do sol nos jardins sempre que quisessem.

Talvez, como consequência natural disso, um dia Lydia se viu no jardim de tulipas no auge do verão, e, quando o cavalheiro se juntou a ela para uma caminhada, os dois descobriram que na verdade gostavam muito um do outro. Assim, a governanta do senhor Jesson acabou se tornando sua esposa. E, como o favor que lhe restava do senhor Jubilee, Lydia pediu apenas que as tulipas do jardim florescessem sempre maiores e com cores mais vívidas do que quaisquer outras do país.

No entanto, embora Effie e o senhor Jubilee fossem mesmo tão felizes quanto qualquer casal de contos de fadas, Effie havia decidido firmemente que, em seu coração, ainda era uma criada — e, como ele ainda desejava experimentar um trabalho mais útil, o resultado talvez fosse inevitável. Pouco após o casamento em Blackthorn, uma criada e um lacaio solicitaram trabalho em outro lugar no campo. Ambos chegaram com referências impecáveis de uma nobre chamada lady Hollowvale. A criada, que ostentava grande habilidade em remendar e bordar, foi contratada na hora. O lacaio foi um pouco menos convincente, mas ainda assim conseguiu garantir um período de experiência, pelo qual ficou eternamente grato.

Em muito pouco tempo, é lógico, desastres terríveis começaram a acometer a criadagem. E então, num instante, os empregados de alguma maneira se revoltaram, exigindo ser tratados com muito mais atenção e respeito. No entanto, quando o assunto foi resolvido, não foi possível encontrar nem a criada nem o lacaio em lugar algum — e, na verdade, ninguém parecia lembrar seus nomes.

Em Londres, o lorde Feiticeiro acabou notando que havia recebido uma grande quantidade de cartas angustiadas a respeito de feéricos com uma predileção por instigar problemas entre os empregados de várias propriedades rurais. Mas, assim que começou a pensar em investigar, sua esposa lhe garantiu que o assunto não merecia nem um pouco do seu tempo.

E, assim, até hoje, os ingleses às vezes contam histórias de encontros fortuitos com um homem com uma casaca muito peculiar e uma mulher cujo bordado é estranhamente encantador. A forma como esses contos de fadas terminam é uma questão de especulação, pois os dois estranhos misteriosos gostam muito de empregados domésticos, que parecem nunca saírem prejudicados após o encontro. Mas também é seguro dizer que os ricos e poderosos não costumam ter tanta sorte.

O que quer dizer, de uma forma indireta, que o senhor Jubilee pode finalmente ter realizado todos os seus desejos, afinal.

Agradecimentos

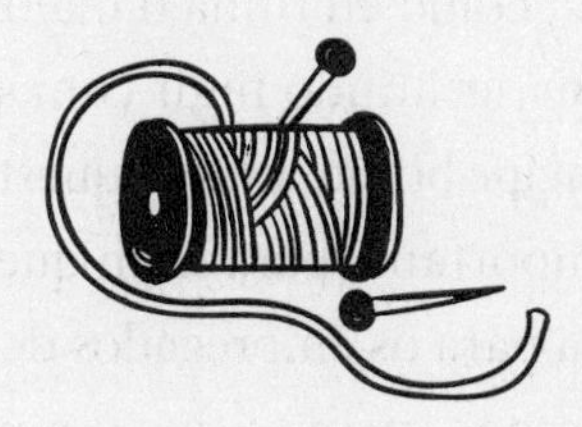

Tenho uma relação muito complicada com a história da Cinderela.

Eu sabia, desde criança, que havia algo errado com ela. Como se diz, criadas não se casam com nobres. Na verdade, em quase todas as versões de Cinderela que já li — incluindo versões menos conhecidas, como *Princess Furball* ou *The Goose Girl* —, a Cinderela não é de fato uma empregada doméstica. Em vez disso, ela é uma mulher nobre injustamente expulsa da sua vida natural de luxo. Sob pelo menos um ponto de vista, a história da Cinderela nos diz apenas que as mulheres que nasceram *ricas* não merecem ser empregadas domésticas; caso contrário, o status legítimo da Cinderela não seria tão central para a história.

Mas por que tantas mulheres menos abastadas merecem continuar a ser criadas, se é assim tão fácil para seus patrões serem abusivos com elas? Posso compreender, é claro, que Cinderela estava tão desesperada para escapar da sua situação que nem sempre pensava muito nisso. Mas, se o príncipe era mesmo um sujeito tão maravilhoso, por que *ele* só decidiu salvar uma criada quando enfim se afeiçoou a uma?

Concluí que a fada-madrinha era, na verdade, a personagem mais admirável de toda a história. Afinal, foi ela quem viu uma injustiça e tentou corrigi-la. E tenho certeza de que Cinderela não foi a única empregada a ser salva por ela.

Assim, *Pontos de fadas* acabou se tornando uma história sobre uma Cinderela que era uma criada de verdade, e não uma nobre forçada a se tornar criada de forma temporária; uma Cinderela que nem sempre era perfeitamente bondosa e que lutava para lidar com sua raiva perfeitamente sensata contra o jeito como todos os empregados que ela conhecia eram tratados. E, é lógico, como eu tinha o maior respeito pela fada da história, Cinderela acabou decidindo fugir com seu fada-padrinho, em vez de se casar com o príncipe bonito porém questionavelmente insosso.

Dito isto, era muito importante para mim que lorde Blackthorn não fosse uma solução mágica para os empregados de Hartfield. Até porque outra coisa que Cinderela nos ensina é que o mundo vai magicamente garantir um final feliz para as mulheres que permanecem doces e submissas e que nunca ficam com raiva, mesmo quando deveriam ficar. E isso também não é algo que vejo no mundo ao meu redor. Em vez disso, quando os vilões nos maltratam, quase sempre continuam a nos maltratar até que alguém os detenha à força. Se você não tem poder, é quase impossível enfrentar seus vilões; mas, quando você e outras pessoas sem poder finalmente ficam com raiva umas pelas outros e reagem juntas, é muito mais difícil para eles conseguirem o que querem.

Como acontece com qualquer coisa digna de luta, é claro que há dias em que todos vocês perderão juntos, porque escolheram lutar juntos. Mas a história avança nos momentos em que as pessoas escolhem se arriscar a lutar de qualquer maneira, porque acreditam que a recompensa vale a pena.

Como sempre, preciso agradecer especialmente ao meu marido, cujo amor é tão abundante que devo admitir que baseei nele as melhores partes do senhor Jubilee. Minhas leitoras alfa, Laura Elizabeth e Julie Golick, são as vozes constantes de apoio que mantiveram este livro nos trilhos, mesmo quando eu estava cansada e desanimada por causa do confinamento contínuo. Lore teve a gentileza de me ajudar a pesquisar todas as coisas relacionadas ao bordado de antigamente. Minhas colegas autoras de fantasia histórica da Lamplighter's Guild, Jacquelyn Benson e Rosalie Oaks, não apenas me ajudaram a seguir no caminho certo, mas também ofereceram sugestões quando eu estava empacada ou remoendo problemas de enredo. Meu consultor de temas históricos, Tamlin Thomas, é responsável por muitas sugestões e correções importantes; e, ainda por cima, me enviou um pacote do café mais incrível que já tomei.

Desta vez, porém, também preciso abrir um espaço especial para agradecer ao meu pai, que sempre acreditou que um dia eu seria escritora e que não hesitava em me dizer isso todas as vezes que tinha a oportunidade. De muitas maneiras, eu nunca teria conseguido escrever este livro aqui e agora sem o apoio dele.

E obrigada, leitor, por terminar de ler *Pontos de fadas*. Significa muito para mim que tantas pessoas pareçam encontrar tamanha esperança na minha escrita. Não me atrevo a presumir, mas espero que este livro possa servir como um bálsamo satisfatório para pelo menos mais uma pessoa.

Este livro foi composto na tipografia Minion Pro,
em corpo 11,5/16, e impresso em papel off-white
no Sistema Cameron da Divisão Gráfica
da Distribuidora Record.